上海大律師

沈寧——著

目次

一　舅甥把酒閒話家常　花花公子苦失女友

顧盛英有些不耐煩，看看手錶，已經等了十分鐘。奇怪，小娘舅從來不遲到。他走到酒台前，準備買杯酒，聽背後門響，轉過身來，見羅忠匆匆走進門。

「小娘舅好。」

「抱歉，要你等了。」

兩個人握過手，並肩走到一個桌邊，桌上放了「已預定」的牌子。他們各自脫下呢外套，先後重疊，放到桌子頂頭的椅子上，又分別摘下頭上的禮帽，小心地放在外套上面，然後不約而同搓搓兩手。天氣有些不正常，已經四月底了，依舊很冷。

羅忠解開上裝鈕扣，坐下來。他雖然還不到四十歲，但臉上已經可以看出一些滄桑的痕跡，頭頂也有些禿了。臉上那副金絲眼睛，顯出一種文質彬彬的氣度。他穿著一身義大利古奇牌西裝，雖然似乎有點舊，卻仍然很有派頭。西裝裡面白襯衫敞著領口，沒有紮領帶。常人見了，只道他是個平民。明眼人卻看得出，他是個生活品味高，曾有過優裕生活經歷的人，只是有意降低兩三個檔次，把自己裝扮成平民。

顧盛英坐到羅忠對面，他比羅忠年輕幾歲，滿臉輕鬆，甚至有點頑皮神態，動作瀟洒靈活，旁若無人。他身穿牛津牌英國嗶嘰西裝，精致筆挺，帶一條威靈頓領帶，絕對紳士，腳下一雙義大利萊紋牌皮鞋，更顯高貴典雅。他非常隨意，並不想掩飾什麼，也不想炫耀什麼，他只是出身名門富豪，自幼習慣生活講究，衣食住行，舉手投足，都不免露出些許居高臨下的神氣。

侍者領班趙三江走過來，照舊穿著紅色坎肩，頸紮黑領結，微笑著說：「羅先生顧先生，兩位好，有些日子不見了。」

「我上星期來過，他可是兩個禮拜沒有來了。」羅忠說著話，摘下眼鏡，拿絨布輕輕擦著，臉上表情一點沒有變化，既不喜也不憂。他手臂一動，露出西裝裡面腰間的皮帶和皮套內的手槍柄。

顧盛英笑笑，沒說話，伸手到自己衣服口袋裡掏煙盒。

「二位還是一瓶狀元紅？」趙三江不知是沒有看到羅忠身上的手槍，還是見怪不怪，不動聲色地問。

「十年陳的。」顧盛英點頭，把取出的黃色三五煙盒放到桌面上，看了一眼桌上準備好的洋火，不再把手伸進衣袋。

趙三江不答話，轉身招手，一個同樣穿紅坎肩的侍者托著漆盤走到桌前。趙三江把一個壇狀酒瓶，兩個細瓷酒盅，擺到二人面前，笑著說：「十年陳狀元紅，剛溫過。」說著，從漆盤上取下四樣小菜，擺到桌上，一碟符離燒雞，一碟乾炸響鈴，一碟四喜烤麩，一碟油燜春筍。

「二位慢用，點菜招手，馬上就來。」趙三江說完，跟在侍者身後走了。

羅忠給兩個人倒了酒，舉起酒盅，跟顧盛英碰了碰，喝一口，放下酒盅，問：「俐姐好嗎？」

顧盛英也放下酒盅，回答：「昨天跟母親通過一個電話，她很好，問你幾月回美國去。」

羅忠拿起筷子，並不動手，說：「現在計畫，還早吧。」

「你曉得母親這人，心裡惦記，就嘮叨。你早定下來，她也少囉嗦。」顧盛英吃了口春筍，繼續說：「她要你夏天還是全家一道去，她喜歡你的兩個兒了。」

「我想想吧。」羅忠點點頭，說：「你下次打電話，替我謝謝俐姐。」

「你什麼時候自己打電話去講幾句，母親喜歡跟你講話。」顧盛英微笑起來，又說，「父親更想跟你談天。」

羅忠抓起一塊燒雞，咬一口，嚼一陣，才說：「打越洋電話，只有你們有錢人家才辦得到。」

顧盛英看他一眼，自己喝口酒，說：「下次我打電話，叫你一道去電話公司，我們一起跟母親講話。」

羅忠拿起酒盅，默默喝一口，從衣袋裡取出一個紫木煙斗和一個金色煙盒，取些煙絲，塞進煙斗，拇指壓壓，拿過桌上的洋火，點燃煙斗，吸了兩口，吐出一股濃煙。兩年前上海才翻譯出版《福爾摩斯探案》，抽煙斗很快成了警探中間的時髦。

顧盛英也打開他的三五牌煙盒，取出一支放進嘴裡，拿起洋火點燃，說：「英國發明的打火機，不大好用。」

「去年在美國，姐夫給了我一個，只用了一次。」

顧盛英點點頭，說：「不如洋火更靠得住。」

兩個人面對面，默默吸了幾秒鐘的煙。

羅忠放下煙斗，拿起筷子，夾一塊燒雞，忽然說：「我取了這個月的錢，跟你講一聲。」

「你不必對我講，那是你的帳戶，你自己的錢。」

羅忠咬了一口雞，慢慢嚼著，搖搖頭，沒有說話。

顧盛英也不說話，拿起酒盅，喝了一口，皺皺眉頭。

「我必須時刻提醒自己，那不是我的錢，那是俐姐的好意。」羅忠嘆口氣，說，「只是那點警察薪水不夠，沒辦法養家。將來有了能力，我一定還的。」

顧盛英苦笑一下，說：「小娘舅，你何必這樣，每個月折磨自己一次。母親講過多少次了，那是芯姨母生前積攢下來給你的，母親不過替芯姨母照看了幾年。」

羅忠端起酒盅，一口喝盡，閉住眼睛，不言不語，臉上的皺紋有些扭曲。

「啊喲，真是稀客呀。」

一聲軟軟的招呼，打斷他們沉重的對話。扭頭一看，芳沁苑老闆娘艾文秀走到桌邊。她三十多歲年紀，肌膚白皙，圓臉粉嫩，兩唇鮮紅，杏眼流盼，捲髮蓬鬆，身上淡綠色的旗袍，高領窄腰，大襟袖口鑲著乳白花邊。細長的手指間，夾著一支細長的香煙。總而言之，從上到下，都是照著《良友》雜誌封面打扮出來的模樣。她扭著身子，挪挪羅忠和顧盛英搭在上面的外套和禮帽，坐到那把椅子的角上，朝顧盛英微微笑著。

「文嫂，你好。」顧盛英笑起來，朝艾文秀點點頭，在煙灰缸裡壓滅香煙。

「手裡的妞兒又丟了？」艾文秀直截了當地問。

顧盛英耳朵一熱，說：「文嫂開玩笑，哪有那回事。」

「沒有丟了妞兒，怎麼想起到我這裡來。」艾文秀說，「再說，手裡捧著個美女的話，也沒時間來閒坐。」

「有女朋友的時候，他只去紅房子，或者華懋飯店。」旁邊羅忠插話，臉色依然不變，重新拿起煙斗，拿洋火點著。

顧盛英似乎有些著忙，說：「小娘舅你曉得的，我去紅房子，只是因為亞爾培路離家近些罷了。」

艾文秀打斷顧盛英的話，笑說：「對呀，去法國餐廳，才能騙小姑娘呀。我這麼一個浙江餐館，有什麼稀奇。」

顧盛英顯得委屈，說：「文嫂講這種話，可是昧良心。我來你這裡吃飯最多，而且哪個女朋友我沒帶到文嫂這裡來過？」

「我來數數看。」艾文秀假裝偏了頭細想，然後說，「那倒是，大概有過二十三四個吧。」

羅忠看艾文秀一眼，問：「真有那麼多？他才回國不到兩年。」

「啊喲，羅探長，你頭一次帶他來這裡，我就看出來，這樣高高的個子，這樣英俊的面孔，這樣顯赫的身世，這樣優雅的風度，又這樣有錢，上海話講得地地道道，英文又刮刮叫，他是專門來擾亂上海女人心的，從此以後，上海灘的漂亮女人不得安寧了，你看是不是。」

顧盛英朝櫃台招招手，說：「我們還是點菜吧，我真有點肚皮餓了。」

「你不用轉移話題，我安排好了。」艾文秀說，「西湖醋魚，龍井蝦仁，荷葉粉蒸肉，西湖蓴菜湯，片刻就上桌。」

顧盛英很氣餒，應一聲：「謝謝文嫂。」

「只要以後你多帶女朋友來幾次。」艾文秀說，「不講笑話，那個曼月又跑掉了麼？我看她以前很戀著你的樣子。」

顧盛英說：「文嫂不要取笑，不過是普通朋友。」

羅忠插話：「跟人到北平享福去了。」

艾文秀不懂，忙問：「去北平了，跟誰？」

「邢亮天。」羅忠回答。

「邢亮天？那個大名鼎鼎的京戲小生？前陣子來上海演出過的？」

「不錯。」羅忠繼續回答，「就是那次來上海，認識了曼月。」

艾文秀點點頭，說：「至少她是跟了個有名有姓的人物，才甩掉你顧先生，你也不算丟臉。要是她為個什麼阿貓阿狗，會計師或者牙醫之類，丟下你跑掉，那你可實在不值多少了。」

顧盛英好像得了理，說：「總而言之，文嫂，你錯了吧，我有什麼了不起，一個女人也攬不住，都跟著別人跑了。」

艾文秀撇撇嘴，說：「喲喲喲，心裡酸酸的，是不是呀？長些記性，學些本事，上海女人自然不容易搞的。」

「那不是靠本事做得來的事。」顧盛英聳聳肩，又說，「女人想跟你要好，打都打不走。不想跟你要好，綁也綁不牢。感情這東西，是雙方的，單相思，沒有意義，也得不到。而且她不想跟你要好，你千方百計，用了手段，靠金錢，權勢，名利，婚姻，道德，孩子等等，把她鎖住，有什麼好處。她人在你身邊，天天同床異夢，眼睛看著你，心裡想著別人，你會快樂麼？你會幸福麼？」

文嫂睜大眼睛，假裝驚訝，道：「哎呀呀，到底是律師，講出來就是一大篇。可惜我這裡不是會審公堂，也判不出你對你錯。」

顧盛英偏偏頭，又伸手去煙盒裡取香煙，邊說：「總之我有一定之規，跟女人交往，來去自由，絕不強求。」

文嫂說：「對你來講，當然沒有什麼要緊。美男子，又有錢，你不缺漂亮女人。我擔保，不出三天，你再來我這裡，就要帶一個美女。我們打賭，好不好？」

顧盛英笑了，說：「文嫂，吃飯我不會少付錢，你不必變了辦法敲我竹槓，哪次跟你打賭，我都是輸。」

羅忠插話放下手裡的煙斗，說：「文嫂，你不要鼓動他再找漂亮女朋友啦。二十五歲了，他應該找個普通女人結婚安家了。」

「什麼叫做普通女人？女人沒有一個普通。」顧盛英說。

文嫂聽了，笑起來。

羅忠說：「普通就是不漂亮。」

「哈，我不應該結婚一個漂亮老婆？」

文嫂接話說：「那可是不大對，顧先生這麼漂亮的人，不結婚個漂亮女人，豈不是可惜了。」

羅忠說：「漂亮女人對男人的要求太多，穿衣服啦，穿鞋子啦，化妝啦，腰身啦，不好伺候。」

顧盛英笑了，說：「小娘舅，這話是你嘴巴裡講出來，舅媽可是個漂亮女人。」

羅忠有些臉紅，卻嘴硬道：「我這是經驗之談，警告你，漂亮女人不好養。」

顧盛英更笑了，說：「據我所知，你屋裡廂都是舅媽一人操持，你大概油瓶子倒了也不扶。」

羅忠拿起煙斗，一邊點煙一邊說：「你舅媽是個例外，恐怕你沒那麼運氣，也找得到一個又漂亮又能幹的女人。」

顧盛英聳聳肩膀，說：「不見得吧，文嫂不是也又漂亮又能幹麼？」

艾文秀笑起來，舉手拍拍顧盛英的臉蛋，說：「美男子呀，你就是會講話，講得女人心裡甜滋滋的。如果不是大你幾歲，文嫂乾脆嫁你好了。」

顧盛英說：「我才沒有那樣的福氣。」

艾文秀笑了一陣，忽然轉過頭，問羅忠：「羅探長，我聽人家講，公共租界工部局要提昇你到公董局去做總探長，你不肯做，一定要留在匯司捕房，有這事情麼？」
羅忠表情有些不自然，拿筷子戳著菜盤子，支支吾吾地說：「文嫂消息倒是蠻靈通。」
艾文秀說：「我這裡一天到晚，人來人往，三教九流，每桌只聽一句，全上海的事情都曉得了。你講，有這事體麼？」
「小娘舅，真有這事嗎？」顧盛英頭一次聽說，頗感意外，問道，「沒聽你講過。」
羅忠無可奈何，只好答說：「事情是有，不過還沒有確定。我呢，也只是在馬路上做巡捕的材料，哪裡會做官。」
顧盛英望著羅忠，想了想，不再問。他曉得十年之間，曾有好幾次昇遷或者調動，小娘舅哪裡都不去，執意留在匯司捕房。原因很簡單，因為匯司捕房轄區包括海寧路與北四川路。
「你也真是的，守在北邊，走來走去老不方便。」艾文秀還在勸說，「哪怕調到公共租界中央捕房，福州路上，也近許多。」
羅忠苦笑一下，調侃說：「那還不如到法租界捕房來，就在門檻邊上。」
「你們的菜來了。」艾文秀一聲喊，打斷談話，利落地站起身，一邊朝旁邊走，一邊又回過頭，對顧盛英說，「講好了，三天以後你一定再來的。」
侍者托來一個大餐盤走來，上面放著四個碗碟，熱氣騰騰。桌子擺好，侍者走開，兩人拿起筷子，準備動手，面對餐廳門的顧盛英忽然說：「這樣一個癟三，也敢進到這裡來麼？」
羅忠轉過身，朝門口望望。

二　黑幫打鬥罪證確鑿　羅忠復仇樂得先機

一對男女剛走進門。

那女人一眼就看出是個雞，身穿窄小旗袍，手提廉價小皮包，濃塗艷抹，扭捏作態，進入餐廳之後，好像被裡面的豪華嚇住了，變得呆頭呆腦。

那個男人，中等個子，虛弱精瘦，頭髮蓬亂，好像剛折斷的一根竹竿。雖然滿身西裝，但毫無品味。服裝材料低廉粗鄙不說，尺寸也無一合適。

「你眼力不錯。」羅忠回過頭，夾起一塊粉蒸肉，繼續說，「那個小癟三，叫做豬嘴阿四。」

聽這一說，顧盛英才注意到，那小癟三的嘴巴確實過份突出，有些像豬嘴。

羅忠嚼著粉蒸肉，又說：「想不出來，這個小赤佬居然有錢帶小姐出來喫飯。」

好像回答他的問題，豬嘴阿四拖著女人，走到他們桌邊，點頭哈腰說：「羅探長，沒想到在此地碰上探長，小的給探長大人請安。」

他說這話的時候，那女人始終躲在後面，半張臉也不露，她肯定也認得羅忠，就算不認得，豬嘴阿四剛才看見，也一定告訴給她曉得了。

「好好吃你的飯，少在這裡囉嗦。」羅忠頭也不抬，不耐煩地說。

「是是是，小的到那邊遠處裡坐，不打擾探長大人。」豬裡阿四話沒落，被女人用力拖走了。
「法租界的小癟三，居然也認得公共租界的探長。」顧盛英說著，笑起來，搖搖頭。
「他們又不分公共租界和法租界，哪裡有飯吃就到哪裡去，自然處處捕房都要認得。」羅忠順口應道。
「全上海凡在馬路上找飯吃的人，三教九流，沒有不認得小娘舅的。」
「所以老婆不滿意，天天逼我辭職。」
「那是怕你有外遇？上海灘美女如雲。」
「我可沒有你那麼花心。」羅忠說完，不想繼續這話題，拿筷子從魚背戳下一塊魚肉，說，「文嫂的西湖醋魚，有蟹肉滋味，全上海第一，快動手，冷了不好吃。」
顧盛英知道羅忠的意思，不再別扭，卻又故作驚奇地說：「小娘舅，我以為你最喜歡荷葉粉蒸肉，今天改成吃魚了？」
羅忠笑了，說：「大男人，做警察，當然更喜歡吃肉。」
顧盛英搖搖頭，說：「那我不是大男人，我偏喜歡龍井蝦仁，玉白鮮嫩，翠綠清香。」
羅忠不理會他抬槓，自顧著夾了一大片魚，塞進嘴去。
忽然遠處傳來一陣喧鬧，兩個人轉頭望去。雖然身處高檔典雅的餐廳，豬嘴阿四又找了最遠的角落，可那對粗俗男女惡習不改，大聲說笑，敲桌拍碗，前傾後搖，弄得四鄰不安。他們旁邊兩桌客人，已經忍受不住，開始準備離開。
顧盛英搖搖頭，說：「文嫂應該在門口掛個牌：癟三與狗不得入內。」
羅忠嘆口氣，說：「滿上海，到處都是這種小赤佬。」

艾文秀急匆匆走來，低聲對羅忠說：「大兄弟，幫個忙，把那對狗男女請出去，可以不可以？他們攪得我的客人坐不牢了。」

羅忠朝豬嘴阿四那邊看看，說：「我總不能因為他們講話聲音大，就把他們捉進捕房去吧。而且，你這裡是法租界，我一個公共租界的巡捕，不能過問。」

艾文秀著急了，說：「大兄弟，地面上的人，都認得你，幫個忙，求求你，我這裡生意沒辦法做下去了呀。」

顧盛英說：「小娘舅不好出面，我去警告他們一下，好不好？」

羅忠斜他一眼，說：「你去有什麼用，你又不是巡捕。」

「我是律師。」

艾文秀這時急得冒火，顧不得許多，斜顧盛英一眼，道：「律師算個屁，只會騙人，哪個會聽你那一套。」

這句話很不像艾文秀講的，把顧盛英咽得一愣。

羅忠說：「文嫂，你去請那邊兩個客人過來，如果他們來告豬嘴阿四擾亂公眾治安，我就捉他們走路。」

艾文秀忽然聽到身後另外有動靜，扭頭朝大門口望望，倒吸一口氣，說：「今朝實在觸霉頭，這邊還沒有打理乾淨，那邊又來了。」

顧盛英抬頭一看，明白了艾文秀此話何意。

門口又走進兩條大漢，一高一低，同樣粗壯。雖然兩人都穿著呢製外套，頭戴禮帽，但那滿臉橫肉，緊繃的嘴唇，以及走路架式，都明白無誤顯出，他們是上海灘幫會的打手。

羅忠轉身看看，又回過頭，問艾文秀：「你要我去擋住他們，不許進麼？」

「我這裡是餐廳，怎麼可以不許客人進門。」

門口那兩個大漢站住腳，轉頭張望一陣，重新起步，繞著桌椅，朝角落裡的豬嘴阿四走過去。豬嘴阿四自然已經看見來人，卻動彈不得，呆呆坐在那裡，等待自己的命運。周圍客人都停住手，停住嘴，緊張地望著他們，廳堂裡靜得嚇人。上海人曉得幫會厲害，個個提心吊膽。

到底顧盛英頭腦靈活，忽然笑起來，說：「文嫂，你的問題解決了。」

艾文秀更加發愁，說：「他們在此地打起來，我小店的名聲就壞掉了，以後客人哪裡還敢再上門。」

羅忠說：「放心，文嫂，他們已經看清楚我坐在這裡，哪裡敢動手動腳。」

果然馬路上有馬路上的規矩，兩條壯漢走到豬嘴阿四桌邊，一人托著他一條胳臂，把他從座位上提起來，然後轉過身，一聲不哼，目不斜視，筆直朝門口走。豬嘴阿四毫不抗爭，被兩大壯漢拖出門。那個雞坐著，先發一陣呆，然後轉過身，伏在桌上，繼續吃她的飯，似乎對剛發生的事，並不在意。

艾文秀鬆了口氣，走開去，招呼豬嘴阿四鄰桌的幾個客人，答應各送他們一個湯，作為安慰。

顧盛英倒生了好奇，探頭問羅忠：「他們會打他麼？那個豬嘴阿四。」

羅忠心不在焉，夾一條粉蒸肉，送進嘴裡，津津有味地嚼著，答說：「當然，否則找他做什麼？」

「你不管麼？」

羅忠還沒吃夠，又伸筷子到粉蒸肉盤裡，夾些米粉，送進嘴去，說：「他們一個叫阿牛，一個叫阿發，肯定是來討帳的，他們自家事情，我去管什麼。」

他的話音剛落，顧盛英就聽到窗外傳來一串慘叫聲，兩個打手已經開始嚴懲豬嘴阿四。顧盛英因為坐在窗邊，聽得清楚些，坐在餐廳內部的客人，對剛才發生的事件並不留意，加上吃飯聊天，似乎一點也沒有聽到外面的動靜。

「我可受不了，小娘舅，如果你不去管管，我可自己去了。」顧盛英放下手裡的筷子，說，「我們不能眼看著出人命吧。」

「好啦，好啦，我去，我去。」羅忠說著，慢悠悠又夾了一片肉放進嘴，這才放下筷子，拍拍手，站起身。他好像故意要拖延時間，讓豬嘴啊四多挨一陣拳打腳踢。「那癟三也算不得什麼好東西，總是罪有應得。」羅忠嘟囔著，走出餐廳。

外面的打罵聲立刻停止，甚至沒有聽見羅忠吆喝，大概馬路上的人，只要見到羅忠的影子，就都一哄而散，灰飛煙滅。不過兩分鐘，羅忠便走回來，重新坐下，拿起筷子，說：「都處理好了，你滿意了吧。」

顧盛英聳聳肩，說：「救人一命，勝造七級浮屠。你是捕房探長，有責任維護市民人身安全。」

羅忠連吃幾筷子蝦仁，又喝一口蓴菜湯，擦擦嘴巴，才慢悠悠地說：「豬嘴阿四如果來找你的麻煩，不要怨我，這是你逼著我管這攤閒事的。」

顧盛英停住筷子，盯著羅忠，問：「你講什麼？你搗什麼鬼名堂？」

羅忠揮揮筷子，說：「沒什麼，快吃吧，菜都已經冷了。」

顧盛英猶猶豫豫，把一筷子醋魚放進嘴裡，看見豬嘴阿四回進門來。

他步子很慢，彎腰曲背，兩手捂著肚子，好像非常疼痛的樣子。走近幾步，顧盛英更看到，豬嘴阿四身上的衣服滿是灰土，多處撕破，顯然是在地上打了許多滾，臉上的血道子，橫七豎八，相當可怕。

本來坐在門口的幾個客人，看到豬嘴阿四模樣，覺得恐怖，有些騷動。忽然間，那個雞老遠看到，驚叫一聲，惹得餐廳裡面的客人也都轉過頭，望見豬嘴阿四。可是豬嘴阿四並不走回自己的飯桌，卻在顧盛英的桌邊停下。

「羅探長，謝謝你大人救了小的一條性命。」豬嘴阿四說，嘴角上淌出一縷血絲來，趕緊一吸，縮回牙齒縫裡去，看著又可憐又噁心。

羅忠頭也不抬，根本不予理會。

顧盛英用眼角看看旁邊，艾文秀走過來，一個勁朝他擺手，要他趕緊把豬嘴阿四打發出門，免得影響她的客人。

豬嘴阿四看著羅忠，愁眉苦臉地說：「羅探長，你看我給打成這樣子。探長講得對，我要往會審公堂遞狀子，告他們。」

羅忠暗暗抬眼，看了對面顧盛英一下，然後揮揮手，說：「阿四，我們在吃飯，你三番五次來打攪，煩不煩？外面等一等，我們吃好了出去再講。」

「羅探長。」豬嘴阿四繼續哀求。

羅忠不耐煩了，指指顧盛英，說：「這位顧先生是執業的律師，等一下跟你談，出去吧。」

顧盛英倒吸一口氣，怒火中燒，幾乎跳起來，終於忍住。

豬嘴阿四聽說，轉頭盯著顧盛英，看了幾眼，然後點點頭，說：「我在外面等，我在外面等。」

「阿四。」羅忠忽然又叫住他，說，「你不必在外面等了，明天再談話。你馬上到醫院去做檢查，看看傷了幾根骨頭，需要縫多少針，叫醫生寫個記錄。」

豬嘴阿四好像聽不懂，站著發愣。

羅忠又補充：「你不是要控告他們麼？你要有證據，你的傷就是證據。趁著這些傷還新鮮，馬上找醫生。」

豬嘴阿四才聽明白，連忙點頭稱是，匆而又愁眉苦臉起來，說：「羅探長，這，這，我哪裡有錢看醫生呢？」

羅忠發起火來，把筷子一放，說：「豬嘴阿四，你不要不識抬舉。你差娘的有錢招雞，到這裡來擺闊，卻沒有錢看傷。不看算了，你也不要想告誰，趕快差娘的滚，你再多講一句話，我就銬了你坐班房。」

豬嘴阿四嚇壞了，趕忙一溜聲說著：「不敢，不敢。」匆匆跑出店門去了。

「謝謝大兄弟，我的心要跳出來了。」艾文秀揉著胸口，講話聲音還打著抖。

羅忠說：「不好意思，文嫂，我很少講粗口的。」

「那種癟三，不罵不聽的。」艾文秀說著，甩一下手。

「文嫂，求你一件事。」羅忠忽然說。

艾文秀說：「大兄弟，羅探長，你幫我這麼大的忙，今天保住我的店，保住我的生意，要我做再多事情，我也沒話講。今天這頓飯，算在文嫂頭上。大兄弟，你講，什麼事要我做？」

羅忠轉著頭，看了看店堂，說：「這裡幾桌，不少常客吧？」

艾文秀轉臉，看了一遭，說：「好幾桌都是熟客，常來的。」

羅忠說：「那好，文嫂幫我把這些客人的姓名寫個單子。」

「做什麼？」

羅忠說：「發生了打鬥事件，如果有人叫喊，捕房或者工部局問起來，我在場，也需要找幾個證人。」

艾文秀明白了，點點說：「那是當然，那是當然。我馬上就寫出來，你走的時候可以帶走。」

「謝謝文嫂。」

「不過，那名單只好你留了用，不可以給別人的。」艾文秀囑咐道，「我可不要得罪了客人，生意做不成功。」

「怎麼會，文嫂放心。」

艾文秀點點頭，走開了。

顧盛英這才有機會抱怨：「小娘舅，你搗什麼鬼？把我也拉扯進來。」他聲音雖然不高，口氣裡火氣卻不小。

「我告訴過你，這種潑皮，沾上了不容易甩掉，你不聽，逼我去管閒事。」羅忠慢條斯理，不緊不慢地回答，又去吃他的粉蒸肉。

「我沒有答應要替他去打什麼官司。」

「我以為你慈悲為懷呢，救人一命，勝造七級浮屠。你是律師，有責任替人打官司。」

「這樣一個癟三，付得出我的律師費麼？我拿什麼來付文嫂的飯錢。」

羅忠不說話，只是低頭吃肉。

顧盛英氣仍不消，又說：「我不接這個官司，堅決不接。要打官司，找別的律師。」

「這官司非找你不可。」

「為什麼？我是你外甥，我那樣好講話，免費官司也非接不可？」

羅忠放下筷子，坐直身子，喘了口氣，說：「阿牛阿發兩個，是薛鴻七的人，這次我有了見證，又有醫生證明，或許有機會，能夠扳倒他。」

顧盛英聽這一說，驟然間渾身發熱，腦門上好像滲出一層薄薄的細汗。他沒想到，羅忠心裡琢磨的，竟是這麼一個大計畫。小娘舅也許從幹巡捕的那一天起，就日夜盤算，已經盤算了十年，現在總算被他捉住一個動手機會。可是上海灘人人曉得，跟薛鴻七鬥，不是容易事，他們面前將會布滿荊棘，甚至血流成河。但顧盛英知道，再難再險，他也絕不會停止，不會回頭。他要跟小娘舅一起，報小娘舅的仇，他也要為自己的母親贖罪，讓芯姨母在天之靈，得以安息。

「你放心，小娘舅，這事交給我了。」

羅忠點點頭，沒說話。

三

美國少爺來滬打拼　忠僕照料無微不至

第二天早上，顧盛英被電話鈴聲驚醒，迷迷糊糊欠過身子，抓起床頭櫃上的電話。

「哪一位？」他問過一句，發現自己嗓子沙啞，滿是睡音，便咳了兩下，清理喉嚨。

「還沒起床？真會睡。」是羅忠的聲音。

顧盛英哀哼一聲，揉揉眼睛，望望床頭櫃上的座鐘，說：「剛剛七點鐘。」

「七點半鐘啦，大少爺。」

「七點半鐘也太早了。」顧盛英坐直身，拉過枕頭墊在身後。他知道，羅忠這麼早打電話，必有要事，這通電話要打一陣子。

「全醒了沒有？可以講正經事情麼？要不再睡一陣，醒了再講。」

「被你這麼攪，還能再睡麼？我又不是白痴。」

「那好，聽著。」羅忠還不放心，又提醒一句，才繼續說，「醫院的診斷已經送來了，傷得不輕。」

「等等，等等，什麼事？你受了傷？」顧盛英忽然著急起來，連忙問。

羅忠不耐煩了，提高聲音說：「你昨天晚上做什麼去了？哦，我明白了，又一夜沒睡。可是不對，找記得你這兩天身邊沒有女人呀，至少到昨天晚飯時候，還沒有。吃過晚飯就找到一個新的了，一夜神魂顛倒？」

顧盛英把話筒挪開耳朵，聽了一陣，才說：「你講些什麼，小娘舅，瞎七搭八，哪個跟你講我又有女人了？我什麼時候有過什麼女人，不過都是朋友。」

羅忠沒好氣，大聲說：「那麼你怎麼會忘掉豬嘴阿四的事情呢？」

「哦，是他的事情，我記起來了。」顧盛英這才想起昨天晚飯在芳沁苑的情況，自然也想起豬嘴阿四的醜惡嘴臉，禁不住皺皺眼睛和嘴角，暗自嘆口氣。

羅忠在電話那一頭，看不到顧盛英的表情，繼續說：「阿牛和阿發，是薛鴻七的打手。我在匯司捕房臥了這麼多年，就是要在他自家的地盤上，盯牢他的一舉一動。托天之幸，這次被我抓住。」

顧盛英為轉移羅忠對自己的不滿，故意挑逗說：「芳沁苑在法租界，那裡出了案子，你怎麼可以把人捉進你的捕房？」

羅忠乾笑一聲，說：「豬嘴阿四如果是在芳沁苑裡面挨打，我當然不可以管，那是法租界的地盤。可是阿牛他們把豬嘴阿四拉到外面，在馬路對面打，那就是公共租界的地面，就歸我管了。」

「哦，怪不得，隔一條馬路，就是兩個世界。」

「上海就這樣子，奇奇怪怪，不是上海人，搞不清爽。」

顧盛英彷彿自言自語道：「我一直覺得奇怪，薛鴻七無惡不做，這麼多年，竟然拿他沒辦法。」

羅忠語氣堅決地說：「這次我往會審公堂遞狀子，控告薛鴻七。只要阿牛供出來是薛鴻七派他去打豬嘴阿四，就能定他個罪，不管什麼，哪怕關他一個月，在上海也算得劃時代的成功。」

顧盛英嘆口氣，說：「中國的事情，實在難以置信，一個罪人惡極之人，居然沒有人告過他。」

「怎麼會沒有人告過他。」

「那麼，會審公堂居然從來沒有判過他？」

「會審公堂沒有辦法判他。」羅忠說，「因為他從來沒有出過庭。」

「怎麼可能？」

「所有告他的狀子，都在出庭之前完結了，他從來沒有進過會審公堂。」

「這人真有手段。」

「什麼手段，心狠手辣而已。」羅忠又補充一句，「或者會用錢消災吧。」

「這次你能夠擔保逼他出庭受審？」

「這次你跟我合作，我們非把他拉上會審公堂不可，殺殺他的威風，給上海百姓出一口惡氣。」

「小娘舅，我聽你的。」顧盛英說，他知道羅忠斷定他姐姐的死，出於薛鴻七之手，所以跟薛鴻七不共戴天。就是為了報這個殺姐之仇，羅忠才始終不肯去美國，留在上海做巡捕，而且在匯司捕房蹲了十年。如果小娘舅這次真能夠為姐姐報仇，他顧盛英當然兩肋插刀，義不容辭。

門口傳來兩聲輕輕的敲門擊。

「我的早飯來了。」顧盛英對電話裡說了一句，然後用手蒙住話筒，對房門口喊，「請進，王叔，我起來了。」

房門被推開，王志遠走進來。他穿著講究的三件頭西裝，直挺腰板，英國紳士風度，戴白手套的兩手，端著一個專門放在床上用的矮腳小桌。顧盛英的祖父老古德曼先生，從英國來上海做生意的時候，王志遠的父親做老古德曼先生的僕人。後來老古德曼先生去美國，把王志遠的父親也帶去，並替他成了家。王志遠中學畢業，到英國接受專門家僕訓練，繼承父業，服侍小古德曼先生，就是顧盛英的父親杰瑞。顧盛英要回中國，父母不放心，派王志遠夫婦陪同，一方面照料顧盛英的衣食住行和安全，一方面也可隨時向古德曼先生和太太報告他在上海的行為。

「早安，大少爺。」雖然出生在美國，因為父母在家只講中國話，王志遠的上海話仍然相當熟練。他說著，跨著顧盛英的腿，把小桌放到床上。因為受過專門訓練，他的一舉一動，都十分優雅得體。

「早安，王叔。」顧盛英注視小桌上的早餐。兩個煎蛋，三條煎火腿，一杯果汁，一杯加奶不加糖的咖啡，一片塗了黃油的吐司麵包，一個蒸熱的豆沙包，中西合璧。準備一天忙祿，需要許多熱量，必須吃西餐早點，黃油火腿之類。顧盛英不喜歡吃麵包，王叔每餐給他弄點中國小點心，豆沙包，芝麻燒餅，油條等等。

電話裡，羅忠還在繼續講話：「我們正在取豬嘴阿四的口供，做完之後，我就送他到你的辦公室去。」

「不要太早了，我才開始吃早飯，吃過之後還要洗澡。」顧盛英趕緊說，同時對王叔點點頭。

王志遠輕輕走出去，關了房門。

顧盛英想起豬嘴阿四的模樣，剛揚起的食欲，受到挫折。但轉念又想，過了一夜，想必醫生已經把他的嘴臉修理過，起碼看著不至於噁心了。「十點鐘吧，我到辦公室，還有很多事要處理。」

羅忠笑起來，說：「裝模作樣，你有什麼事要處理？招弟早替你辦妥了。」

「那也都要我過目和簽字。」顧盛英說，「掛了，我的早飯冷了。」

兩人掛斷電話，顧盛英開始吃早飯，想著羅忠的大案子。吃過以後，他到洗澡間洗了個澡。說是洗澡間，其實只是在二樓一個房間安裝了一個洗澡盆，也沒有熱水龍頭。顧盛英洗澡之前，需要王志遠夫婦在灶間燒熱水，提到樓上。

那是上海法租界裡普通樣式的一所洋房，座落在亞爾培路和辣斐德路交界處。這房子雖然跟上海普通洋房一樣有三層，面積卻比普通洋房大一倍多。房子背後還有個車庫。房子裡面底層，前面是客廳和餐廳，後面接著灶間和廁所，以及王志遠夫婦住的房間。頂樓三個房間，作為客房和儲存室。二層三個房間，一個是顧盛英的臥室，一個是書房，第三個改作洗澡間。對顧盛英來說，最重要的還不在於那個洗澡盆，而在於那房子裡安裝了抽水馬桶。二十年代，上海絕大多數人家都沒有抽水馬桶，只能用普通馬桶，每早日出，弄堂口馬路邊排列各式馬桶，蔚為壯觀。

這房子是小古德曼先生在上海創業時住的地方，後來他發達了，又結了婚，生了孩子，搬進狄斯威路更大的一所房子居住，這座洋房便一直出租給別人。顧盛英要回國，小古德曼先生便把這所房子讓給兒子住。顧盛英並非看中了這個地點，當然地點確實方便又安靜，也不是因為這房子面積大，而是因為這房子裡有抽水馬桶，所以同意住在這裡，他實在無法忍受每天早上王叔在家門前刷馬桶的景象。

顧盛英吹乾頭髮，臉上薄薄擦點雪花膏，手上塗了凡士林，然後在衣櫃前站了片刻，選了一件淡褐色襯衫，一條米黃的西褲，一件深咖啡色的西裝上衣。他拿了一條領帶，比劃一陣後，決定今天不打領帶，便又把領帶掛回領帶鉤。見豬嘴阿四，辦那個髒案，實在讓他提不起精神來裝扮自己。

走下樓時，顧盛英從窗中看見黑色奧斯汀汽車已經停在前門外。王志遠夫婦都站在客廳裡，等待著他。王志遠戴著制服帽白手套，做好了開車的準備。王嫂穿著女僕的衣裙，戴了大圍裙，手裡托著一杯熱咖啡。通常顧盛英坐車出門，會在車裡喝今天的第二杯咖啡。

「王嫂早。」顧盛英對王嫂點點頭，他喜歡王嫂，溫良賢惠，特別能幹。

王嫂照例曲曲膝，笑著說：「大少爺早。」

顧盛英轉頭，說：「王叔，我今天不去什麼地方，只到辦公室，不開車了，幾步路，叫部黃包車好了。」

「是，大少爺。」王志遠點點頭，說，「那麼我今天把車子洗一洗。」

顧盛英說：「王叔不要忙了，今天休息休息吧。」

「謝謝大少爺。」王志遠說著，轉身出門，「我去叫車子。」

王嫂把手裡咖啡往前送送，說：「大少爺坐黃包車，還喝咖啡麼？」

「王嫂，我到辦公室再喝吧。」

「辦公室哪裡有咖啡可以喝，招弟煮的咖啡喝不得，上海人不會燒咖啡。」

顧盛英笑了，在王志遠夫婦眼裡，上海人什麼都不會做，天底下只有英國專業僕人做事才像樣。

「那麼我在這裡喝兩口，等王叔叫來車子。」顧盛英說著，接過王嫂手裡的咖啡杯，慢慢喝著，說，「當然，到底是王嫂燒的咖啡，天下第一。」

王嫂滿足地笑了，說：「慢些喝，不要燙了嘴巴。」

幾分鐘後，王志遠回進門，對顧盛英說：「大少爺，洋車到了。」

顧盛英把咖啡杯交還給王嫂，朝外走，說：「你們忙吧，我走了。」

王嫂又把他叫住，說：「大少爺，你坐洋車，這樣穿著，怕要冷吧，加一件外套比較好。」

顧盛英站住腳想想，便走到門邊的衣櫃，取出一件粗呢大衣，套到身上。王志遠在他身邊，從衣櫃裡拉出一條毛圍巾，遞到他手裡。

「謝謝王叔。」顧盛英說著，把圍巾掛到脖子上，往門外走。剛走出去，又回轉來，站在門邊，說，「如果有個人，長得豬頭豬嘴模樣，到這裡來找我，不要讓他進來。」

王叔立刻回話：「沒有大少爺的關照，我們不會讓任何一個人進來。」

顧盛英點點頭，說：「到上海快兩年了，我沒有跟上海幫會的人打過交道。今天我要會見一個馬路上的小癟三，日後大概會跟一個幫會老大打官司，心裡有些不安。」

王志遠聽了，朝前一步，說：「大少爺，老爺太太交代過，大少爺在上海，不許跟幫會的人打交道。」

顧盛英歪歪頭，說：「不是我想做，是小娘舅要做。」

王志遠夫婦聽了，不再作聲。

顧盛英繼續說：「小娘舅要為芯姨母報仇，我不能袖手旁觀。」

「那是自然的。」王志遠點頭說，「大少爺要不要我去鏢局找兩個保鏢？出了錯，我沒辦法對太太交代。」

顧盛英說：「現在大概還不需要吧，小娘舅是捕房的探長，如果需要，他會派人保護。」

王志遠想著說：「那就好，我今天出去問問看，有沒有防彈玻璃，可以換到我們的門窗上。」

王嫂接口說：「還有汽車玻璃。」

顧盛英說：「沒那麼急，你們不必太操心。事情沒有頭緒的時候，你們先不要對父親母親講，好不好？免得他們大老遠的，替我擔心。」

王志遠答應說：「難得大少爺如此孝順，我們聽大少爺的吩咐。」

顧盛英這才滿意了，走出門。

四 入不敷出招弟發怒　反主為奴盛英求饒

顧盛英乘了黃包車，從亞爾培路朝左手彎，到霞飛路右轉，不遠就到聖母院路口，停在一座高大的寫字樓前面。顧盛英的律師事務所在這樓最頂層的東南角，從窗口可以俯瞰霞飛路上的繁榮。

「早，招弟。」顧盛英走進辦公室，打著招呼，脫下外套，往門邊的衣架上掛。

「早，老闆，沒想到今天你會來辦公。」白招弟沒好氣地說。招弟將近四十歲，中等個子，中等相貌，走在馬路上，不會有人看她第二眼，因此她特別注意穿著打扮，期望保留青春，惹人顧盼。雖然她貌不驚人，卻是上等的聰明，上等的能幹，上等的可靠，只要她肯繼續做，顧盛英絕不再另找秘書。

「怎麼啦，一早起來就生氣？」顧盛英笑了，搓著兩手，說，「我坐黃包車來，一路沒有看見天塌下來。」

白招弟在桌子後面站起來，手裡拿著一疊紙張，說：「天沒塌，不過你的屋頂要塌了。」

「什麼事情那麼嚴重？」顧盛英問，卻不伸手去接白招弟遞過來的紙張。他知道，如果接到手裡，就從此甩不脫了。

「你曉得今天幾號？」白招弟只好縮回手，拍打著那疊紙張，說，「你住的房子，這裡辦公室，水電，電話電報，跑馬場，俱樂部，國際飯店夜總會，高爾夫球，歌劇院，芳沁苑的帳，還有紅房子，華懋飯店，所有賬單都來了。大少爺，你只曉得住房子吃飯，花天酒地，都要付錢的，記得不記得？」

「那就付，每個月都要付的。」顧盛英聳聳肩，打算走進裡間辦公室去。

白招弟擋住他的去路，伸著手，說：「講話那麼輕巧，拿錢來。」

顧盛英糊塗了，說：「拿什麼錢？你寫好銀票，我簽字。」

「寫什麼銀票？銀行裡沒有錢，你想跳票麼？」

顧盛英這才明白，白招弟為什麼惱火。他想起來，幾天前聽招弟講過，銀行裡錢不夠，要他多找案子做。可他沒當回事，照舊吃喝玩樂，不務正業。

「差多少？」顧盛英忍不住問。

白招弟哼了一聲，說：「差多少？你最好問問，我們還有多少？」

「哦？居然銀行都空了麼？怎麼可能？」

「哦？你們有錢人過日子，從來不算帳的，是不是？」

「我哪裡是有錢人，我是工薪階級。」顧盛英說著，急中生智，「你講的，我已經窮得付不出房租了。」

「不要跟我咬舌頭。」白招弟點著手指頭，說，「你講吧，怎麼辦法。」

顧盛英想了想，說：「還有什麼辦法，再賣掉一批股票好了，以後有了錢，再買回來。」

「你只曉得拆東牆補西牆，什麼時候是個了結？」白招弟說，「而且你哪次賣掉的股票，以後又買回來過？那些股票夠你補多少虧空？」

顧盛英攤開兩手，說：「那麼你講，該怎麼辦法？」

白招弟看顧盛英一眼，嘆口氣，說：「再簡單不過的事情，講過多少次，你就是不肯聽。」

「什麼簡單辦法？你再講一遍。」

「你自己的房子，交什麼房租？」

顧盛英長長哦了一聲，說：「跟你講過很多次了，這些都是我父親的房產，不是我的，我現在用，當然要交房租。」

白招弟十分有理地說：「你父親的，不就是你的？父子還分那麼清楚麼？」

顧盛英聳聳肩，說：「大概中國人不分，美國人分得很清楚。」

白招弟更有理了，說：「你母親是中國人，她一定不要收你的房錢。」

「父親母親都沒有要收我的房錢，可是我自己要付，我這樣大的人，為什麼要接受他們的恩賜。」

白招弟又嘆口氣，說：「你們美國人，真沒道理可講。」

「不要急，我們會有辦法的。」

白招弟把手裡的紙頭丟到桌上，說：「要你去大公司，又不肯，一定要自己跑單幫。你不曉得，在上海做事有多難。在大律師樓裡做個律師，不用操心賬單啦房租啦，案子辦妥就好，輕鬆得多。」

顧盛英搖搖頭，說：「中國從來沒有過法律，中國人根本不懂得法律怎樣運作，包括上海的律師在內，都是老一套官府辦案。我跟他們為伍，看他們胡作非為，不等拿到頭個月薪水，已經氣死了，比交不出房錢更糟糕。」

白招弟終於笑了，說：「你這人真沒辦法，美國人是不是都你這鬼樣子？」

顧盛英見把白招弟逗樂了，很得意，繼續說：「反正不過都是個死，與其做牛做馬，被別人壓迫死，不如做個獨立的人，自由自在地死。」

白招弟無可奈何，說：「話是這樣講法，可我有兩個孩子要養，每月薪水不能少，也不能拖，所以心裡急。」

「不用急，我已經接了一個案子，馬上開辦。」

白招弟很驚奇，忙問：「真的？客戶什麼時候付頭款？」

顧盛英後悔講漏了嘴，現在收不回去，只好支吾著說：「客戶不付頭款，如果官司打贏了，自然會收一筆錢。」

白招弟看出破綻，忙問：「什麼案子？你又替別人免費打官司，是不是？」

顧盛英無可奈何，只好回答：「不是別人，是小娘舅。」

白招弟倒有點吃驚了，問：「羅探長，他怎麼了？他要打官司？」

顧盛英曉得不好，就想跑開，移動腳步，說：「不是他自己要打官司，是他替別人打官司，要我幫忙。」

「不要走。」白招弟擋住他，問，「什麼官司，要羅探長出手？」

顧盛英猶豫了一下，說：「告薛鴻七。」

「哪個？告哪個？」白招弟問著，好像氣有些不夠用。

「告薛鴻七。」顧盛英很堅決地說。

白招弟終於喊起來：「你沒有生病吧？發燒講昏話？你和羅探長，要告鴻爺？狂張毒血裡面的血？」狂張毒血是上海流行的一句話，指上海灘幫會四大亨，狂是黃金榮，張是張嘯林，毒是杜月笙，血是薛鴻七。

顧盛英板著臉，說：「對，他害死了芯姨母，小娘舅一定要報仇。」

白招弟不講話，低下頭。她對羅忠和顧盛英兩家的事情，了解得很清楚。

「如果這個案子打成功，以後還愁別人不上門找我嗎？」顧盛英好像是安慰白招弟。

「只要你能活到這個案子打完。」白招弟說著，轉過身，「跟鴻爺打交道，不是白相相的事體，性命要緊。」

顧盛英聳聳肩，說：「小娘舅跟上海幫會打了十年交道，還不只是薛鴻七一個，跟狂張毒血四大家族一起鬥，還不是照舊活得好好的。」

「他是巡捕，探長，你是什麼？」白招弟說完，又轉回身說，「而且，原告不付錢，你只有免費打官司，鴻爺絕不會付錢的。挨了告，哪裡還有付錢的道理，你越是打贏，就越沒有錢進來。」

顧盛英不明白，說：「他敗訴之後，當然要付罰款。」

「你等著吧，看看鴻爺會不會付一文錢。」說到這兒，白招弟吊下臉來，繼續，「而且那樣的案子，辦起來成年累月，哪個曉得什麼時候才可以打得完，可是你這個月的房錢就沒有出處，遠水不解近渴。」

「你講得很對，幫忙想想辦法吧。」顧盛英說，「照我講，只有賣股票，沒有別的法子。」

白招弟盯著他，說：「是你要我幫忙啊，我講出來，你不要動氣。」

「當然，你是我的大管家。你講話，我敢動生氣麼？你跟我這一年多，我對你動過一回氣麼？」

白招弟笑了，顧盛英講的是事實。從顧盛英回上海開設律師事務所，白招弟是他雇用的第三個秘書，前兩個都沒做幾天就打發掉了，從白招弟來了，一年多再沒有換過，而且顧盛英對她越來越尊重，請她做的事也越來越多，幾乎離不開她的樣子。當然招弟也有知遇之感，對顧盛英忠心耿耿，極盡自己所能。

「既然你堅持要給自己的老爸付房錢，那麼我替你想個辦法。」白招弟說，「你也從你老爸那裡賺錢，怎樣？」

「我怎樣從他那裡賺錢？把他請回上海來？」

「不用。」白招弟搬著手指頭，說，「你父親在上海有多少處房地產？你住的那所洋房，我們這座寫字樓，還有公共租界裡面兩座公寓，這是四處。另外一所別墅房子，在杭州。一共五處，對不對？」

顧盛英想了想，回答：「對，還有另外兩處房產，我們回美國之前賣掉了。還有外灘那家銀行，也是父親的產業。」

白招弟點點頭，說：「銀行的事情，你父親自己打理，我們不敢去碰，也太複雜，我們不會弄。只講這五處房產，從古德曼先生離開上海開始，十幾年了，他一直雇用房地產公司替他管理，出租，維修，收帳，對不對？」

顧盛英聽到這裡，鬆了口氣，聳聳肩，說：「對，我們每月房租就是交給那家公司，你曉得的。」

白招弟撇撇嘴，說：「我當然曉得，所以才會想到這個辦法。」

「什麼辦法？」顧盛英還是沒有明白。

白招弟把兩手抱到胸口上，問：「這家公司替你父親照看這些房地產，每月賺多少錢？你曉得麼？」

「我怎麼會曉得，那要問父親。」顧盛英又補充，「可是，我從來不過問父親的事情。」

「如果你覺得我的辦法可以試試，不妨問問你父親。」白招弟頓了一頓，把兩只手放下來，接著說，「我建議：跟你老爸講，在上海照看這些房地產的事情，由我們律師樓來做，不要雇別的公司，那些管理費付給我們律師樓。」

顧盛英吃了一驚，連聲說：「你講什麼？我們怎麼做得來？」

白招弟鎮靜地回答：「我們當然做得，你不用操心，我自己來做。」

顧盛英搖搖頭，說：「你還不夠忙麼？你哪裡有時間再去管理房地產，我想那會很麻煩。」

「我有什麼忙，你手上有幾件官司？我一天到晚坐在這裡發呆，不如找些事情做。」白招弟講完，喘口氣，又補充，「就算忙，我也不怕。我不怕事情多，只要賺到錢。」

顧盛英垂下頭，說：「我不曉得，那能賺多少錢，也許得不償失。」

白招弟回答：「我想過了，最多不過頂房租水電，我們也就減少許多負擔。這樣你住房子，用辦公室，不交房租，心裡也平衡，是不是？或許還能賺些錢，過年的時候我可以拿幾塊大洋紅利。」

顯然白招弟想這事，已經想了很久，出口成章。顧盛英聽完，一時講不出話來，低頭沉思。這話不無道理，他最近沒有什麼案子做，收入不足，付不出房租，經常賣股票填補虧空，都是事實。但是管理父親在上海的房地產，以此頂替房租，他卻從來沒有想到過。

見他猶豫，白招弟說：「這也不是急事，用不著你立刻做決定，想想看。」

顧盛英點點頭，默不作聲，推開裡間辦公室，走進去。

這時候，電話鈴響了。白招弟伸手拿起桌上的電話，說：「顧盛英事務所。哦，羅探長，剛還跟顧先生談到你呢？」

「曉得了，我接。」顧盛英在裡屋已經聽到，對白招弟喊了一聲，坐到辦公桌後面，摘下話筒，說：「小娘舅，你好。」

羅忠急急忙忙地問：「豬嘴阿四到了沒有啊？」

白招弟輕手輕腳走來，把裡屋辦公室的門關好。

顧盛英把話筒換個手，把座椅轉個向，臉朝著背後的玻璃窗，說：「沒有，你們那邊事情已經完了嗎？」

「一個鐘頭以前他就走了。」羅忠在電話裡又罵出來，「娘希屁，這小癟三又搞什麼鬼把戲。」這時顧盛英聽見身後幾聲輕輕的敲門，忙轉過身，對電話說：「小娘舅，你等一下，招弟在敲門。」

白招弟推開門，不像平時那樣伸進半個臉講話，而是乾脆走進裡屋，還在身後關了門。

顧盛英覺得奇怪，問道？「什麼事？」

「有人來找。」白招弟指指門外邊，小聲說。

顧盛英看看關著的門，笑起來，問：「哪個？把你嚇得這樣子。」

白招弟睜大眼睛，兩手比劃著說：「一個霞其難看的男人，豬頭豬臉。」

顧盛英聽了，趕緊先對話筒說：「你聽見沒有？小娘舅，豬嘴阿四剛剛到，在外面等我呢，你放心好了。」

「娘希匹，蕩了一個鐘頭才走到，險些嚇出我心臟病來。」羅忠在電話裡罵一聲，鬆口氣，又說，「他帶著所有的醫生診斷書，還有我們的審訊供詞，你要仔細問問，看還能發現什麼新材料，可以用在案子上，這次我們非把鴻七捉住不可。你可不可以今天就把狀子遞進去？趁熱打鐵。」

顧盛英看看手錶，說：「我盡力吧，到時候打電話。」

「晚上到什麼地方吃飯？」羅忠忽然轉了話題。

顧盛英站起來，邊說：「我給你打電話再講，要看案子準備的情況。」

「對，案子要緊，再會。」羅忠說完，把電話掛斷了。

顧盛英放下電話，見白招弟還站在那裡沒走，便問：「還有什麼事？」

白招弟紅著臉，指指屋門外面，說：「那個就是你新案子的客戶？」

「對，豬嘴阿四。」顧盛英笑了，說，「我們為他告薛鴻七。」

白招弟翻著眼睛望望屋頂，說：「老天爺不長眼睛呵，怎麼可以叫人長出那樣一個嘴臉。那種人看多了，要生病的。」

「昨天晚上他還帶了個女人，到芳沁苑去吃飯呢。」

「那女人一定是瞎子。」白招弟捂住嘴，說，「就算瞎子，摸摸那張臉，也要嚇出病來。」

顧盛英更笑了，說：「有那樣嚴重麼？請他進來吧。」

白招弟喘口氣，說：「這樣醜的人，也敢到會審公堂去告人？這個世界真是不成樣子了。」

看著白招弟出門的一瞬，顧盛英又補充一句：「我們談過話之後，要請你準備一份狀紙，爭取下午遞進會審公堂去。」

半分鐘後，豬嘴阿四走進顧盛英的辦公室。

五

強接案件盛英無奈　威逼利誘阿四提訴

豬嘴阿四右臂打了石膏，掛在脖子上，右腿打了夾板，左臂架拐，走路一歪一歪，走進屋來，不等人讓，便倒在一個沙發裡，用力喘氣，好像累得要命。

昨天晚上顧盛英在芳沁苑已經見過，曉得豬嘴阿四相貌醜陋，今天日光下面看見，發現他的長相比昨天晚上燈光下更加惡劣，難怪白招弟猛一看到，險些嚇得要生病。大概因為剛挨過暴打，那張豬臉更腫了一圈，本來眯眯小的眼睛顯個更小，而本來鼓鼓翹的嘴巴也顯得更大。額頭斜斜貼的橡皮膏，不過一夜，已經發黑，可知那雙手有多骯髒。

「病歷帶來了麼？」顧盛英不打招呼，直截了當地問。

豬嘴阿四把手裡拿著的一個紙袋，欠身上前，放到辦公桌上，說：「羅探長要我帶的東西，都在這裡廂。」

顧盛英拿過紙袋，抽出材料，開始一頁一頁瀏覽。

「顧律師，照你看，這案子可以做麼？」過了一陣，豬嘴阿四歇夠了，開始講話，「要我講，不打官司好些，不要去惹鴻爺。鴻爺惹不起的，讓他打幾下子，也沒什麼。挨鴻爺打，不是一次兩次了。」

顧盛英不理會豬嘴阿四，繼續看著病歷和口供。豬嘴阿四傷得不輕，臉上臂上手上腿上的皮肉傷多處，上上下下一共縫了二十四針。右胸肋骨一根折裂，右臂骨折，左腿膝蓋損傷，腹部輕微內出血，醫囑住院治療一周。薛鴻七的人動手，既重又狠，毫不留情，顧盛英不由想到自己，他絕對不像豬嘴阿四這麼能挨打。如果真跟薛鴻七叫陣，萬一被阿牛阿發打一頓，沒準就要了性命。

外面白招弟又一次敲門聲，打斷了他的思路，顧盛英抬起頭。

白招弟從門縫裡探進半個臉，看見豬嘴阿四坐在沙發裡，嚇了一跳，咬咬嘴唇，轉過眼睛，對顧盛英說：「羅探長電話。」然後退出身子，關緊屋門。

顧盛英站起身，繞過辦公桌，走過豬嘴阿四坐著的沙發，開門出去，又在身後關住屋門，從白招弟的辦公桌上拿起話筒，說：「小娘舅，怎麼樣？」

「看了材料沒有？」羅忠問。

「正在看。」顧盛英歪坐到白招弟辦公桌的角上，說：「他傷得不輕，故意傷人罪應該能夠成立。」

羅忠哦了一聲，又說：「那是個潑皮，滾刀肉，這樣打也沒事，平常人早已經爬不起來了。」

顧盛英微微笑著，說：「對呀，我正想呢，可不要被我碰到。」

羅忠好像聽出一絲膽怯的語氣，有些不安，忙問：「你要打退堂鼓麼？」

「哪裡話，小娘舅，你的事，就是我的事，沒有二話。」顧盛英回頭看看關著的屋門，又補充，「而且我這人，專門不信邪，專門喜歡啃硬骨頭。能擦掉上海灘的一滴血，為上海人爭得生活權力，為什麼不做。」

「好，有你這句話，我們兩個這次拼命了。」羅忠的聲音聽起來很高興。

顧盛英站直身子，準備結束電話，說：「我還得問他幾句話，問過之後再給你打電話。」

羅忠追著問：「你想，今天能把狀子送進去麼？」

顧盛英看白招弟一眼，說：「我想大概來不及，我得仔細想清楚。這是個大案子，薛鴻七也會找律師，我們如果有點滴疏忽，被人家抓住，就可能弄糟。」

「你講得對。」羅忠說，「晚上一道吃飯？」

「要是聊案子的準備，最好找個安靜地方。」顧盛英想了想，又說，「你到我家來吃吧，沒人打擾。我跟王嬸說一聲，你曉得，王嬸做飯是第一流的，不比任何餐廳大廚差。你要吃什麼飯？法國，義大利，中國菜，王嬸都會做。」

羅忠笑了，說：「到你家吃，一句話就講完了。我曉得王嫂的手藝，她做什麼我吃什麼。開口就是一大通，你能做個出色的推銷員。」

顧盛英笑了，說：「嘿，律師就是靠講話吃飯的。」

「晚上七點半？」

「晚上七點半。」

兩個人同時掛斷電話。

白招弟斜顧盛英一眼，說：「看見裡面那個人，還有氣力講吃飯麼？我一個禮拜吃不進去東西。」

顧盛英笑著搖搖頭，問：「要不要到我家，一道吃晚飯？我家裡的飯特別好吃，保證你有胃口。」

白招弟嘆口氣，說：「我哪裡有那麼大福氣，家裡四口人，我走不開。」

「那就下次吧，下次請你帶小孩子一道來。」顧盛說完，拉開裡間屋門，又轉過臉，對白招弟說，「招弟，請你給王嬸打個電話，今晚小娘舅去家裡吃晚飯，請她準備一下。」

白招弟點點頭，應道：「有你這樣的外甥，羅探長真有福氣。」

顧盛英沒有再講話，走進裡間辦公室，關了屋門。

豬嘴阿四還坐在沙發上，說：「我不曉得，羅探長是你娘舅。」

「閉住你的嘴，我不問你話，不許出聲音，聽見沒有？」顧盛英突然生了氣，在辦公桌後坐下，大聲說，「我要看材料，需要安靜。」

豬嘴阿四馬上低下頭，緊閉住嘴，不敢出聲。通常外表上最無賴，最敢胡亂罵人的傢伙，內心裡其實是最懦弱，對強勢最順從的奴才貨色。

顧盛英繼續讀羅忠送來的材料，不時用眼角瞟瞟豬嘴阿四，見那癟三兩手一直在抖動，好像坐立不安，十分緊張。顧盛英明白，豬嘴阿四仍然沒有拿定主意，是不是真要跟薛鴻七打這場官司。他寧願自己挨打，讓薛鴻七出氣，也不敢去正面得罪上海灘老大。

「好了，我讀了材料，現在要問你幾個問題。」顧盛英合起材料紙張，身體往後一仰，靠到椅背上，坐舒服些，看著豬嘴阿四。

豬嘴阿四身體機靈了一下，好像猛然從夢中驚醒，半分鐘後，才明白顧盛英講了什麼，嘟嘟囔囔說：「我想，我不要告狀了，只當什麼都沒有過。」

顧盛英從口袋裡摸出煙盒打開，取出一支香煙，放進嘴裡，用洋火點燃，並不講話。

豬嘴阿四突然眼睛睜得溜圓，目光跟著顧盛英的手上上下下，緊盯著那根香煙，嘴唇抖動，好像口水要流出來。

顧盛英完全了解豬嘴阿四的心思，這個時候取出煙來，本是他的一條計策，故意揮動著拿煙的手，說：「那麼你挨這頓打，就白挨了。」

豬嘴阿四眼睛不夠用，跟著顧盛英的手晃動，咽了一口唾沫，才說：「我們這種人，挨打挨慣了，多一頓少一頓沒啥了不得。」

「那麼你欠人家的錢，你能還得起？」顧盛英說完，把手裡才吸了兩口的香煙，壓滅在桌上的煙灰缸裡。

豬嘴阿四長長地嘆了口氣，好像非常惋惜，垂下眼睛。

顧盛英又問：「聽到沒有？問你話，你欠人家的錢，你還得起麼？」

豬嘴阿四歪頭想了一陣，說：「那？我想辦法吧。」

「你想辦法？」顧盛英哼了一聲，說：「你想得出辦法，怎麼會挨打。」

豬嘴阿四無話可答，抖著厚厚的雙唇，發不出聲。

「而且挨打不能抵債，你挨過打之後，還要還錢。」鎖顧盛英提高點聲音，繼續說，「你今天還不出，晚上再挨一頓打，明天還要還。明天再還不出，再挨一頓打，後天還要還。」

豬嘴阿四哭喪了臉，更沒有話說。

顧盛英朝前探探身子，虛張聲勢說：「你以為你會被他們打死了事？不會，他們不要打死你。把你打死了，他們找哪個去討債。他們就這樣子，不斷地打你，直打到你把錢還清楚。可是你想想，你什麼時候能夠把錢還清楚？」

「我……我……我。」豬嘴阿四不光長了個豬頭豬嘴，而且長了個豬腦子。

顧盛英提高聲音，說：「你要想不挨打，要想不還錢，只有一個辦法。」

豬嘴阿四聽見有了辦法，高興起來，忙問：「什麼辦法？」

「就是告倒薛鴻七。」顧盛英講完，舉手拍一下桌子。

豬嘴阿四不僅沒有被顧盛英的話鼓動起來，反倒泄了氣，垂下頭，嘟囔道：「那……那……根本辦不到的，哪個也告不倒鴻爺。」

顧盛英又拿起煙盒，取一支煙點燃，說：「我要來試一試，你覺得怎樣？」

豬嘴阿四聽見關煙盒的響聲，立刻重新抬起眼睛，盯著顧盛英手裡的香煙。完全忘記了顧盛英問他什麼話，點點頭，又搖搖頭，終於沒有講一句話。

「我們打這場官司，不打算把薛鴻七關進監獄去。我們只是打算罰薛鴻七一筆錢，作為對你的賠償。」說到這兒，顧盛英停下來，以便留有時間，讓這幾句話沉淀到豬嘴阿四的豬腦子裡去。

沒有想到，這個過程居然需要一分鐘，而且豬嘴阿四還是沒有明白顧盛英的意思，眼睛只是盯著顧盛英手裡的香煙。

顧盛英從煙盒裡又取出一支香煙，隔著辦公桌，丟給豬嘴阿四。

豬嘴阿四天生反應遲緩，待他明白顧盛英丟給他香煙，伸手去接，那煙早已落到地板上了。豬嘴阿四驚喜若狂，欠身去拾，可他胳膊腿都打了石膏夾板，彎不成，他身體越側越歪，最後通的一聲，跌倒在地板上。他不顧傷痛，忙不迭伸手抓過地板上的香煙，一時喜急，忘乎所以，大叫一聲。

招弟聽見裡屋動靜，趕緊開門來看，見豬嘴阿四在地板上掙扎著坐起來，咧著嘴巴笑，眼睛鼻子都擠得看不見了。她轉頭看看顧盛英，顧盛英皺著眉頭，對她搖手。招弟嘆口氣，退出身去，重新關好門。

豬嘴阿四終於坐回沙發，呼呼直喘，嘴裡嘟囔：「三五，三五，我曉得是三五，一看就曉得。」

「那桌上有洋火，自己點吧。」

這話豬嘴阿四倒聽得清楚，忙在沙發邊小桌上拿起洋火，點燃香煙，吸了一口，閉緊眼睛，十分享受，搖頭晃腦。

顧盛英問：「這煙還好吧？」

好像尼古丁真有神奇力量，抽了一口煙，豬嘴阿四的大腦頓時靈敏幾分，立刻回話，說：「那還要講麼？三五香煙，天下第一，今天給我嚐到了。」

「那麼好，煙也抽了，回答我的問題吧？」顧盛英繼續說，「我問你，我們把薛鴻七告到會審公堂，罰他一筆錢，賠給你，以後每天吸三五煙，如何？」

豬嘴阿四重重吸了兩口煙，眨眨眼睛，反問：「這樣講，我們告了鴻爺，他會賠我錢？也不跟我要帳，不打我了？我還可以每天吸三五香烟？」

顧盛英點點頭，說：「這是我們的意思，你同意麼？」

豬嘴阿四聽了，又吸兩口煙，終於明白了顧盛英的話，轉過頭，看著顧盛英，噴著唾沫星子，問：「辦得成功麼？」

顧盛英很堅決地說：「只要你配合，當然能辦成，你身上的傷是真的。」

豬嘴阿四低頭看看自己的胳臂腿，又抬起頭，看看顧盛英，說：「倘若真像你講的一樣，告了鴻爺，他就不跟我要帳了，他還會賠我錢，我自然願意做。」

「那就好。」顧盛英從桌上拿起一張紙，繞過桌子，走到豬嘴阿四面前，指給他看，說，「這是一份委托書，講明你阿四全權委托我代你控告薛鴻七毆傷你，這裡，你簽個字吧。」

豬嘴阿四搖搖頭，說：「我不識字的。」

顧盛英方才明白，轉身到辦公桌上，拿過一個印泥盒打開，說：「那麼你這裡壓個指印吧。」

豬嘴阿四好像有些猶豫，望著那紙頭。

顧盛英突然伸手，把香煙從豬嘴阿四手裡奪過，說：「拿著香煙不方便，你壓好手印，我再還你。」

豬嘴阿四好像丟了性命，嚎叫一聲，眼盯著顧盛英奪走的香煙，急急忙忙把大拇指按了印泥，匆匆壓到那張委托書上，然後用那個仍然沾滿紅印泥的手指，搶過遞還來的香煙，放進嘴，用力吸一口。

顧盛英走回辦公桌後，放好委托書，又翻開羅忠轉來的材料，說，「你講昨天晚上他們打你，是因為跟你討賭馬的欠帳。」

豬嘴阿四把香煙從嘴裡取出來，說：「是，我欠他們三千塊。」

顧盛英馬上問：「他們向你討帳，是你猜的，還是他們對你講明的？」

「什麼我猜的？」豬嘴阿四到底是豬腦子，香煙一離嘴就不懂人話。

顧盛英無可奈何，只好解釋：「他們向你要帳，所以打你，這個原因是你猜的，還是他們對你講明的？」

「當然是他們講明的。」豬壞阿四又吸了口煙，說，「他們把我拉出去，要我還帳，對我講，如果我還得出，就不打我。可是我還不出，所以只有挨打。」

顧盛英在紙上記錄下幾個字，又問：「你是欠薛鴻七本人錢麼？」

「怎麼會，我這樣的小蘿蔔頭，哪裡見得到鴻爺的面。」豬嘴裡四說完，眼睛看著手裡的煙，只剩不到兩分長了，又趕緊猛吸幾口，煙火燒到他的皮肉，才急忙把煙頭丟到地板上。

「踩掉，狗東西，怎麼在地板上丟煙頭。」顧盛英險些從座椅上跳起來。

這一叫，把豬嘴阿四嚇了一跳，急忙抬腳，踩在煙頭上，然後縮著頭，斜眼瞟瞟顧盛英。

顧盛英喘了口氣，重新坐好，又問：「那麼你不欠薛鴻七的錢？」

豬嘴阿四搖搖頭，說：「我欠俞大哥的錢。」

顧盛英在紙上記幾個字，邊問：「俞大哥是什麼人？」

沒有煙抽了，豬嘴阿四恢復半死不活模樣，慢吞吞說：「俞二丹，俞大哥管我們這塊地面的保險費，我在他手底下收帳。」

「跟哪個收帳？」顧盛英問。

「我們這一塊地面的店鋪，他們要想做得下去，自然每月要付保護費。」

顧盛英懂了，又問：「你在俞二丹手下收別人的帳，怎麼自己又會欠了俞二丹錢呢？」

豬嘴阿四聽了，有些喪氣，停了一停，沒有講話。

顧盛英把桌上的煙盒拿起來，對豬嘴阿四說：「還有幾個小問題，如果你都老老實實回答，我就再送你一根香煙，好不好？」

豬嘴阿四聽這一說，復甦過來，直起身子說：「一定，一定。」

顧盛英把一根香煙擺在桌角，讓豬嘴阿四能夠看見，說：「你回答過我的問題，自己來拿走。好了，你為什麼會欠俞二丹錢呢？」

豬嘴阿四眼盯著桌邊那根香煙，說：「這個月收的帳，沒有交全。」

顧盛英愣了一下，又明白過來，說：「你收了帳，可是沒有交給俞二丹。」

「是。」

「為什麼？」

「拿去賭跑馬了。」

「你給俞二丹收帳，做了多久？」

「三個月。」

「你不曉得他們的規矩麼？」

「曉得。」豬嘴阿四說，「頭兩個月都按時交齊的。」

「為什麼這個月不交齊了？」

豬嘴阿四嘆口氣，說：「那麼多錢在手裡，心裡實在忍不住。」

「都賭輸了？」

「原想賭贏了，就可以交齊。沒想越賭越輸，手氣不好。」豬嘴阿四又說，「也不是都沒交，我只留了一半去賭。」

「你欠他多少？」

「他講是三千塊，我不曉得欠他多少，我自己又沒有帳。」

顧盛英想，豬嘴阿四不識字，也不曉得他認不認得數字，問：「你每月收多少帳，心裡沒數麼？」

「沒數，到收帳的時候，俞大哥告訴該收多少家店面，就收多少店面。」

「那麼你挨打，是俞二丹派人來討帳，阿牛是二丹的人？」

豬嘴阿四忽然呸了一聲，說：「他俞二丹什麼東西，也敢來打我？阿牛哪裡是他的人，阿牛是鴻爺的人，鴻爺一句話，他兩拳頭把俞二丹打扁。」

「你欠俞二丹錢，為什麼俞二丹自己不來討，要薛鴻七派人來討？」

豬嘴阿四滿臉的看不起，朝顧盛英斜一眼，說：「上海灘人人曉得，俞大哥在鴻爺手下當差，我欠俞大哥錢，當然就是欠鴻爺錢，鴻爺當然要派人來跟我討。」

顧盛英微微一笑，說：「所以我們要告，是告薛鴻七，不是告俞二丹。」

豬嘴阿四了解不到這話裡的邏輯，眨巴著眼睛，不講話。

「你欠俞二丹錢，有證據麼？」顧盛英又問。

「那有什麼證據，每月收帳，俞大哥講是多少，就是多少。我交了多少，俞大哥講交對了，就對了，俞大哥講沒有交對，就不對，我信得過俞大哥。」

顧盛英聽了，看著豬嘴阿四，倒愣了。豬嘴阿四的腦筋不曉得怎樣轉法，完全沒有條理。「那麼你確實欠了錢，是嗎？」

「那當然，我阿四從來不賴帳，好漢做事好漢當。」

「欠多少你自己不曉得。」

「俞大哥講是三千塊，就是三千塊。」

「你確定自己還不出來。」

豬嘴阿四忽然左手在胸口上一拍，說：「要錢沒有，要命有一條。」

顧盛英又愣了，看著面前的癟三。

「哼，死有什麼了不起，二十年以後又是一條好漢。」豬嘴阿匹繼續裡發豪言壯語，自以為是打家劫舍的梁山好漢。

顧盛英嘆口氣，轉換話題，問道：「你從寧波來上海？」

豬嘴阿四也愣了一下，沒想到忽然出來這個問題，猶猶豫豫回答：「是，寧波，十三歲的時候。」

「上海沒有一個親戚？」

「沒有，沒有。就算有，人家也不肯替我還帳的。」

「我沒有想找你的親戚替你還帳。」顧盛英說，「我要看看，你有沒有親戚能替你付我的律師費？」

豬嘴阿四搖搖頭，答案不言而喻。

「那麼我們講好，我現在不向你要律師費。」顧盛英說，「不過將來官司了結之後，薛鴻七賠的錢，要全部歸我。」

豬嘴阿四這次倒很快想通了，忙問：「我一分錢都拿不到麼？」

「你欠俞二丹的錢，全部報銷，你不欠他一分錢，他們再也不會向你討帳，也不會再打你。你想想，還是合算。」

豬嘴阿四垂頭喪氣，講不出話來。自己欠的債一筆勾銷，當然好。可是鴻爺賠的錢他沒有份，卻實在不公平。鴻爺多有錢，他剔個牙縫，也夠阿四買一個月馬票。現在會審公堂要判他賠錢，少得了嘛？

「不行，鴻爺要賠錢，我得有一份。」豬嘴裡四擺出耍潑皮的神氣，蠻橫地喊起來，又隨口在地上吐了一口唾沫。

顧盛英從來沒有跟這樣的癟三打過交道，一時驚呆，不知所措。

白招弟聽見吵嚷，推門跑進來，見顧盛英面色發白，又見豬嘴阿四滿臉通紅，再見地板上那口粘液，怒從中起，兩手在腰裡一插，俏目圓睜，大罵：「阿四，你個癟三，也敢在此地撒野？你曉得此地是什麼地方？顧先生跟多少大法官一道吃過飯，他講一句話，就把你關進牢裡去，吃麵餅喝冷水，關你二十年。」

豬嘴阿四看見白招弟凶神惡煞的模樣，已經怕了，再聽她這番臭罵，越覺恐怖，渾身發抖，兩腿發軟，幾乎要跪下來，只礙著腿上打的夾板，彎曲不了。好不容易，等白招弟罵夠了，連忙說：「不敢，不敢，大姐，我不敢，我不敢，打死也不敢。」

白招弟手一指，罵：「還敢在此地吐口水，吃豹子膽了，給我擦乾淨。」

「是，是，我馬上擦，馬上擦。」豬嘴阿四手忙裡亂，腿蹲不下來，幾乎坐在地板上，欠著上身，伸著胳臂，用袖口連磨數次，把吐在地板上的口水擦光。

顧盛英和白招弟都忍不住閉起眼睛，不敢看他的模樣。

等豬嘴阿四又直起身，白招弟說：「從今以後，顧先生怎樣講，你怎樣做，不許混帳，聽見沒有？」說完轉身離開，她實在不想再多看一眼豬嘴阿四。

六　熊法庭無人敢惹事　勇律師親往送傳票

雖然昨晚同小娘舅一道吃晚飯，研究訴狀，又看了半天材料，睡得很晚，顧盛英今天還是起得比平時早些。對他來說，今天是個特別的日子，莊嚴的日子，今天他將改寫上海的歷史。

他在床上吃過早餐，然後洗澡。在吃早餐和洗澡的時間裡，他又重新審讀了一遍昨晚完成的訴狀，覺得滿意，才放進公文包。然後吹乾頭髮，刮了鬍子，塗了雪花膏和凡士林。他在衣櫥裡找了一身他最喜歡的雙排扣西裝，藏青色暗條紋英國嗶嘰，紮個紅色的領結，配雙高級義大利三接頭皮鞋，還專門選了一頂硬禮帽，像英國公爵一樣優雅和神氣。

他請王志遠開車，先送到律師樓，把訴狀備了案，又坐王叔的車，直接到公共租界會審公堂，完成所有各項手續，鄭重遞進訴訟狀。他原準備完成這一切程序之後，能鬆一口氣，再讓王志遠載回家休息。

卻不料，事不如人願。狀子遞進去，手續全部完成，顧盛英按照程序，要求會審公堂把送達傳票的回執送到自己事務所，卻發現會審公堂不肯直接答復。經過反復查問，才曉得會審公堂沒有任何一個公務人員，願意跟薛鴻七照面，更沒人敢給薛鴻七送會審公堂傳票。也許這是薛鴻七在上海為非作歹數十年，從來沒有出庭受審一次的確切原因吧，會審公堂傳票沒有一張能夠到他手裡。

這簡直匪夷所思，上海到底是誰人天下。顧盛英感到憤怒，向會審公堂要回被告傳票，保證他親自設法當天把傳票送到薛鴻七手裡。

「傳票是一定要送到被告人自己手裡的，不能由任何他人代收。」會審公堂的人告訴他。

「你以為我是誰？我是執業律師，曉得嗎？」顧盛英生氣地回答，然後不等回答，便大步走開。

回到事務所，他仍然很生氣，馬上給羅忠打電話。

「怎麼樣？狀子遞進去了？」羅忠一接電話便問。

「狀子是遞進去了。」顧盛英喘了口氣，又說，「可是沒想到，給薛鴻七的傳票送不出去。」

羅忠沒明白，問道：「怎麼回事？怎麼可能？」

「會審公堂沒有一個人願意接這份差事。」顧盛英火氣昇上來，大聲說：「傳票不能郵寄，非要人送，而且送到被告人自己手裡，不能讓薛鴻七手下的人代接。」

「哦。」羅忠沉吟起來。

顧盛英說：「小娘舅，這是正義與邪惡鬥爭的時刻，我們不能退縮。」

羅忠說：「那當然。」

「小娘舅，你在捕房找個巡捕送去，可以嗎？」顧盛英突然問。

羅忠似乎猶豫了一下，答說：「我來問問看，有結果給你打電話。」

掛斷電話，顧盛英心裡覺得不大妙。他能感覺到，羅忠手下的巡捕恐怕也沒有人願意去冒這個險。都在馬路上討飯吃，雖說是黑白兩道，可人人知道，得罪了薛鴻七，將來會碰到多少倒楣事。可是眼下也無事可做，他走出辦公室，問招弟：「股票賣了沒有？賬單要到期了吧？」

白招弟看他一眼，說：「我這兩天有空嗎？都忙你這個沒錢拿的案子。」

「哦，狀子已經遞進去了。」顧盛英說，「有空辦一下，把帳付清。」

白招弟拿起手裡一個信封，說：「今天收到兩張付款，上個月的案子，一共兩千塊。」

「太好了，夠付這個月賬單了吧？」

「夠付我兩個月的薪水。」

顧盛英眨眨眼，問：「之後剩不下錢了麼？」

「還剩幾百塊。」

「夠付那些賬單麼？」

「夠付你幾個餐館這個月的飯錢，或者付你兩處房子的房租，你自己決定吧，你下個月是要住房子，還是要吃飯？這間辦公室也得關門。」

顧盛英沒有想到，問：「哦？怎麼會那麼多。」

「你只曉得出去吃飯記帳，心裡有數麼？」

顧盛英想了想，說：「還是要賣股票。」

「除非你還收得到錢。」

「你先去銀行存錢吧，我再想辦法。」

白招弟站起身，提起自己的小皮包，同時問：「你不看一下麼？」

「看什麼？」

「這兩張銀票呀。」

「那有什麼可看的，帳都歸你管。」

「我走了，有電話你自己接。」白招弟說過之後，晃著身子，走出門去。

顧盛英回到自己辦公室，好像是故意安排好的，電話鈴響起來。

「顧盛英事務所。」

「怎麼你自己接電話，招弟呢？」羅忠在電話裡問。

「到銀行辦事去了。」顧盛英回答，「怎麼樣？有巡捕願意送傳票麼？」

「沒有。」羅忠說，「都借口自己忙，快快跑掉了。」

「做巡捕的，也那麼怕死麼？」

「做巡捕的，也是人，也有老婆孩子要養活。」

「那怎麼辦法？」

羅忠說：「讓白招弟去一趟，她是你雇的人，不能不聽你的差遣，而且她又不在馬路上吃飯，以後也碰不到薛鴻七的麻煩。」

「不行。」顧盛英堅決地說，「我不能把招弟扯進這裡面來。她是個女人，有兩個孩子。」

羅忠不講話了。

「我們在馬路上找個癟三，給兩塊錢。」顧盛英說。

「馬路上的癟三可能不認得民國大總統，可沒有不曉得鴻爺是誰的。」

顧盛英想想，又說：「而且也不保險，萬一半路把傳票丟了，就糟了。」

「對。」羅忠說，「我想過了，我自己去送。」

顧盛英沉默了，他沒有想到羅忠會這樣決定。

「這本來是我的事，是我自己一心要扳倒薛鴻七。」羅忠又說，「這張傳票，我不去送，哪個去送。」

顧盛英有些擔心，勸說：「小娘舅，你在馬路上討飯吃，將來麻煩會多。」

「顧不得那麼多了，只要能扳倒薛鴻七，我什麼都願意做。」

「小娘舅，你還有老婆孩了。」

羅忠沉默了。

顧盛英說：「小娘舅，要麼我去送吧。」

「不行，你有個三長兩短，我沒法向俐姐交代。」羅忠口氣很堅決，沒有商量餘地，又說，「前年接你回國，俐姐親口囑咐過，我做娘舅的有責任。」

顧盛英聽了很感動，也更加下定決心，說：「小娘舅，這樣吧，我們兩個一道去。我去送傳票，如果真有情況，你就出面保護一下，兩全其美。」

羅忠沉默著，思索一陣，才說：「好吧，就這樣。」

「送到哪裡？」顧盛英問，「你曉得怎麼找到薛鴻七本人嗎？」

「當然，他的公館在海寧路和北四川路交界，我們去他公館門口等。」

「哦，我沒有去過那邊。」

「到地方我指給你看，很大的房子。」羅忠說，「我開車接你，一道去。」

「不要，你開捕房的車，他們認得，就不出來了。」顧盛英說，「我的車子就在樓下，我跟王叔講一聲，讓他回家，我自己開車，我們一道去。」

「好，那麼我到你辦公室去找你，過半個鐘頭。」

過了半個鐘頭，羅忠到了，換坐顧盛英的車子，開進公共租界北區。又過半個鐘頭，兩人到了薛公館門前，把車子停在海寧路路口，剛好能夠望見薛公館的大門，卻又不會被公館門口的保鏢看到。

兩個人坐在車子裡面，沒話找話，消磨時間。

「我看你以後不必到外面吃飯。」羅忠說，「王嫂手藝，不比紅房子大廚差。」

顧盛英笑了，說：「我是不願意每天麻煩王嬸，所以才出去吃飯。只要講一聲在家吃飯，她就忙得喘不上氣來。」

「她燒的法國菜地道不地道，我不曉得，可是真好吃。」

「哦，她燒的上海菜也許不如上海本幫菜那麼地道，可法國菜卻是地地道道的，她在法國專門學過。」

「下次去嚐王嫂燒的義大利菜。」

「那也是第一流。」顧盛英說，「父親母親在家的時候，每個星期必要吃一頓王嬸燒的菜。」

羅忠笑了，說：「到底是兒子更要緊，王嫂燒的菜也只好不吃了。」

顧盛英嘆口氣，說：「我跟他們爭過很久，真沒必要。可是也不能讓王叔夫妻分居呀，那就一道來吧。如果不同意他們一道來，我也回不到上海。」

「古德曼先生和俐姐，真是太寵你了。」

顧盛英聽出羅忠話裡的傷感，忙轉換口氣，說：「他們哪裡捨得不吃王嬸燒的菜。他們規定，我和王叔王嬸每年冬夏兩季各回去一個月，講的是要看我，其實是為了有機會吃吃王嬸燒的菜。」

羅忠搖搖頭，說：「你這樣講話，叫做不孝順。」

顧盛英沒理會這句評語，繼續說：「所以王嬸在上海，每天不閒著，用心學習燒川湘魯粵蘇浙六大菜系的種種名肴。這樣子，她每次回美國，都可以有新菜上桌，教父母親滿意。」

羅忠沒有講話，想自己的心事。

顧盛英看他一眼，知道他在想什麼，故意擾亂，說：「但是王嬸從來不理會北方的麵食和小吃，她認為北方人不懂得吃，也毫無可吃。」

等顧盛英終於停下話頭，羅忠才說：「今天早上，我去找了一趟曾警官。」

「哦？」顧盛英緩了兩秒鐘，轉過思路，問，「你們還有聯繫？」

「當然，我是他帶出來的徒弟。」

「他真有豬嘴阿四這麼個親戚？」昨天吃晚飯的時候，顧盛英聽羅忠講到，豬嘴阿四在上海有個親戚，是上海警局退休的曾警官。曾警官曾經是整個上海最優秀的警察，公共租界和法租界曾數次重金聘用，但他不為所惑，堅持在租界之外的上海國民政府警局任職，直到退休。但是二十幾年裡，上海各處年輕警宮巡捕，不論在上海警局混事，或者在公共租界工作，或者在法租界裡任職，都會想方設法跟曾警官結識，渴望拜他為師。曾警官當然也不是阿貓阿狗都肯接受，總是百裡挑一，有滿意的，才教上幾招。不過，據羅忠自己講，他當年跟曾警官的關係卻不一般，可以說是真正的師徒，有段時間幾乎形影不離。

「他跟阿四，已經出了五服，不可以算親戚了。」羅忠說，「可是偏僻鄉村，家族親戚關係總是很密切。」

「所以他跟豬嘴阿四還有來往。」

「有，曾警官對我講，他那個遠房老姐姐曾經親自跑到上海來，託付他照顧阿四。」羅忠說。

「有那種癟三外甥，也是作孽。」

羅忠嘆口氣，說：「起初曾警官還真想過幫他，訓練他做車夫，開開車，跑跑腿。可那個小癟三骨子裡不爭氣，覺得開汽車太難，學了幾天，不辭而別，跑掉了，到馬路上去吃閒飯。」

「曾警官退休之後，靠退休金過日子麼？」

「那一點點錢哪裡夠用，而且他那樣有經驗的警官，也閒不住，很多人找他幫忙，辦些私人偵探一類的事，可以拿不少錢。」

「豬嘴阿四講，沒有親戚會替他還帳。」

「那當然，曾警官怎麼肯替他還帳。」羅忠說，「不過曾警官看見豬嘴阿四實在可憐，有時候還是會借給他一些錢用。」

「借，也是從來不還的。」

羅忠忽然坐直身體，往前探著，說：「他們有車子出來了。」

顧盛英一驚，也趕緊向前張望，果然看見薛公館的大鐵門正徐徐打開。多虧羅探長經驗豐富，時刻機警，否則也許要錯過機會。

「我去了。」顧盛英打開車門，朝外走。

羅忠探頭出窗，再次叮嚀：「千萬小心，送了就走，不要停留。」

顧盛英來不及講話，關了車門，加快腳步，他已經看到一部黑色的豪華轎車緩慢開出薛公館大門。顧盛英幾乎要奔跑起來，只怕那車子朝右手轉彎，他就可能追趕不上。托天之幸，那部車子往左手轉了彎，也就是說，迎他而來。於是顧盛英放穩腳步，面對著車子走過去。

那車子剛轉上馬路，看見來人到車前，不得不停下來。兩邊車門立刻打開，跳下兩個膀大腰圓的保鏢，頭戴禮帽，眼帶墨鏡，全身幫會打扮。

「停下來，儂啥事體？」兩個壯漢同時吆喝，滿口上海話。

顧盛英不理會，繼續朝前走，一直走到汽車跟前。

兩個壯漢揑了拳頭，分開兩側，要朝顧盛英撲來。

不知什麼原因，也許見到顧盛英那身價值昂貴的講究穿著，也許看到顧盛英那副高高在上的優雅風度，不像幫會的槍手，薛鴻七忽然打開車窗，喝住自己的兩個打手。

「儂啥事體？」一個打手又問。

顧盛英走到打開的車窗邊，望著車裡面後排座位上坐著的薛鴻七。有點出乎意料，薛鴻七的長相，實在不符合那巨大的名氣。他年紀已經不小，大概五十出頭，個子不高大，身體也不強壯，臉相當瘦窄，顴骨很高，眼睛不大，毫無表情，鼻子向左歪，是打斷之後沒有接好。腮邊有一道傷疤，顏色已經很淡。

薛鴻七望著他，不過一秒鐘，好像已經失去了興趣，準備轉過頭去。

顧盛英臂一伸，把手裡的傳票遞進車窗，大聲說：「這是會審公堂的傳票，薛鴻七，你被控告了。」

車裡的薛鴻七，車外的兩個打手，聽見這句話，一時都愣了，他們從來沒有遇到過有人送傳票，也從來沒有聽見過這麼一句話，並不明白是什麼意思。

趁著這些人一愣的檔口，顧盛英趕忙轉身，拔腿往來路奔跑。

這一動，倒使兩個打手靈醒過來，急忙飛步追趕。一個揮手，往顧盛英肩上猛擊一拳。幾乎同時，另一個抬腳，朝顧盛英腰裡狠踢。

顧盛英感到肩膀和腰眼突然劇烈疼痛，而且兩股衝力交叉齊至，把他打倒在地，臉岼在馬路上，頭上那頂昂貴的硬禮帽也脫落滾開。

兩個打手趕上一步，高抬雙手，準備繼續暴打。

「住手！當街行凶，膽大包天。」

聽得一聲吼，羅忠開了車子，衝到跟前，車窗大開，一把手槍伸出窗外，對準兩個打手。

薛公館的人，當然都認得羅探長，一時愣住，不敢動彈。

顧盛英得空，從地上爬起來，禮帽也顧不得拾，三腳兩步，奔到車前，拉開門，跳進去。羅忠一踩油門，車輪擦地，發著尖叫，飛速前行，轉上北四川路，一路奔下去，衝過外白渡橋，撞進法租界，才放下心來。

「可惜了那頂禮帽。」顧盛英回頭張望著，氣喘吁吁說。「那是祖父在倫敦專門訂做了送我的，那工匠只給親王爵士們做禮帽。」

「挨了打，先不想想自己是不是受了傷，卻去想禮帽。」羅忠一邊繼續飛速開車，一邊說。

「我很少戴那頂禮帽的，只有重要場合，才戴一戴。」顧盛英依然說，「將來判了薛鴻七，要他賠我一頂，也要倫敦訂做的才可以。」

七 盛英負傷住院醫治 夜路聽琴邂逅女郎

羅忠連續繞了幾個彎，確定後面沒有薛鴻七的車跟蹤，才把車開進紅十字醫院。醫生護士馬上把顧盛英帶入急救護理室，進行全面檢查。

羅忠剛才只顧著飛車逃命，顧盛英只惦記他的禮帽，兩個人都甚至沒有時間和精力，去思索案子的事情。現在靜下來了，腦子便開始正常運轉。

「小娘舅，他們看到傳票，就曉得是哪個在告他們了。」

「我也在想這事，或許我應該趕緊設法保護豬嘴阿四，不要讓他們找到他，害了他的性命。」

「這事你趕緊辦，否則我們這案子就打不成了。」

「可是，你這樣子。」

「小娘舅，我現在在醫院，你還有什麼不放心。」

醫生在旁邊聽見，說：「我們要給顧先生照X光片，要驗血。現在看，外傷需要縫幾針。如果查出還有內傷，或者骨折，就需要手術，還要打麻藥。總之，大概要在這裡治療護理最少四五個鐘頭。」

「小娘舅，你在這裡有什麼用，你又不是醫生。」

「那麼你自己小心，還是要注意防備。」羅忠轉身走著，繼續說，「我下班之後，來這裡接你去吃晚飯，七點鐘左右，你不要自己跑掉。」

醫生說：「不可能，我們會給他一些鎮靜劑，他需要休息。」

羅忠點點頭，走出門去，又轉回來，說：「我可以派個巡捕到醫院來，貼身保護。」

「算了吧，小娘舅，你讓我難過死了。」

「小心不出大錯，你如果有個三長兩短，我怎麼向俐姐交代。」

「不會的，小娘舅，你放心，我在這裡很安全。」

醫生在一旁說：「羅探長，你放心去辦你的公務，醫院有自己的保安。醫院裡面，派個紅頭阿三走來走去，病人們會覺得安全麼？」

羅忠想想，此話有理，便對醫生說：「那麼拜托。」然後走掉了。

顧盛英隨後給帶進放射科，開始X光透視。

幾個鐘頭過去，全部醫療工作都做好之後，護士把他送進病房，安排他睡覺休息，這時候白招弟來了。

她見到顧盛英穿著白色病號衣，躺在病床上，眼淚便撲打撲打落下來，坐到床邊，說不出話。

「啊呀，招弟，不要那樣。」顧盛英笑笑說，「這裡是醫院，就是腳氣發作，也要這樣子，好像心臟病，看得嚇死人。」

這話說得白招弟笑起來，抹著眼淚，說：「這時間還要講笑話。」

「沒什麼，只是些皮肉傷，沒碰到骨頭，吃兩粒阿斯匹林就好了。」

「菩薩保佑。」

「你怎麼曉得我在這裡？我剛想給你打個電話。」

「羅探長打電話來，告訴我你受了傷，在紅十字醫院。」

「小娘舅做事，就是仔細。」

這幾句對話，把白招弟的情緒穩定下來。她從自己小皮包裡拿出一張紙，遞給顧盛英，說：「剛才有個姓莊的律師，打來電話，約你明天見面。」

顧盛英看著讀出聲：「莊衡，從來沒見過，他講是有關哪件案子麼？」

「他不肯講，只要我告訴你，是個大案子，你就曉得了。」

「我曉得了，就是告薛鴻七的案子。」

白招弟有些吃驚，問：「不是今天早上才遞進去的嗎？這樣快就要來見你面了麼？」

「他們大概以為已經把我打怕了，嘿嘿，沒有那樣容易。」顧盛英說，「你給莊先生回個電話，講好明天早上十點鐘，請他到我們辦公室來面談。」

白招弟看著他的身體，猶豫地問：「你這個樣子，明天還能見客人麼？」

顧盛英伸手摸摸自己的臉，說：「跟律師見面，是討論案子的事情，又不是相女婿，模樣如何，無所謂的。」

白招弟無可奈何地說：「好，我回辦公室，就打過去講。」

「打過電話之後，你就回家好了。明天後天都不必來辦公室，我放你的假，算你上班，照付薪水。」

「為什麼？這個案子事情多，正需要人手。」

「我怕他們來搗亂，薛鴻七那種人，什麼都做得出來。」顧盛英說，「你的安全要緊。」

「我明天早上還是來，既然他們的律師來見面，總不會那個時候來打架。」白招弟很感激，抹抹眼睛，說，「然後看情況，再決定會不會有危險。」

「招弟，謝謝你的好意，不過你今天下午還是早些回家，明天十點鐘到辦公室就好了。」

「好，那麼我現在就走了，你自己保重，有事叫我一聲，我馬上就來。」白招弟說完，站起來走了。

顧盛英躺著，漫無邊際地想了一陣，不知不覺中睡過去了。

羅忠到醫院來叫醒他的時候，顧盛英仍然有些迷迷糊糊，也許是藥力尚未完全消退。但是他照著羅忠的話，換了衣服，走出醫院。他中午飯也沒有吃，肚子應該餓了。羅忠開車，帶著他到了芳沁苑。

「啊喲喲，顧先生，看起來你還算是守信用，第三天真來了，怎麼沒有帶個美女呢？」艾文秀見他們進門，喜眉笑臉迎上來，話沒講完，臉色變了，問，「這是搞啥名堂呀？顧先生，鼻青臉腫的？挨打了麼？」

顧盛英搖搖手，說：「文嫂，小聲些。」

羅忠引著顧盛英，坐到他們平時常坐的座位上。

顧盛英對跟過來的艾文秀說：「沒什麼了不得，跌了一跤而已。」

艾文秀說：「那麼個大男人，怎麼會跌跤？你不肯講，我就不問了。」

「文嫂，一壺狀元紅，晚飯清淡些。」羅忠說著，指指顧盛英，說，「他剛從醫院出來，不宜油膩。」

「一切有我，不必費心。」艾文秀說完走開，一路回頭望了顧盛英兩三次。

顧盛英抬手摸著臉，問羅忠：「小娘舅，我真的鼻青臉腫麼？」

羅忠笑了，點燃自己的煙斗，說：「文嫂的話，你也當真？傷了肩膀後腰，怎麼會鼻青臉腫。不過你睡了幾個鐘頭，還沒有全醒，臉色不大好。女人嘛，總是喜歡大驚小怪，虛張聲勢。」

顧盛英放下心，笑笑說：「這下子，我們真的創造了上海歷史的新記錄。」

羅忠沒聽懂，愣了一下，隨即明白過來，說：「對，給薛鴻七送了傳票，那真是上海灘頭一遭，從來沒有人做過。」

顧盛英又問：「那個薛鴻七，真那麼可怕麼？我倒看不大出來。」

羅忠點點頭，吐出嘴裡的煙霧，說：「這個薛鴻七，跟上海另外三大亨發家歷史不一樣。黃金榮做法國巡捕出身，以權謀私，收羅人馬，掠奪天下。張嘯林拜上海青幫大字輩樊瑾丞做老頭子，在幫裡一步步昇起來，分得一份天下。杜月笙也是拜青幫大老陳世昌為老頭子，後來又成為黃金榮的親信，漸漸帶起自己的人馬。這個薛鴻七不一樣，他沒有先找靠山，然後發跡。他是跟著他的兄長們，真的一刀一槍，白天黑夜，跟人拼命，硬搶出來地盤。」

顧盛英點點頭，羅忠既為捕房探長，當然對上海幫會的來龍去脈，了如指掌。

「薛鴻七兄弟一共七個，他是老七，所以叫做鴻七。」羅忠繼續說：「四十多年前，到上海來的時候，薛鴻七只有十歲，就開始跟著六個哥哥打天下。滿清末年，天下大亂，上海碼頭也是到處混戰。薛家老大立了規矩，按照兄弟次序，征戰上陣，大的保護小的，每次總是年長的一個先死。打了二十幾年，六兄弟一個接一個戰死，最後只剩下老七一個。據說老六臨死之前，告訴薛鴻七，老大生前早有安排，老六死了之後，老七就不許再爭鬥，也不許給兄長們報仇，只要守住已經打下的地盤就好，意思是要留住薛家兄弟最後一條性命。薛鴻七對著將死的老六，割指發誓，聽哥哥們的話。也是因此，他才能夠活到現在。不過他從小親身參加惡鬥，四十多年，見過種種血腥場面，一次又一次喪失兄長的悲憤和仇限，都是常人很難體會和承受的。所以雖然他從來沒有青幫做後台，在四大亨裡又最年輕，但是因為他那樣的經歷，他的堅強意志，他的心狠手辣，連黃金榮，張嘯林，杜月笙也都會讓他幾分。」

顧盛英嘆道：「他臉上有道傷疤，顏色很淺，看得出是很多年前的傷。」

羅忠點點頭，說：「或許是打天下的日子過得不好，薛鴻七腸胃很壞，而且非常神經質。你看他很瘦，總是垂頭喪氣的樣子，可他絕不是一個病懨懨的人。」

「也許身體上的病痛，讓他心理變態更加嚴重，所以也更兇狠。」

夥計送來溫好的狀元紅，擺上四個小碟，報著名：「芝麻牛排，雅梨腰花，這兩個菜是我們老闆娘親自動手做的。這兩個，芹菜肉絲，荷葉鮮魷，也是老闆娘特別關照，少油膩。這是四個酒菜，正餐馬上就送到。」

顧盛英聽著，看著桌上的菜盤子點頭。

羅忠剛才只顧講話，煙斗滅了，現在趕緊重新點燃，猛吸幾口。

待夥計走掉，羅忠把煙斗放到一邊，給兩個人的酒盅裡倒了酒，然後拿起自己的那個酒盅，喝了一口。

顧盛英也拿起酒盅，喝了一口，然後說：「他們的律師已經跟我聯繫，安排明天見面。」

「他們找到醫院來了？」羅忠的聲音有點緊張，放下酒盅。

顧盛英無所謂地說：「沒有，他們打電話到我的辦公室，招弟告訴我的。」

「最好叫招弟休息幾天，不要去辦公室，免得萬一他們打上門，傷了她。」羅忠說完，吃一口芝麻牛排，說，「不錯，外鬆裡嫩，還有些辣味。」

顧盛英則吃一口雅梨腰花，說：「我已經跟招弟講了，她曉得小心。這個腰花燒得不錯，梨很脆，腰花很嫩，稍微有些甜味，沒有很多油，香鮮可口。」

「文嫂特別照顧你，親自動手做。她已經很多年不下廚，別人做不出來。」羅忠說著，又喝一口酒，然後問，「那個律師是不是叫莊衡？」

顧盛英沒想到，忙問：「對呀，你認識麼？」

羅忠笑了，說：「當然，在上海灘也算有名的一個，不過是惡名。專門給幫會的人打官司，不務正業。」

顧盛英偏著頭，想了想，說：「我沒有聽說過他的名字，他沒有事務所？」

「他從來不掛牌，也不管別的事情。」羅忠又喝一口酒，說，「凡是碼頭上出了什麼事，就找他辦。」

「這樣一個人。」顧盛英點點，又伸筷子去夾一塊雅梨。

羅忠拿起煙斗來，說：「很有錢的家伙。」

顧盛英嚼著雅梨，模模糊糊地說：「當然，幫會不會少給錢。」

羅忠抽了一口煙斗，說：「那還不算什麼，主要是他的太太，江西董家的千金，帶過來很大一筆嫁妝。你曉得江西董家麼？景德鎮瓷器店有一半是他家的，也就是講，全中國景德鎮瓷器，有一半是他家的。」

顧盛英聽了，搖頭說：「我以為有什麼了不起，原來是個吃軟飯的癟三，那種人能做出個什麼名堂。」

羅忠也笑了，說：「他自己不這樣想，以為自己錢大氣粗，背後有幫會做靠山，常常擺出一副趾高氣揚的樣子。」

顧盛英掏出自己的煙盒，擺到桌上，說：「明天我來見識見識。」

羅忠不講話，吃了幾口芹菜肉絲。

顧盛英又問：「明天見面，最好豬嘴阿四也在場，你把他保護起來了麼？」

羅忠搖搖頭，說：「找了一天，還沒有找到。」

顧盛英聽了，有些著急，舉著筷子，問：「失蹤了？會不會是薛鴻七已經把他捉起來了？沒有他，我們的案子告不成。」

「我今晚給曾警官打個電話，問問他。」

「你已經告訴他豬嘴阿四的事情了麼？」

「險些把他氣死。」羅忠說，「我告訴他，你和我一道辦這個案子。他講，如果有什麼事要他幫忙，可以找他。」

「有什麼事找他？除非還有你探長辦不了的。」

「有些事我們捕房不能做，他做私人偵探，就辦得到。」

「那是就法律而言，鑽法律的空子。」

夥計來了，手裡托了大餐盤，一碟一碟往桌子上擺艾文秀替他們點的飯菜，色香味，樣樣齊全。

顧盛英看了看，說：「我實在沒胃口，什麼都不想吃。」

羅忠拿起筷子，夾起一條肉，說：「我可是餓死了。」

顧盛英站起來，說，「你慢慢吃吧，帳記在我頭上，我先走了。」

艾文秀走過來，說：「怎麼了，顧先生，我點的菜不好？給你換換？」

顧盛英搖搖頭，說：「身上不舒服，沒有胃口。文嫂，剛才吃你親自做的雅梨腰花，實在美味，從來沒有吃過那麼好的腰花，特別謝謝你。」

艾文秀手一拍，滿臉笑，說：「你的嘴果然厲害，我親手做，你就吃得下。這幾樣菜，不是我做的，但是我點的，你就不要吃麼？」

顧盛英強笑笑，說：「也許藥物還在發生作用，真的什麼都不想吃，只想回去睡覺。」

羅忠放下筷子，說：「文嫂幫我留著飯菜，我送他回家，回來再吃。」

艾文秀轉身招招手，叫來一個夥計，吩咐：「把顧先生這一桌都拿廚房去，等一等溫過再上來。」

「不用了，我自己回去，你吃你的。」顧盛英說，「天氣不錯，我叫部黃包車，幾分鐘的路。」

艾文秀看看身邊的夥計，又看看羅忠。

羅忠點點，重新坐下。

艾文秀便對夥計說：「不必了。」然後朝門口走著，說，「我去叫部車。」

顧盛英跟羅忠道了別，走出芳沁苑，艾文秀叫的車子已經停在門外。顧盛英答應艾文秀，過三天再來吃飯，然後坐上車。

遠遠的，靜安寺重疊的屋頂，在暗藍色的天空中，畫出許多美妙的曲線。車夫循著顧盛英的吩咐，慢慢地走著，穿過古拔路，走上杜美路。

忽然間，不知從哪裡，傳來一陣鋼琴聲。琴彈得相當快，但給人的感覺，卻舒緩平靜，像是五月的陽光，和煦燦爛，蕩漾在花草繁茂的原野上。

「在這裡停停，讓我聽聽音樂。」顧盛英吩咐車夫，說，「我付你錢。」只要給錢，車夫有什麼不肯。他放下車把，讓車停穩，然後坐到車把上，兩手抱在胸前，臉埋在手臂裡，迅速打起盹來。

顧盛英往後靠著身子，頭仰靠在座椅背上，兩眼半閉半睜，望著夜空，若夢若醒，如醉如痴，聽著彌漫在靜謐空氣中的琴聲。受母親的影響，顧盛英小時候，學過幾年鋼琴，終於半途而廢。但因此卻也聽過許多音樂會，霞飛路上的藍星大戲院，曾是他每星期都去的地方，甚至還曾跟隨母親，到後台去會見過不少世界著名的音樂家，像俄國的小提琴家大衛奧依斯特拉赫，美國鋼琴家伯恩斯坦等等，長了許多藝術見識，也養成一種對古典音樂的喜愛，和不薄的鑒賞力。

慢板樂章開始了，琴聲充滿溫情和浪漫，靜得如煙，如夢，如春日的微風，如夏末的浮雲，那些細密而清晰的上行音階，至尾處的渺然消逝，其輕其弱，恰到好處，在無聲中造成一種餘音繚繞無窮無盡的感覺，顧盛英不由得長吐一聲：真好。

接著是回旋曲，生動活潑，不顯重複。雖屬小快板或舞曲，但仍然舒緩而平靜，彷彿仍舊無法從慢板樂章中解脫出來，所以這回旋曲也似乎接近浪漫曲，更安靜，更溫柔，甚至帶些憂郁，好像在美麗的夏夜，仰望清月，冥想生命。

鋼琴演奏完了，車夫仍舊坐著睡覺。顧盛英一動不動，希望多享受一下那琴聲創造的美妙。過了好一陣，他才從幻覺中清醒，出了一口氣，轉過頭，朝兩邊張望，想找出美妙琴聲是從哪個窗口傳出來的。

不幾分鐘，路邊一所公寓的門洞，走出一個女人，穿著長外套，低了頭，匆匆走來。彷彿冥冥之中，有一種感覺告訴顧盛英，這就是剛才彈琴的人。他跳下車，問：「對不住，對不住，我想請問一下。」

女人猛抬頭，看見前面一個男人跳下黄包車，站到面前，已經嚇了一跳，再見那人對她講話，更嚇得兩手抱胸，倒退幾步，幾乎站立不住。

顧盛英上前一步，張開兩手，準備再次抱歉。

女人忽然尖叫一聲，全身癱軟，向地上倒下去。

「你怎麼了？」顧盛英叫著，衝過去，打算抱住女人，不讓她倒地，但是晚了一步，女人癱倒地面，昏迷過去。

顧盛英蹲下身，伸手搖搖她，不見她醒來，便招呼車夫，把黃包車拉到跟前，輕輕把昏迷的女人抱起，放到車上，對車夫說：「走吧，跑快一點，不過儘量穩。」

車子動起來，顧盛英跟在車後跑。

八　因禍得福喜結美女　論樂談藝樂煞晶瑩

顧盛英一路大喊大叫，把女人抱進客廳，放到長沙發上躺平。王嬸早已聞聲奔出廚房，手裡擰了一塊濕毛巾，為女人擦拭額頭和面頰。作為英國僕人的專門訓練，王志遠學習過緊急救護，對女人做了初步檢查，斷定她沒有任何生命危險，只是過度虛弱而暈倒。

「也許是過度飢餓，或者缺乏睡眠。」王志遠說。

「那麼請王嬸趕緊弄點吃的吧。」顧盛英說。

「我正在弄。」王嬸說著，跑回廚房。

顧盛英說：「王叔，這房子裡有點冷，你把壁爐燒起來？」

「當然，大少爺，我馬上燒。」王志遠說著，走到客廳頂端，收拾壁爐。

顧盛英伸手過去，準備解開女人身上長外套的鈕扣，讓她呼吸容易一些。

不料正此時女人突然清醒過來，睜開眼睛，見顧盛英兩手伸在她胸口上方，立刻驚恐萬分，拼命大叫：「你要做什麼？」同時抬起自己雙手，抱緊胸前的大衣，眼裡全是晶瑩的淚水。

「不要誤會，我沒有別的意思，你暈倒了，我只是想……」顧盛英慌忙之中，語無倫次，急忙縮回兩手，站起身來，大叫：「王嬸，你來一下！」

王嬸聽見叫，慌忙跑進客廳，問：「大少爺叫我？」

顧盛英指著沙發上的女人，說：「王嬸，她醒了，你招呼一下。」

「是，我來招呼。」王嬸說著，在圍裙上擦著兩手，走到沙發邊，又回頭對王志遠說，「你到廚房去，幫忙看著，不要燒焦了。」

王志遠答應著，往廚房走，順便對顧盛英說，「大少爺最好先去換件衣服，灰頭土臉，不像樣子。」

顧盛英趕緊走出客廳，奔到樓上，在洗手間洗了臉，梳了頭髮，回臥室脫下白天在馬路上打過滾的西裝，換上家居便裝，一條米黃色法蘭絨褲子，一件淡褐色絲綢襯衫，然後走下樓梯。經過廚房門口，看見王嬸在裡面忙弄飯菜，王志遠則在餐桌旁邊擺餐巾碗筷。

「她好多了，大少爺去跟她講講話，過幾分鐘叫你們吃飯。」王嬸看出顧盛英臉上的疑問，小聲答道。

顧盛英點點頭，輕輕走進客廳。

女人這時已經脫下長外套，洗過臉，梳了頭髮，似乎恢復了許多精神，坐在沙發上。見顧盛英走進屋，慌忙站起，低著頭。

「不要，不要，你坐，你坐。」顧盛英連忙擺著兩手，不知該說什麼。

女人仍舊站著，兩手擰在身前，依舊垂著頭。

「剛才在馬路上，你昏倒了，我叫了黃包車，可是不曉得你住在哪裡，只好把你接到這裡。王叔懂醫，讓他先看看要緊不要緊。」顧盛英頓了一下，補充說，「你是住在杜美路嗎？」

女人抬頭看了他一眼，又垂下去，沒有講話。

「哦，不要誤會，你剛才是在杜美路上昏倒的。」

女人仍不說話，顧盛英也不知怎麼繼續。兩人面對面站著，沉默片刻。

王叔走進客廳，報告：「大少爺，晚餐準備好了，請用餐。」

這一說，打破了沉默，顧盛英喘了口氣，說：「我剛才路過杜美路，聽見有人彈鋼琴，所以停下來聽了一陣。那是你彈的麼？」

女人沒有講話，只是抬起頭，呆呆的看著前面，似乎在回憶什麼。

見她有了反應，顧盛英很高興，急忙接著說：「鋼琴彈過之後，我看見你走出來，猜想可能是你彈的，所以想問問你，那是一支什麼曲子？我曉得以前聽過，但是記不得曲名和作者了。」

女人聽了，靜了片刻，然後輕聲回答：「是蕭邦的《第一鋼琴協奏曲》。」

顧盛英聽見回答，十分興奮，歡呼起來：「對了，對了，我的老師給我彈過。」

女人的臉色卻似乎平靜了許多，而且望著他，但仍然不講話。

顧盛英急忙解釋說：「我小時候，很小的時候，彈過幾天琴。可是從來沒有聽過你彈得這麼好的鋼琴，包括我的老師。」

女人不好意思了，低下頭，小聲說：「你亂講。」

顧盛英明白了，能夠引逗面前女人談話的，是鋼琴和音樂，於是繼續：「是真的，我坐在黃包車裡，聽了很久，陶醉了。」

女人顯得更不好意思，低下頭，但很高興聽到這樣的讚賞，臉上布滿紅暈和微笑。

「你住在杜美路麼？」顧盛英又問。

女人警覺地抬起頭，盯著他看，不回答，笑容消失了。

顧盛英忙說：「沒有別的意思，只是想說，我這裡是亞爾培路，跟杜美路只隔一條霞飛路。我常經過杜美路，可這是第一次聽見你彈鋼琴。」

「我只是去那裡教鋼琴。」女人忽然回答。

「哦。」顧盛英說，「那麼你每禮拜幾來這裡教授鋼琴？」

女人沒說話，歪著頭，看著他。

顧盛英說：「我想，以後每次你來杜美路教琴，我就去那裡聽。」

女人禁不住笑出些聲音，說：「我去教琴，不是自己彈。」

「可是剛才你一直在彈。」顧盛英歪過頭，看著面前的女人，覺得她的笑容很可愛，她的聲音也很動聽。

女人嘆口氣，說：「今天學生不在，我坐在那裡等，索性自己彈了一陣。過了鐘點，學生還沒有回來，太太就叫我走了。」

「哦，是這麼一回事。」顧盛英說，「你叫什麼名字？」

女人低下頭，沒有回答。

顧盛英也就不再說話，注視著女人。她個子不高，衣褲都是深藍色，袖子很長，蓋到手背，領子很高，扣到下巴，肩膀腰身都很寬大，似乎有意消除女性的身體特徵。但是顯然，她長得很美，頭髮很黑，皮膚很白，眉毛，眼睛，鼻子，嘴巴的線條，都很溫柔。

王嬸走進客廳，說：「開飯了，到餐廳去吧」

顧盛英伸出一條手臂，做出邀請的姿勢，對女人說：「王叔說，你可能是因為餓壞了，所以昏倒。請賞光，共用晚餐。」

女人沒有動，王嬸走過去，拉住她的胳臂，說：「姑娘，我專門為你做的，很清淡，吃幾口。」被王嬸推著，女人慢慢從客廳走進餐廳。顧盛英跟在她身後，發現她走路的步態輕盈優雅，她顯然相當年輕，或許只有二十出頭，不過那身厚重的衣服，讓她顯得老氣起來。

王志遠拉開座椅，讓姑娘坐下，王嬸則忙著動手挪動桌上的碗碟。

「王叔王嬸不一道吃嗎？」顧盛英問著，一邊坐下。

王嬸說：「你看看幾點鐘了？我們早都吃過了，現在只是你們兩個吃。」

餐桌上面對面擺了兩副碗筷，當中放了四盤菜。其中有幾樣，顧盛英能夠認得，一盤是蟹粉獅子頭，一盤是芙蓉魚片，都是他喜歡的浙江菜。但是另外幾種，他沒有見過。一個盤中排列了若干筒狀肉片，酷似龍眼，配些芽菜辣椒。一盤認得是雞丁，也配著紅辣椒。顧盛英看著，嘴裡已經好像辣起來，口水直流。

「王嬸，您的手藝很出色。」女人忍不住說。

「臨時趕工。」王嬸說，「我家大少爺講不定哪天會回家吃飯，我們每天都要準備好。他不回來就算了，回來也有得吃。」

顧盛英發覺女人瞥他一眼，忙改話題，說：「王嬸做飯，從美國到中國，天下無雙。」

王嬸很高興，嘴上卻說：「大少爺，不要亂講。」

顧盛英得意地說：「那是母親講的，對不對？」

客廳燒著壁爐，廚房又剛燒過飯，熱氣傳進，非常暖和，女人的額頭冒出汗來。王嬸看到，便說：「姑娘，這裡有些熱，你穿得太多，外衣脫掉好了。」

女人聽了，看看屋裡幾個人，想了想，或許實在太熱，終於點點頭，動手解開鈕扣，脫下外面寬大的外衣，露出裡面淡綠色的襯衫，領口和袖口都繡著花邊。沒有想到，笨重單調的外衣裡面，掩藏著一個熱愛美麗的身軀。顧盛英交往過許多美麗女人，但眼前這姑娘，似乎具備一種特殊的魅力，吸引了他。

「姑娘，你這麼漂亮一個人，為什麼要穿那樣一身衣裳。」王嬸微笑著說。

女人紅了臉，不知是羞，還是高興。

王志遠繞著桌子，走來走去，在他們身邊抖開餐巾，鋪到各自腿上。

顧盛英看著對面的女人，說：「你還沒有回答我的問題。你叫什麼？」

女人又紅了臉，看他一眼，又垂下眼睛，然後才回答：「葉晶瑩。」

「好名字。」顧盛英大聲說，「又好聽，又貼切，名如其人。」

葉晶瑩臉垂得更低，一手抬起來，蒙住眼睛。

王嬸說：「大少爺，你把葉姑娘說得不好意思了。」

「抱歉，抱歉。」顧盛英說著，拿掉餐巾，站起身，走回客廳，到牆角的小櫃邊，選了一張唱片，放到留聲機上，搖動把手上足弦，轉過唱頭，輕輕放下唱針，然後走回餐廳。顧盛英從小到大，在家裡吃飯的時候，總要播放一些輕鬆的音樂，而今天他發現音樂會使葉晶瑩活潑些，自然更不肯錯過機會。

他剛坐下，留聲機便放出輕柔美麗的樂曲。

「呀，史特勞斯《藍色多瑙河》。」真如顧盛英所料，一有音樂，葉晶瑩馬上就來了精神，她天生是個音樂家。

顧盛英問：「去過多瑙河麼？」

葉晶瑩搖搖頭，說：「哪裡有那個福氣。」

「今年夏天，我帶你去。」顧盛英說，「音樂家怎麼可以不去看看多瑙河，也必須去看看維也納。」

葉晶瑩沒有講話，閃著眼睛，看著他，顯得有些驚奇。

「你是哪兒人？聽不出你的口音。」顧盛英問。

葉晶瑩終於收回眼光，低下頭回答：「四川，成都。」

顧盛英笑了一下，說：「果不其然，成都是出美女的地方。」

葉晶瑩不講話，拿起筷子，指指桌上那盤肉片，扭頭對王嬸說：「王嬸做的龍眼咸燒白，看著很地道。」

王嬸很得意，忙說：「嚐嚐看，味道如何？」

顧盛英轉臉看王嬸一眼，原來王嬸早探聽出來葉晶瑩是哪裡人，所以特意做了幾個川菜。

「鋼琴是你的專業，還是業餘？」顧盛英問。

「是我的專業，從小就學，後來到伊斯曼，也是學鋼琴。」

顧盛英大吃一驚，忙問：「你去美國留過學麼？伊斯曼音樂學院？那是美國最好的音樂學院之一。」

「是，你曉得麼？」葉晶瑩也吃了一驚，抬起臉來，直視著他。

顧盛英笑了，說：「我當然曉得，我母親是伊斯曼的董事，我去過那裡很多次，連帶著看尼阿瓜大瀑布，不過那是很多年以前了。」

「哦，那麼你也在美國讀過書？」葉晶瑩看著他，眨眨眼睛，又說，「等一等，你是中國人麼？」

顧盛英覺得自己有點臉紅，忙假裝吃了一口飯，穩定一下心情，才說：「我當然是中國人，我在上海出生的。」

葉晶瑩偏著頭，注視著他，好像有些懷疑。

顧盛英只好補充：「我母親是中國人，父親是美國人。」

「我猜到了，我在美國見過你這樣的混血兒。」葉晶瑩說，「你中國人模樣更多些，不過因為混血，比普通中國人更英俊。」

這下子，輪到顧盛英不好意思了。他知道自己繼承了母親的美麗和父親的體態，身高一公尺八十五公分，面目清晰，線條硬挺，身材協調，是那種既美麗又特別男性的男子，能夠隨時吸引女性垂青，也常聽到女人們誇讚。不過今天聽到葉晶瑩這句話，他覺得似乎特別舒服，但又一時不知該怎麼接葉晶瑩的話。

電話鈴解救了他的尷尬，王志遠走回客廳，過幾秒鐘，回到餐廳，說：「羅探長電話。」

「對不起。」顧盛英道過歉，拿下膝上的餐巾，站起來，走進客廳，拿起話筒，說：「小娘舅。」然後走到餐廳門口，靠在門框上，邊聽電話，邊繼續看著坐在餐桌邊的葉晶瑩。

羅忠說：「我們還是找不到豬嘴阿四，我懷疑是薛鴻七把他捉起來了。」

「哦。」顧盛英答了一聲。

「你在做什麼？好像心不在焉。」

「我在吃飯。」

羅忠緩了一口氣，說：「剛才在芳沁苑，你沒胃口。回到家就有了？啊，又有了女朋友了？新的？這麼快？是哪個？」

「小娘舅，你什麼時候也成了碎嘴婆娘？」

「嘿，別忘了，我是警官，探聽各類消息，是我的職業。」

「那也不能鑽到別人的餐廳臥室裡去。」

「算了，不打擾你的約會。」羅忠說，「只是你要有個心理準備，明天見到莊衡，曉得怎麼應對。」

「謝謝你，小娘舅，掛了。」

放下話筒，顧盛英走回餐廳坐下，發了幾秒鐘呆，腦子裡想著明天跟莊衡的會面。忽然聽見葉晶瑩說：

「你有事，我還是先走了吧。」

顧盛英回過注意力，忙站起來，說：「沒什麼事，不忙，不忙。」說著，他發現史特勞斯的唱片放完了，便說，「我換一張唱片。」

他很快地換了一張唱片，搖足弦，放上唱頭，走回餐廳坐下。

音樂開始了，兩三個音符過去，葉晶瑩便歡喜地叫：「莫札特的C大調。」

「再坐一坐，聽聽吧？」顧盛英曉得，最能打動音樂家的，莫過於莫札特。

「記得有個同學問拉金教授，人間最偉大的音樂家是誰？拉金教授回答是貝多芬。同學又問：那麼莫札特呢？拉金教授講：你問的是人間最偉大的音樂家。莫札特屬於天國，人間的音樂不能與之相比。」只要講音樂，葉晶瑩就變得活潑，話也多了。

「你在美國住了幾年？我是說，讀了幾年書？」

「三年半，去年回國。」葉晶瑩搖搖手，說，「不講話了，第二樂章。」

他們不再講話，默默地聽，葉晶瑩吃飯很安靜，動作緩慢而優雅，也許是怕打擾音樂。

「多美呀，心都要融化了。」樂章結束，葉晶瑩嘆了口氣，輕輕地說。

「你是伊斯曼音樂學院畢業，回國怎麼不開演奏會，做表演家呢？」

葉晶瑩垂下眼睛，不言語，顯出有什麼難言的隱衷。

顧盛英忙說：「如果你需要有人引見，跟我講，我替你安排。」

葉晶瑩抬起眼睛，看著顧盛英。

「我在上海藝術界有些關係。哦，是我母親的關係。」

葉晶瑩歪過頭，看著他，問：「你母親在上海？是藝術家嗎？」

「是。」盛英說，語氣不自然，但他不能不回答，「不過，不是音樂。」

「那是什麼？」

「電影。」

「演員麼？」

「是。」

「有名麼？」

顧盛英頓了一頓，暗自嘆口氣，回答：「是。」

葉晶瑩顯得興奮起來，問：「叫什麼名字？我從小迷電影，差不多的演員我都曉得。」

顧盛英看看王叔和王嬸，咽了一下唾沫，說：「她演電影的時候，叫做婉莎。」

葉晶瑩一聽，驚叫起來：「真的麼？婉莎？你的母親麼？她比西施更美，所以叫做婉莎，對麼？她是中國第一個電影女演員，比周旋和阮玲玉都早多了，也有名多了。她是你的母親麼？是，沒錯，我看出來，你像母親。啊，我真幸運，居然認識了婉莎的公子。」

她果然是個電影迷，講起電影，竟像變了一個人，興奮異常，滿臉通紅，講個沒完沒了。

顧盛英直等到她喊叫完畢，才笑著說：「如果你願意，哪天我帶你去看看她。」

葉晶瑩兩手拍到一起，大叫：「哇，我會高興死的。」

顧盛英想了想，說：「過幾天，我給母親打電話的時候，帶你一道去，你跟她講幾句話，好麼？」

葉晶瑩兩手捂著發燒的臉，眼裡放著光，一個勁點頭，講不出話來。

顧盛英笑著，看著葉晶瑩，說：「那麼我們講好了，保持聯繫，你不可以不理我。」

「好的，好的。」葉晶瑩繼續一個勁點頭。

「明天有個會，我還要準備，就不留你了。」顧盛英說著，站起身來。當然他很想留下葉晶瑩，徹夜長談。跟她在一起，他感到輕鬆和快樂。因為她似乎不大懂得現實的社會，只是獨自沉浸在音樂的幻想世界，所以十分純潔，透明得彷彿一粒露珠，一片雪花。在腐敗骯髒的現今世界，實在萬分珍貴，他不肯輕易放棄。但是顧盛英知道，很多情況下，時空的距離會讓心靈更加靠近。眼下匆忙結束，能夠讓葉晶瑩保留一些不滿足的感覺，產生對下次會面的盼望。「下次你來，我給你看些母親的照片。」他又補充一句。

「太好了，太好了。」葉晶瑩也站起來，連聲說。

顧盛英轉頭，對王志遠說：「王叔，請你開車送一下葉小姐。」

葉晶瑩忙搖手，說：「不用了，不遠，我可以自己走路回去。」

「這麼晚了，年輕女子單身走路，不大好。」顧盛英說，「王叔送一送，不費事的。」

九　屢尋不得阿四失蹤　初次見面律師鬥法

第二天早上，顧盛英起床晚了半點鐘。他洗了澡，換了衣服，刮了鬍鬚，梳了頭髮，坐王叔開的車，趕在十點鐘之前，到了辦公室。

「你覺得好些麼？」白招弟問，她早就坐在桌前等待他。她上下打量顧盛英的穿著，一身純黑色的套裝，雪白的襯衫，鮮亮斜紋領帶，黑色皮鞋。她點點頭，曉得那是顧盛英專門今天選了穿戴，立意要顯得比較老練一些。

顧盛英掛好外套，說：「好多了。」

「你看起來，臉色還是不大好，很憔悴的樣子。」白招弟關心地說，「如果你覺得不大好，我們跟莊律師改個時間。」

顧盛英轉過身，抬手摸摸自己的臉，笑笑說：「我沒什麼事，蠻好的。」他自己曉得，昨晚一夜，他輾轉反側，迷迷糊糊，忽而想到薛鴻七的案子，忽而想到與葉晶瑩的邂逅，始終沒有睡安穩。

白招弟不曉得那情況，嘆口氣，說：「羅探長打電話來，他還是沒有找到豬嘴阿四，怎麼辦法？」

顧盛英向裡屋門口走著，說：「沒有關係，今天跟莊衡見面，只是律師跟律師會談，不必有當事人在場。如果他要求見豬嘴阿四的話，我就要求薛鴻七也來。你想他請得動薛鴻七來這裡麼？我斷定他沒有那個膽量。」

白招弟笑起來，說：「到底你們律師腦筋轉得快。」

「好了，我準備一下，時間就到了。」顧盛英說完，推開裡屋門，走進去。

他還沒有坐穩，便聽到外面大門有人敲了幾下。

「來了。」白招弟對裡屋說著，站起來去開大門。

「莊衡，十點鐘的約。」來人見到白招弟，便摘下頭上的禮帽，自我介紹。他身材不高，年紀不輕，估計有五十歲上下，不過滿面紅光，顯是生活優裕，酒肉頻繁。穿著一身很講究的西裝，但有些折紋和斑點，腳上皮鞋也蒙著些灰塵，看得出內當家的不夠盡責。

白招弟笑一下，讓開身體，說「莊先生，顧先生在等你，請進。」

莊衡拎了皮包，在白招弟面前走進門，繼續走進裡屋的門。

顧盛英正繞過辦公桌，朝門口走。

「顧先生，你好。」莊衡伸著手，迎過去。

「莊先生，請坐。」顧盛英握過手，指指桌前一張皮椅。

莊衡坐下來，說：「久仰顧先生是美國耶魯的法學博士，今日幸得一見，果然風度不凡。」

顧盛英回到桌後坐下，問：「莊先生要點什麼嗎？」

莊衡欠欠身，客氣說：「不必，不必。」

顧盛英說：「一大早，咖啡總是要的。」

好像預先設計好的，顧盛英話音剛落，白招弟端了一個黑漆托盤走進來，托盤上放了一把銀製的咖啡壺，彎彎的壺嘴淡淡冒出一縷白霧。壺邊放兩個銀製的咖啡杯，小巧玲瓏，各自座在同樣銀製的小碟中間，小碟上還各放一把銀製的小勺。另外兩個銀製小容器，一個是方糖，一個是牛奶，也都十分講究。

看著白招弟在桌上放下托盤，熟練而小心地拿起咖啡壺，往咖啡杯裡倒，顧盛英說：「莊先生請嚐一嚐，這是我從美國帶來的哥倫比亞咖啡，很香的。」

「當然，當然。」莊衡笑著說，「顧先生生活情趣高尚，在上海很有名。」

白招弟放好咖啡壺，問：「莊先生咖啡要加糖，還是加牛奶。」

莊衡好像想了一想，說：「恭敬不如從命，我就都加吧。」

白招弟笑了一下，給一個咖啡杯裡加了兩塊方糖，又加了些牛奶，然後端起小碟，連咖啡杯一起遞給莊衡。然後在另一個咖啡杯裡，只加些牛奶，端起來放到顧盛英面前的桌上。

「莊先生，請慢用。」白招弟說完，輕輕走出辦公室，在身後關了屋門。

「顧先生的秘書很會做事。」莊衡看著白招弟走掉，回過頭來，笑著說。

顧盛英端起咖啡杯，小小飲了一口，放下杯子，說：「莊先生來這裡，恐怕不是社交性的拜訪吧。」

莊衡聽了，醒悟過來，把手裡的咖啡杯放回托盤上，說：「當然，當然，我們談公事，談公事。」

顧盛英說：「莊先生有什麼見教，在下洗耳恭聽。」

莊衡不說話，先從衣服口袋裡掏出一包香煙，紅色的襯底上面，印個騎馬的洋人，戴頂草帽，那是美國馬爾伯牌香煙。

「顧先生從美國回來，當然喜歡抽美國香煙。」莊衡一邊撕著煙盒口，一邊說，「所以特意買來。」

顧盛英從自己桌上拿起一個扁平的煙盒，黃色襯底上印個棕色橢圓。他打開盒蓋，說：「我們家裡一直吸三五香煙，莊先生要一支麼？」

莊衡有些出乎意料，愣了一下，然後大聲打哈哈，說：「自然，自然，英國香煙到底比美國香煙好，起碼歷史更為悠久，對吧？」

兩個人各自點燃香煙，抽了兩口，噴雲吐霧，各想心事，琢磨如何交鋒。

顧盛英在美國長大，養成美國人的習慣，凡事喜歡主動搶先，自回到上海，聽羅忠告誡，也積累自己的實際經驗，知道跟中國人打交道，主動出擊常要吃虧，倒是後發多可取勝。中國人講究謀略，看出對手出擊方式之後，再決定對應策略，方得萬無一失。此刻，顧盛英見莊衡不動聲色，便也默默吸煙。雖然都不言語，但沉默本身，便是對意志和耐力的考驗，誰沉不住氣，誰就失敗。

靜默將近五分多鐘，莊衡竟然微閉兩眼，略略搖晃身體，好像打起盹來。

顧盛英畢竟修煉有限，見到莊衡這模樣，氣上胸膛，忍耐不住，把手裡香煙在煙灰缸裡壓滅，說：「莊先生是代表薛鴻七的吧？」

莊衡臉上微微一笑，十分得意地睜開眼睛，哼了一聲，好像在說：跟我鬥功夫，你還差得遠，嘴裡卻緩緩地說：「不錯，我的客戶是薛先生。」

「那麼被告和莊先生都看過狀子了。」

「當然」，莊衡仍然微笑著說，「不過顧先生的案子不能成立。」

顧盛英後靠到椅背上，說：「請莊先生指教。」

莊衡捏滅手裡的香煙，慢條斯理地說：「我的客戶並不認識一個叫做阿四的人，所謂討帳打人之舉，無從講起。」

顧盛英在美國律師樓做事的幾年，總結出經驗，絕不問一個自己不清楚答案的問題。在準備這次會面時，估計到莊衡會提出這個異議，早有準備，立刻回答：「薛先生那麼大的家業，自然或許不認識我的客戶。但是薛先生的一個手下，叫做俞二丹的，卻是我客戶的頂頭上司。我想，薛先生一定認識俞二丹俞先生。」

「薛先生手下管著很多產業，都是正當合法的生意。」莊衡彎下腰，把地板上的皮包提到腿上放平，從裡面取出一疊紙張，遞到顧盛英的桌上，說：「這是薛先生所有產業的雇員花名冊，請顧先生過目。據我所知，其中沒有一個叫做俞二丹的人，也沒有一個什麼阿牛，不曉得顧先生從哪裡聽說這些名字的？」

莊衡確是有備而來，必須小心對付。顧盛英看看那本名冊，說：「花名冊當然誰都可以造，不足為憑。」

「顧先生也可以要求查帳。」莊衡說，「只要獲得會審公堂批准，顧先生可以查閱我客戶產業近五年的所有帳目，看看有無俞二丹或者阿牛這幾個人。」

顧盛英點點頭，說：「你放心，莊先生，我們會提出這個要求。」

莊衡臉色有些下沉，說：「那麼如果查不出那些人來，顧先生該怎樣做？是不是可以馬上撤銷訴訟？」

顧盛英擺擺手，說：「莊先生，你也是做律師的，應該曉得，查花名冊或者查帳目，都只是案件調察的一部分，並不能決定案件是否成立。」

莊衡把手裡的皮包放回地板上，說：「可是如果顧先生控告的當事人均屬莫須有，這個案子還怎麼成立呢？」

顧盛英笑笑，說：「莊先生放心，我們會找到當事人的。」

莊衡靜了幾秒鐘，看著顧盛英，忽然問：「顧先生，你能不能約個時間，讓我跟阿四談一談？我今天有空，就安排今天吧，任何時間都可以，好不好？」

顧盛英明白對方為什麼提出這個要求，而且要求今天就見。莊衡一定知道，豬嘴阿四已經被薛鴻七捉起來，沒有人能夠找得到，故意給他出難題。遇到不能直接回答的問題，最好的辦法就是不回答，顧盛英保持沉默。

莊衡更加得意了，悠悠地吐著煙圈，說：「顧先生不妨想一想，如果顧先生的案子進入辯論程序，可是無法把當事人帶到會審公堂，法官會做何想法？當然，第一顧先生的案子立刻撤銷。第二呢？法官難免要問，顧先生是否無中生有。就算顧先生不受到法律制裁，恐怕對顧先生做律師的聲譽也不大好。」

顧盛英幾乎可以確定，他和羅忠都肯定再也找不到豬嘴阿四，俞二丹，阿牛幾個人了。這個案子怎麼辦法，還真有點頭疼了。

莊衡停了一停，見顧盛英不開口，繼續說：「我的客戶是個合法商人，經營的所有生意都絕對正當。而且我的客戶在地方上，也是有名的士紳，捐款救濟，資助文化，常施善舉，有口皆碑。顧先生從美國回來不久，恐怕不夠了解。我的客戶在上海經營了四十年之久，奉公守法，至今沒有一次被告進會審公堂。事實上，上海幾乎所有的法官，都是我客戶的朋友，經常一道吃飯打牌，他們大概很難相信，我的客戶會做那些違法的勾當。」

這話大概屬實，顧盛英想，薛鴻七必定要賄賂上海和各租界的政府官員，包括會審公堂的法官，只有羅忠是個例外。

莊衡不等顧盛英多想，加快講話速度：「我的客戶同杜月笙杜老先生，也很相熟。法租界地盤上的生意，比如顧先生常去的芳沁苑，我的客戶要過問一下，跟杜老先生講一講，應當也不是什麼難事。」

顧盛英生氣了，厲聲問道：「莊先生這是什麼意思？是威脅麼？」

「哪裡，哪裡。」莊衡笑笑，說，「不過講一聲，顧先生是個講道義的人，當然曉得如何照應芳沁苑艾文秀艾老闆，那個女人模樣很標致，生意也不錯。」

「莊先生是執業的律師，自然曉得職業行規。我們公事公辦，沒有理由涉及旁人。」

「這個當然。」莊衡點點頭，說，「我曉得顧先生是個有錢的人，什麼都不缺。不過如果顧先生有個什麼親戚朋友，比如羅探長啦，手頭緊，需要錢的話，不妨講一聲。我的客戶向來寬宏大量，千兒八百的，不在話下。俗話說，救人一命，勝造七級浮屠。」

這個莊衡，果然了不得，左右開弓，軟硬兼施，而且往往一語雙關，讓人摸不到頭腦，無以相對，說不定就被繞進他的圈套去了。

顧盛英還在思索如何應對，莊衡突然左手拎了皮包，從皮椅上站起來，笑呵呵地說：「好，話就講到這裡，顧先生，很高興我們的第一次會見獲得成功。我回去向客戶交代，顧先生有什麼想法，隨時通知我。」

說完，他用右手從上裝內側口袋裡抽出一張精致的名片，放到顧盛英的辦公桌上，順便把手伸到顧盛英面前。

顧盛英站起身，握握他的手，說：「莊先生，後會有期。」

「後會有期。」

「莊先生走好，恕不遠送。」

「留步，留步。」莊衡說著，自己拉開屋門，走出去。

白招弟在辦公桌邊站起來，說：「莊先生走了？要我叫部車子麼？」

「不必，我的車子在下面等著。」莊衡說，「白小姐如此漂亮能幹，真讓人羨慕，什麼時候方便，我請白小姐吃個飯，白小姐可肯賞光？」

「莊先生太客氣了。」白招弟說著，拉開門。

「那麼等我的電話吧。」莊衡說完，走出去。

白招弟走回屋裡的時候，看見顧盛英已經在裡屋打電話了，便不再講什麼，坐回自己桌邊。

「小娘舅，是我。」顧盛英聽到羅忠接了電話，馬上說。

羅忠問：「跟莊衡見過面了？」

「見過了。」

「怎麼樣？」

「我們見面再講吧。」顧盛英說，「晚上到華懋飯店吃飯。」

羅忠笑起來，說：「又要去吃法國大餐啦？果然又交新女友了，是麼？」

顧盛英稍有不安，說：「算不上朋友，剛見過一面。不過她在美國留過學，彈鋼琴的。」

羅忠故作驚訝，說：「我的老天爺，你又開辟一條新戰線。」

顧盛英不接他的話，只說一句：「晚上七點半。」就掛斷了電話。

白招弟聽見顧盛英的電話，不高興了，嘟囔道：「又去華懋，你曉得那地方特別貴，吃頓飯會要命的，我們這個月沒有錢付帳。」

顧盛英知道白招弟不好惹，不接話題。

白招弟仍然不依不饒，走進屋，說：「好啦，大少爺，換家地方，便宜些，又好吃，也沒有什麼不好。」

顧盛英笑了，說：「你有什麼建議？去德興館，吃生炒圈子，糟缽頭？」

白招弟撇撇嘴，說：「那有什麼不好，因為有這兩樣菜，杜月笙老頭子最喜歡去德興館。」

「對呀，我去了，說不定會碰見他，順便請他幫幫忙，辦辦我這個案子。」今天不知為什麼，顧盛英似乎對談論上海幫會特別有興趣。

白招弟聽了，也微笑起來，說：「你不用跟我講笑話，雖然都是豬下水，可是人家大廚手藝高明，點石成金。」

顧盛英搖頭，說：「歐洲人會吃下水，美國人是打死也不要碰的。」

白招弟嘆口氣，說：「真拿你沒有辦法，大少爺脾氣，花錢如流水。」

顧盛英又笑起來，說：「放心吧，大管家。我認得沙遜先生，他是英國人，跟我家算是世交。我去跟他講一聲，給我打幾折。」

十　顧盛英攜友見羅忠　葉晶瑩意外說莊衡

沙遜大廈於民國十八年開張，以豪華著稱，號為遠東第一樓。大廈建筑取美國芝加哥學派哥特樣式，共十二層，高七十七公尺，尖頂高大，直指青天，十分雄偉。外牆是花崗岩石塊砌成，玻璃旋轉大門，進入前廳，地面是乳白色義大利大理石鋪就，頭頂懸古銅鏤花大吊燈，既豪華又典雅。華懋飯店在沙遜大廈的四層到九層，其裝潢設計，更是無以倫比，處處透著歐洲古典官廷的氣韻。

羅忠坐在酒吧上，喝第二杯啤酒，看見顧盛英伴著一位漂亮姑娘走進門來。她穿著一件裁減得很合適的深藍色呢外套，看不出身材比例，至少不胖。

「你好，小娘舅，我們來晚了。」顧盛英道歉說，「都怨她，不肯來，我硬把她拉來。葉晶瑩，羅忠。」

「很對不住，累你久等，羅先生。」葉晶瑩低著頭，很不好意思，一邊握羅忠的手，一邊說。

「我們快點吧，餓死了。」顧盛英說著，動手脫掉身上的外套，拿下頭上的禮帽。他內穿淡黃襯衫，紮金紅相間的領帶，套一件棕色西裝，胸口衣袋插了一方紅色手帕，一條白色的英國嗶嘰西裝褲，一雙褐白兩色的三接頭皮鞋。他是精心打扮了的，顯得格外瀟洒，精神抖擻，朝氣蓬勃。

葉晶瑩也匆忙動作，摘下頭巾，脫去外衣，露出一副驕人的身材，肩膀，腰身，腿，都很勻稱，線條也都很圓潤柔和。她穿著一身湖藍色的衣裙，一條白色絲綢腰帶和一件不繫扣的無袖坎肩，使胸部更加突出，顯示出女性的無限魅力。

羅忠不由得看顧盛英一眼，這家伙果然有運氣，總是能夠發現美麗的女人，而且輕而易舉就能帶出來吃飯。

顧盛英從葉晶瑩手裡接過她的外衣頭巾，一起送進門口的存衣櫃台，等著拿存衣號牌。

葉晶瑩繼續整理著頭髮，四處觀看這問餐廳。她的頭髮都攏在後面，紮了一條絲繩，卻不打辮子，鬆散地垂著，好像一條馬尾巴。不難看，但特別，中國姑娘很少這樣弄頭髮，大概是美國讀書學來的。

「我們去坐吧，我預定了桌子。」顧盛英拿到存衣號牌，邊說著，邊帶領二人，朝餐廳走。「默利森先生，我們的桌子安排好了麼？」他看見餐廳領班走來，笑著用法文說。

「當然，顧先生，這邊請。」默利森先生說著，伸手攙扶起葉晶瑩的手臂，引導她走在前面，邊說，「顧先生，您真幸運，有這麼美麗的姑娘陪同您晚餐。」

「謝謝，默利森先生。」顧盛英繼續用法文說，「葉小姐在美國留過學，懂英文的。」

「那太好了。」默利森先生馬上改說英文，在他們的桌邊停下，拖開一把椅子，請葉晶瑩坐下，又抓起她的一個手，放在唇邊吻了一下，繼續說，「認識美麗的姑娘，永遠是賞心悅目的事，請葉小姐以後經常光臨。」

「謝謝你。」葉晶瑩不知道該怎麼回答，只用英文道了一聲謝。

侍者走來，站在桌邊，說：「我叫菲力普，今晚為幾位服務，請吩咐。」侍者說的是法文，「幾位要點什麼飲料麼？」

顧盛英卻用英文說：「一瓶香檳。」

羅忠把手裡的長玻璃杯放到桌上，也用英文說：「我繼續我的啤酒。」

「去年的香檳，馬上就到。」菲力普聽了，用英文回答，轉身走了。

葉晶瑩是頭一次進如此豪華的餐廳，歪著頭問顧盛英：「這裡的人都會講英文和法文兩種話麼？」

顧盛英說：「對於法國人來講，英文跟法文是一樣的，講起來不費力。」

「你怎麼會講法文呢？記得你講，你祖先是英國人。」

「我每年都要在法國住一陣子，母親特別喜歡巴黎。」顧盛英聳聳肩，說。

「在美國吃過義大利餐館，從來沒進過法國餐廳，太貴了，吃不起。」

「我猜到了，所以請你來這裡。下次再請你去紅房子，那裡的派頭沒有這裡大，可是名氣不比這裡小，特別是紅酒子雞，羊肉捲餅，百合蒜泥鮮蛤蠣，全上海獨一家。」

羅忠笑起來，說：「葉小姐你看，這位顧大少爺，講起吃來，頭頭是道。」

葉晶瑩也笑了，說：「我只聽人家講，紅房子布置特別優美幽靜，是上海名媛常去聚會的地方，我從來沒有進去過，沒有錢，也沒有膽量。」

顧盛英哎呀一聲，說：「可惜，今天應該去那裡才好。」

「哪裡話，華懋不知比紅房子豪華多少倍。」羅忠不以為然，說，「去過紅房子的人，也未必來得起這裡。」

「一點不錯，我從來沒有進過這麼豪華的地方，在美國也沒見過，這輩子第一次。」葉晶瑩轉著臉，張望四周。

餐廳牆上，鑲嵌著好幾塊拉利克藝術玻璃飾品，每塊半尺見方，有的是花草繁茂，有的飛鳥臨風，有的是魚翔淺底，創造出一種神奇的幻境感覺。

忽然她像看到了什麼，有些緊張，低下頭，扭動著身體，顯得十分不安。

顧盛英看到，忙問：「你怎麼了？不舒服？」

葉晶瑩低聲說：「沒有。不過，顧先生，我可不可以跟你換個座位？我不喜歡坐在這裡，正好面對著店門。」

顧盛英馬上站起來，說：「當然，請。」

葉晶瑩迅速地從自己的座位上換到顧盛英那個面對牆角的座位，然後似乎鬆了口氣，輕聲說：「謝謝你，顧先生。」

「請叫我盛英，我的朋友們都叫我盛英。」顧盛英說，「或者叫喂，好不好，叫什麼都比叫顧先生更好聽些。」

葉晶瑩笑了，說：「那是在美國。在中國，還是稱先生比較好。」

「你在美國讀過書，曉得稱呼人某某先生，意味什麼？」顧盛英繼續，「我們已經不是初次見面，可以做朋友了吧，你願意不願意？」

葉晶瑩點點頭，沒有講話。

顧盛英再次確認，說：「那麼從此以後，叫我盛英。」

葉晶瑩答應：「好的，謝謝。」

這段時間，羅忠一直轉著頭，仔細查看餐廳裡的每桌顧客，似乎沒有看出任何奇怪之處，甚至並沒有一個人注視他們這個方向。那麼葉小姐發現了什麼？讓她如此不安？羅忠想著，又一次查看餐廳裡的顧客，希望儘量能夠記住一些人的模樣特徵。這時候，有一對顧客走過幾張桌子，走出店門。

菲力普托了餐盤，上面放了一個長頸的香檳酒瓶，兩支細長的香檳酒杯，還有一個冰桶。他給顧盛英和葉晶瑩倒好酒，把酒瓶塞進冰桶，說：「幾位請用，要點菜的時候，我就送菜單來。」

顧盛英舉起酒杯，說：「為我們的相聚。」

葉晶瑩和羅忠也舉起酒杯，三個人碰了一下，各自喝了一口。

餐廳的喇叭裡，傳出音樂聲來。他們進門的時候，並沒有音樂，或許是正在換唱片。

葉晶瑩一聽，馬上興奮起來，說：「《天鵝湖》。」

顧盛英滿意了，只要有音樂，葉晶瑩就會放鬆許多，活潑許多，也比較喜歡講話。於是他故意問：「你喜歡柴可夫斯基麼？」

「當然。」葉晶瑩眼裡放著光，說，「我的畢業演出，就是彈他的《第一鋼琴協奏曲》。」

顧盛英也隨著興奮地說：「哦，是嗎？哪天你得彈給我聽聽。」

「你曉得麼，柴可夫斯基寫好《天鵝湖》音樂，首次演出之後，被彼德格勒和莫斯科文化界罵得狗血淋頭，把他嚇得半死，幾乎完全喪失自信力，從此不敢再寫芭蕾舞音樂。直到十年之後，他創造的其他樂曲，比如奏鳴曲，協奏曲，交響曲，已經紅遍天下，經過俄國芭蕾舞界反復懇求，他才又寫了一個《睡美人》，演出來，轟動天下，他才算安了心。」

因為是談論音樂，葉晶瑩能夠說個沒完，最後不滿足，又補充兩句：「那些做評論的人多可恨，他們自己什麼都創造不出來，卻一天到晚對別人的作品說三道四。要麼捧殺，要麼棒殺，總而言之，把多少天才都害死了。」

顧盛英連連點頭，表示贊同。對此，他有太多經歷，他的母親是上海第一代電影明星。

葉晶瑩靜了一陣，慢慢喝著香檳，認真地聽《天鵝湖》的音樂。

羅忠趁此機會，側過身子，小聲問顧盛英：「跟莊衡的會見怎麼樣？」

顧盛英也壓低聲音，說：「一下子威脅，一下子利誘，還提到文嫂，還有你需要錢用，總之是想逼我把案子徹掉。」

「都是江湖上的人，哪個都曉得哪個，只看哪個更厲害些就是。」

「我辦案子，可不願意傷及無辜。文嫂礙到哪個了，去砸她的攤子，可太不仁義了。」

「不要被他們捉住你這個弱點，用來拿住你，就不好辦了。」

「我當然曉得，做律師的，哪裡會暴露自己的短處。只是，萬一他們真的去麻煩文嫂，那就糟糕。小娘舅，最近一些時候，我們最好少去文嫂那裡。」

羅忠看葉晶瑩一眼，說：「你不帶她去，文嫂要生氣的。」

「以後再解釋好了，現在保護文嫂要緊。」

「這些狗東西，就是會用這些下流手段。」羅忠嘆口氣。

顧盛英更湊近些羅忠，說：「不過，他好像很有把握的樣子，堅持講薛鴻七手下沒有俞二丹和阿牛。」

「阿牛好辦，我今天還看見他一次，跑不掉。」

「莊衡給了我一個薛鴻七手下的花名冊，上面確實沒有阿牛的名字。」

「當然，他們可以隨便造花名冊，阿牛那樣的打手，當然不寫在上面。」

「他還講，我可以查驗過去幾年的帳，他們有把握帳上找不到阿牛。」

「可能用另一個名字，只要我把阿牛捉到會審公堂，他就賴不掉。」

「那麼俞二丹呢？」

羅忠想了一下，說：「這人恐怕有些麻煩。或許他們已經把他殺了，要麼已經把他送到外地去了，上呈訴狀。」

我們或許真的找不到了。」

「那麼我們怎麼辦法？俞二丹是豬嘴阿四跟薛鴻七聯繫的關鍵。」

「我需要時間，設法找到他。活要見人，死要見屍。」

顧盛英想了想，說：「可是我不能向會審公堂提出延期的要求，我是原告，沒有準備好，就不應該上呈訴狀。」

羅忠轉轉眼睛，說：「那麼我們想辦法，逼莊衡去提出延期。」

「我們都仔細想想吧，看有沒有辦法。」顧盛英說完，看了葉晶瑩一眼，又說，「我們要菜單，點菜吧。」

隨後，顧盛英做主點了一道鵝肝冷盤，一道土豆沙拉，一道奶油素菜湯，按照中國習慣，大家分享。然後點主菜，給羅忠要一道紅酒雞，最合他的心意。給葉晶瑩要一道蛋煎魚，適合女性。他自己則要一道番茄汁白菜，清淡可口。中國人總免不了要點主食，可法國餐廳沒有米飯。葉晶瑩講她在美國常吃吐司，吃夠了，顧盛英本也不喜歡麵包，所以點了些蕎麥煎餅當主食。

菲力普走了，葉晶瑩問：「你點的是鵝肝，是嗎？我從來沒有吃過鵝肝。」

顧盛英說：「法國大餐，最要緊的就是鵝肝。可惜法國人不吃辣，只好委屈你了。」

葉晶瑩笑了，說：「沒關係，在美國三年多，也不常吃辣，到上海一年，吃辣也不多，習慣了。」

羅忠看葉晶瑩一眼，問：「葉小姐喜歡吃辣，四川人，還是湖南人？」

葉晶瑩又笑一下，回答：「成都人。」

羅忠點點頭，意味深長地看顧盛英一眼，沒有講話。

顧盛英看到，說：「怎麼？不曉得？成都出美女，全國有名。」

羅忠又點點頭，仍然沒有講話。

葉晶瑩聽到兩個男人議論自己，感覺有點不安，便轉話題，問道：「我剛才聽你們講到一個叫莊衡的人？」

顧盛英有點驚訝，回答：「是呀，我以為你在專心聽音樂，沒想到你還聽到我們講話。」

羅忠說：「你講話那麼響，別人不想聽都做不到。人家小姐又是音樂家，聽覺特別靈敏。」

葉晶瑩好像沒有聽到這句話，自顧自偏頭想事，問：「你們講的那個莊衡，是律師麼？」

「是呀，你認得他麼？」顧盛英更覺得驚奇。

「我不認識他，但是認識他的女朋友，叫做翠花，我們住同一個公寓。」

羅忠馬上問：「你住哪裡？」

葉晶瑩看著他，回答：「寶登大廈。」

「陶爾斐斯路和呂班路？」羅忠問。

葉晶瑩點點頭，說：「對。我住三層，翠花住頂層，有時候會見到面。」

顧盛英說：「我以為莊衡有家室。」

羅忠說：「當然有，他老婆是江西董家的小姐董小霞。」

葉晶瑩說：「是嗎？我不曉得，翠花沒對我講過。」

顧盛英問羅忠：「你曉得那個董小姐住在哪裡麼？」

羅忠說：「當然，華安大廈前兩年開張之後，一直住在那裡。」

葉晶瑩張大嘴，禁不住說：「成年累月住華安大廈？那不貴死了？」

羅忠對董小姐是否住在華安大廈並無興趣，反問葉晶瑩：「你剛才講，翠花是莊衡的女朋友，住在寶登大廈，莊衡經常去那裡？」

「翠花姓秦。」葉晶瑩點點頭，說：「不過，我只見過莊先生一次，他們一起出門去吃飯。」

顧盛英笑說：「該不是莊衡從窯子裡買出來的吧。」

羅忠沉思著，說：「葉小姐住寶登大廈可不簡單，那裡房價也貴得嚇人。」

葉晶瑩忙說：「我只是租的，一個美國同學租給我住一年，房租減半，否則我哪裡住得起。再過三個月，我就要另外找房子了。」

顧盛英說：「不用找，住我那裡去就行了。」

葉晶瑩不好意思了，說：「那怎麼可以。」

顧盛英笑了，說：「就算租我的地方好了，房租也減半。」

羅忠沒有注意他們的對話，只想自己的心事，問：「秦翠花租了頂樓？」

葉晶瑩說：「寶登大廈不出租的，我的房子是那個美國同學買的，算是借給我住。翠花的頂層，是莊先生專門給她買下來住的。」

顧盛英看著羅忠，話裡有話地說：「原來是這樣，金屋藏嬌，露出馬腳來就糟糕了。」

羅忠也看著顧盛英，點點頭，慢慢地說：「讓我來查查看，那房子真是買給秦翠花的嗎？」

葉晶瑩說：「當然是真的。翠花得意得要死，到處對人講。」

羅忠說：「莊衡當然那麼對秦翠花講，可地契上不一定是秦翠花的名字，而是他莊衡的名字。莊衡那種人，怎麼捨得買房子送給別人，而且他哪裡有錢買那麼貴的房子，不怕他老婆發現，找他的麻煩？」

菲力普送來第一道鵝肝冷盤，三個人一時不再講話，看著他中規中矩分到各人盤中，又為各人倒了杯白葡萄酒，說：「各位慢用。」然後走開。

三個人便拿起刀叉，開始用餐。

「俐姐回美國了麼？」羅忠問，「她在歐洲已經幾個禮拜了吧？」

「五個禮拜，應該這幾天回家。」顧盛英說，「她回到美國以後，我跟葉小姐講好了，一道給母親打個電話。」

「哦？」羅忠有點出乎意外，但只哦了一聲，沒有講什麼。

葉晶瑩問羅忠：「顧先生把你叫做小娘舅，羅先生又把顧先生的母親叫做俐姐，羅先生跟顧先生的母親是姐弟麼？」

羅忠低頭吃飯，占了嘴巴，沒有回答。

顧盛英說：「母親跟小娘舅的姐姐，從小一起長大，一道來上海謀生，確實跟親姐妹一樣。」

葉晶瑩緊接著問：「那麼羅先生的姐姐也是電影明星了？」

羅忠搖搖頭，說：「不是。」

顧盛英說：「葉小姐自稱電影迷，電影明星個個都曉得，聽說過小芙蓉這個名字麼？」

「啊呀，太聽說了。」葉晶瑩幾乎叫起來，連忙壓低聲音，繼續說，「小芙蓉是羅先生的姐姐嗎？我的上帝，那是我媽媽最崇拜的明星，天天給我講。她最喜歡《倩影燈下》，她講看過小芙蓉，天下女人都只好自嘆醜陋。可惜那時候我年紀太小，沒機會看。啊呀，我太幸運了，兩天之內，認識了兩個大明星的親戚。媽媽如果曉得了，一定要樂死。我要寫信告訴她，哈，她一定會跑到上海來，要見見你們二位。」

她一口氣講這麼一通，期間羅忠幾次搖手，也沒有停住她，只好等她講完，才說：「不敢當，不敢當，你不要小題大做。」

「她那麼年輕，突然之間就去世了，真可惜。」葉晶瑩說，「媽媽聽說小芙蓉過世的消息，哭了好幾天。紅顏薄命，貴人福淺。哦，對不起，羅先生，我不該這樣講，那是媽媽講的。」

羅忠搖搖手，想說一句什麼，卻終於沒有說出口來。

顧盛英招招手，菲力普走過來，說：「冷盤吃好了？我來收走，立刻上湯，請稍等。」

連續幾分鐘上菜，改變了氣氛，也轉移了他們的話題。事實上，是顧盛英和羅忠兩人，有意避免繼續電影明星的話題，轉而詢問葉晶瑩在美國留學的故事，以及各種有關音樂家和樂曲的種種傳說，那也是葉晶瑩最喜愛的話題，一頓飯在輕鬆愉快的氣氛中過去了。

十一 夜蕩上海兩情相悅 約遊西湖一意孤行

走到自己的奧斯汀汽車跟前，顧盛英先走到乘客一側，拿鑰匙開了車門。

葉晶瑩站在馬路邊，前後張望，略顯緊張，直至見到顧盛英拉開車門，請她坐進去，才回轉臉，笑了一笑，說：「你好紳士呀，給女人開車門，中國人裡少見。」然後迅速裹緊衣裙，側身坐進車去。

顧盛英關好車門，快步繞過車頭，到駕駛員一邊，開門進車，一邊發動車子，一邊說：「那是在英國讀書時候訓練出來的。」

葉晶瑩抬手抹著頭髮，轉著身體，邊說：「想必你在英國讀書時候，有過很多女朋友。」

顧盛英開車上路，前後看著街道，好像不經意地說：「所以你現在算是我的女朋友啦？」

葉晶瑩沒有回答，側著身子，朝車後張望。

顧盛英邊開車，邊問：「你在看什麼？看到有人跟蹤我們麼？」

葉晶瑩聽見問，才不好意思地回過頭，小聲說：「沒有，沒什麼。」

顧盛英不再講話，他想起第一次在馬路上遇見葉晶瑩，她講過自己很怕在馬路上被人跟蹤和騷擾。這麼漂亮的姑娘，大概難免受過騷擾，所以害怕，顧盛英沒有多想，說：「我送你回家吧。」

「不，不要。」晶瑩馬上說，「哦，對不起，我不是不要你送。我是想，今天夜色這麼好，我們可以在外面再蕩一蕩，多享受些良辰美景。」

顧盛英聽了，非常高興，想必是葉晶瑩願意多跟他單獨在一起，於是建議：「那麼回我家去坐坐？我有很好的茶葉，或者咖啡。」

「不，我們就在外面轉轉吧。」葉晶瑩說著，又回頭朝車後張望片刻，接著說，「我從來沒有坐汽車在上海城裡轉過，今天可以多轉轉。」

漂亮女人提出的要求，從來不會遭到拒絕。顧盛英不再講話，開著車子，在法租界幾條大馬路上轉，又開進公共租界地面。

「前面是美術展覽館，你去過麼？」顧盛英指著右側一座大廳，說，「哪天我陪你去？」

「我很早就想去，只可惜我完全不懂美術。」

「你懂音樂，怎麼可能不懂美術。藝術是相通的，美感也一定相通。」

「當然，你問我是不是能夠感覺一幅畫的美，那我能夠感受到，比如看倫伯朗的畫，米開朗奇羅的雕刻。」葉晶瑩說，「但是我不敢講我懂，因為我曉得懂是個什麼樣的概念。」

「這樣講，除了美術家，沒有人可以講他懂美術。除了音樂家，沒有人可以講他懂音樂。」

「相比之下，懂美術還是比懂音樂容易一些。」

顧盛英笑了，說：「你去問問畫家，恐怕答案會不一樣。」

葉晶瑩很認真地說：「作為藝術，美術當然也不容易懂。但美術畢竟是有形的，即使從來沒有學過美術的人，也能夠看出是不是畫得亂七八糟。」

「如果音樂演奏得亂七八糟，也是哪個人都能夠聽得出來。」顧盛英抬槓。

葉晶瑩搖著頭，反駁說：「那可真是不一定，耳朵沒有經過訓練的人，即使所有的音都不準，也聽不出來，更不要講音色或者節奏了。」

顧盛英很高興這個沒完沒了的話題，笑著說：「那倒不錯，我有過那樣的經歷。有一次去參加教會的兒童演奏會，一個孩子拉大提琴，沒有一個音是準的，折磨得我幾乎死過去，他的父親還在那裡喜笑顏開，得意洋洋。」

葉晶瑩跟著笑了，說：「總而言之，我更熱愛音樂。音樂是最抽象的藝術，所以是最高形態的藝術。音樂的想象是無形的，無法描述，無法言傳，所以音樂的美，只有用靈感來接受和表達。音樂無法教授，也無法學習。最艱深也最純朴，最美麗也最深刻。」

這麼說著，葉晶瑩自己好像完全沉浸在一種激情的幻想之中，講了半天，意猶未盡，又補充道：「我真的特別佩服那些偉大的音樂家，莫札特，貝多芬，柴可夫斯基，蕭邦，拉赫瑪尼諾夫，等等，等等。你說他們怎麼就能夠從什麼都沒有，一片空靈之中，頭腦裡就能夠冒得出來那麼美麗的旋律，那麼動聽的和聲，那麼迷人的樂章呢。太神奇了，太神奇，驚人的神奇，讓人五體投地。」

葉晶瑩終於講完，激情未了，嘴唇抖動，微微喘息，雙手捂胸，大起大落。

顧盛英沒有講話，他不想打斷葉晶瑩夢一般的神思，用眼角看著她美麗的側影，心頭有些麻酥酥的感覺。

過了好一陣，葉晶瑩才緩解過來，回到現實中，有些不好意思地說：「我有的時候會這樣，好像飄到夢裡去了。」

「那是藝術家們才會有的特別感受，我們這種俗人無論如何體會不到。」

葉晶瑩扭過頭，說：「你笑我。」

「沒有，絕對沒有。」顧盛英連忙解釋，一只手急忙搖動，「我母親也這樣跟我講過，她常常會有那種飄到不知什麼地方去了的感覺，可我從來沒有過，只能羨慕她，羨慕你。對於我，藝術是一種高不可攀的神聖殿堂，可惜我這麼個凡夫俗子，永遠也走不進去。」

「你身上流著母親的血，怎麼可能沒有藝術細胞。」葉晶瑩歪著頭，看著他，說，「我真想聽聽你母親講話，她一定能夠教給我很多藝術的感覺，帶給我許多藝術的靈感。有這樣一個母親，真是幸福。」

「你看，我的辦公室就在前面，要不帶你認一認？」顧盛英忽然改變話題，指著前面說。他總是不習慣與別人談論自己的家庭，即使談論對象是葉晶瑩。

剛才只顧激情地談論藝術，葉晶瑩甚至沒有注意到，顧盛英已經開著車子，繞回法租界，到了霞飛路上。

顧盛英在路邊停下車子，打開車門，把葉晶瑩拉出去。

他們進了樓門，顧盛英才想起，他沒有隨身帶辦公室的門鑰匙。平時每天總是白招弟先到辦公室，顧盛英從來不必記得隨身帶鑰匙。顧盛英只好說：「我明天一定請你進去看看。」

「辦公室有什麼特別好看。」葉晶瑩說，她曉得怎麼安慰男人的自尊心。說著話，走出樓門，葉晶瑩又停住腳，警覺地左右張望幾次。

顧盛英跟著左右看看，問：「怎麼了？你好像很害怕，看到什麼人麼？」

葉晶瑩搖搖頭，有些不好意思，說：「沒有，只是一種下意識。」

「你這麼漂亮的年輕姑娘，倒是小心一點比較好。」

兩個人坐進車子，葉晶瑩又轉回頭看著，問：「那邊馬路停了一部紅色的車子，你以前看見過麼？」

顧盛英一邊發動汽車，朝葉晶瑩指的方向看了看，說：「哦，我見過，每天都停在那裡。」

葉晶瑩才放下心，說：「哦，對不起。」

「沒什麼，我很少聽見你這麼漂亮的姑娘向別人道歉。」

「錯了就應該道歉，跟人的容貌模樣有什麼關係。」

「漂亮女人總會覺得自己什麼都對，錯的都是別人。」

「我不一樣。」葉晶瑩笑了，又說，「而且我也不那麼美。」

「你要是不美，天下就沒有美女了。」

「可是沒辦法跟你母親比，也不能跟小芙蓉比。」

顧盛英沒有接話，保持沉默。

葉晶瑩忽然問：「我們回家麼？」

「我送你回家。」

「再轉幾條馬路吧。」葉晶瑩說，「我看見後面有部車子，我們確定一下，是不是跟蹤我們的。」

顧盛英伸手調調倒車鏡，看了幾眼，突然轉過車頭，拐進右手一條馬路，加快速度。

「哦，他過去了，不是跟蹤我們的。」葉晶瑩說著，轉過身來，鬆了口氣。

顧盛英把車子重新轉上霞飛路，忽然指著前面說：「前面就是DDs咖啡店，我們進去坐坐吧？」

葉晶瑩高興地說：「我曉得，那是上海演藝圈名人最喜歡去的地方。還在成都，就聽媽媽講過，她曉得很多上海演藝圈的故事。」

顧盛英聽了，沒有作聲，有些後悔提出這個建議。

葉晶瑩依然很興奮，連聲說：「我們去，我們去。在上海一年多，還沒有進去過。我們去一趟，看看上海演藝圈的人喜歡些什麼。而且還是跟婉莎的公子一道去，呀，多了不得，我要告訴媽媽。」

聽葉晶瑩這麼一陣嘮叨，顧盛英再不好意思改變主意，只好停了車，帶葉晶瑩走進咖啡店。他覺得奇怪，不管他提起什麼，總會繞到藝術上去，然後扯到母親。他卻沒有意識到，他的母親是個藝術家，他從小最熟悉的就是藝術圈，話題也最多。而葉晶瑩也是藝術家，自然對藝術故事最感興趣，也最了解。

兩個人剛剛坐下，服務生便走過來，問：「小姐，先生，是喝咖啡？還是吃羊肉？我們這裡洋蔥檸檬汁燒羊肉串，很有名的。」

顧盛英看葉晶瑩一眼，說：「我們剛剛吃過飯，喝杯咖啡好了。這裡的咖啡名聲很大，味道芬芳濃郁。」

服務生很高興，說：「先生是行家，想必常來這裡。」

葉晶瑩臉色飛揚，張嘴要講，卻被顧盛英搶先，說：「那麼請來一壺咖啡，再來一客千層油糕，一客翡翠燒麥。」

「先生果然是常客，就來。」服務生笑著應了一聲，轉身走開。

顧盛英對葉晶瑩說：「老實跟你講，這個DDs咖啡店是上海演藝圈名流常來的地方，話不錯，但那只是舞台上唱戲的名流們而已。電影在上海歷史很短，並沒有自己的圈子。母親告訴過我，她早年跟隨一些舞台名流來過，但自己不常來，算不得老主顧。而且母親已經息影二十年，離開上海也有十年，年輕些的人，就像這個服務生，不會曉得她是哪個了。」

葉晶瑩沒有仔細聽他的話，不接他的話題，倒眼睛發亮，問道：「你小時候常來麼？」

顧盛英沒有辦法，只好回答：「小時候來過，都是芯姨母帶著來，芯姨母就是小娘舅的姐姐。那時候，她還沒有演戲，演戲之後，她就很少出門。」

「你講的，是小芙蓉麼？剛才羅探長在，好像不喜歡講他姐姐的事，不好意思問，你為什麼叫她芯姨母呢？」
「她真名叫羅芯，小芙蓉是她的藝名。」
「我曉得，演戲的，演電影的，都有藝名。」
這時服務生走來，在桌邊支個小架子，在上面放好托盤，然後一樣一樣把托盤上的東西，挪到他們的桌上：一個銀亮照人的咖啡壺，兩個小巧玲瓏的咖啡杯，座在小各自的小托盤中，盤側各放一把小銀匙。另外一個小托盤上，放了兩個銀製容器，一裝牛奶，一裝方糖。最後，他在桌上放下兩盤點心，一是千層油糕，拼成星狀，一是翡翠燒賣，小巧玲瓏，都裝在雕花的黑色瓷盤裡，更顯得玲瓏剔透。
顧盛英對服務生點點頭，說：「謝謝你。」
「不謝，兩位慢用，有事請叫我。」服務生講完，收起小架，走開了。
顧盛英拿起咖啡壺，為葉晶瑩和自己倒了兩杯咖啡，然後問：「你要牛奶，還是要糖？」
「都要。」
「你去過美國，還沒有學會喝咖啡麼？」顧盛英一邊把牛奶和方糖放進葉晶瑩的咖啡杯，一邊問。
「怎麼叫做我不會喝咖啡？」
「又要放糖，又要放牛奶，那還喝什麼咖啡。」顧盛英在自己的咖啡杯裡，放了一點點牛奶，說，「法國人講究喝黑咖啡，什麼都不放，濃得跟漿糊一樣。所以法國人總喜歡講，美國人喝的咖啡淡而無味。你還要放糖放奶，乾脆喝糖水算了。」
葉晶瑩端起咖啡杯，喝了一口，說：「我只管自己覺得喜歡就好了，哪個曉得喝咖啡還有那麼多講究。」
這時候，咖啡店裡播放出音樂來，葉晶瑩一聽，眉飛色舞，說：「德彪西的《阿拉貝斯克第一號》，特別美。」

顧盛英曉得，一有音樂，葉晶瑩便好像有了積極的生命。

葉晶瑩聽了片刻，讚嘆道：「不錯，這一段三連音彈得不壞，很均勻。你曉得，這幾小節很難，左右手不同步，不容易配合好。」

顧盛英只能聽葉晶瑩講，什麼都不懂。

葉晶瑩繼續說：「德彪西是法國最有名的音樂家，其實蕭邦應該也算法國音樂家，他母親本來是法國人，只是他生在波蘭，二十歲搬到法國，一直住在法國，再沒有回過波蘭，所以應該算是法國音樂家。」

顧盛英點點頭，說：「對呀，因為這個蕭邦，我才有機會認識你，他也算是我們的月下老人呢。」

葉晶瑩沒有明白，瞪著眼睛看顧盛英。

顧盛英笑了，說：「那天晚上，我在馬路上聽你彈蕭邦，所以才碰上你。」

葉晶瑩不好意思地笑了，垂下眼睛，不講話。

顧盛英對服務生招招手，然後對服務生說：「這個曲子播過之後，能不能請你播放蕭邦的《第一鋼琴協奏曲》？」

服務生點點頭，說：「是，先生，我去跟他們講一聲。」

沒過幾分鐘，喇叭裡送出蕭邦《第一鋼琴協奏曲》的優美琴聲。顧盛英伸出手去，拉住葉晶瑩的手，她的手微微抖動。他們靜靜地坐著，兩只手握在一起，四個眼睛對視著，傾聽蕭邦的鋼琴，回想著他們的相遇，以及相遇之後的每一分每一秒，甜蜜的回憶，濃情的回憶，直到整首協奏曲演奏完畢。

葉晶瑩拿出手帕，擦去眼裡湧滿的淚水，輕輕說：「真美極了。」

顧盛英站起來，繞過桌子，扶著葉晶瑩的手。

葉晶瑩也站起來，抬眼睛望著顧盛英，說：「謝謝你，盛英。」

顧盛英輕輕地把她擁進自己的懷裡，輕輕地抱著，沒有講話。他覺得葉晶瑩的身體一直在顫抖，不知是激動，還是恐懼。

默默地過了幾分鐘，葉晶瑩嘆口氣，說：「我們回家吧。」

顧盛英鬆開手臂，點點頭，說：「我送你回去。」

他們手拉著手，走到門口。剛一出門，葉晶瑩又忽然變了一個人，站住腳，左右張望。

顧盛英也跟隨著前後看看，轉過頭，看著葉晶瑩問：「你又看見什麼了？」

「習慣了，只要出門，總要先看看。」葉晶瑩不好意思地回答。

「你真的那麼害怕被人跟蹤麼？以前出過什麼事？」

葉晶瑩搖搖頭，說：「沒有，我們回家吧。」

「晶瑩，我們現在是朋友了，你什麼都可以告訴我。」坐進車子之後，顧盛英很誠懇地說，「我是律師，我可以幫助你。」

「明天是禮拜六。」葉晶瑩轉話題。

「禮拜六怎麼樣？」顧盛英轉過頭，看她一眼，忽然明白了，說，「對，我們明天到杭州去，好嗎？」

「當然好，我去過兩次西湖，特別喜歡。」

「我父母親在西湖邊上有一所別墅，還有一條遊艇，我們可以在那裡度過一個周末。」

心裡高興，腳下不知不覺加了力，幾分鐘後，顧盛英便把車子開到葉晶瑩住的寶登公寓門口。他停了車，快步繞到乘客一邊，打開車門，扶葉晶瑩下車。
「真謝謝你。」葉晶瑩說，「讓我享受這麼美好的一個夜晚。」
「我要謝謝你，給我這麼美麗的時光。」顧盛英說著，陪葉晶瑩走上樓門前的台階。
兩個人面對面站在門前，四目相望，靜了幾秒鐘。
「我進去了，你早點回家去吧。」葉晶瑩說。
「你進去了，我就走。」
葉晶瑩沒有動，低頭站了片刻，說：「我很想請你進去坐坐，喝杯咖啡，可是……」說著，葉晶瑩好像要哭出來，把手抬到臉前。
「不必說了，我們有的是時間。」顧盛英拉住她的手，說，「我們明天不是要一道去杭州麼？我們有的是時間。」
葉晶瑩點點頭，抬眼看看他，說：「那麼，晚安了。」
顧盛英仍舊拉著她的手，身子向前傾，把臉伸到葉晶瑩的面前。
葉晶瑩偏了面頰，接受顧盛英的告別吻，他的第一個吻。
「晚安。」顧盛英說，「明天見。」
「明天見。」葉晶瑩說完，從顧盛英手裡抽出自己的手，轉身走進樓門，沒有再回頭。
顧盛英好像踩著雲彩，走下台階，進了車子，搖搖晃晃，開回自己家。
王叔照例等在門口，接過車子，繞過旁邊的小弄堂，開進房子後面的車庫。
顧盛英走進客廳，脫下外套，嘴裡哼著什麼調調。
「大少爺，才回來，要吃點什麼嗎？」王嬸問。

「不要了，王嬸，剛剛吃過。」

「那麼給你燒杯茶好了。」王嬸說著，走進廚房，又回過身，告訴他，「你小娘舅剛才打電話來找你，你最好快些打回去，你是小輩人。」

「王嬸，我曉得。」顧盛英說著，走上樓。

王叔停好車子，從後面的門走進來。

顧盛英在樓梯上停下腳步，回過頭，說：「王叔，我明天想到杭州去過個周末。你和王嬸明天早上先去，收拾收拾，我大概坐中午火車去。」

「是，大少爺。杭州那裡的房子，應該去照看照看。」

王嬸聽到，提了水壺，從廚房走出來，問：「葉小姐一道去麼？」

顧盛英有點不好意思，臉上微微發熱，回答：「是，葉小姐一道去。」

王嬸點點頭，笑著，不講話，回進廚房。

顧盛英繼續走上樓，心裡覺得有點奇怪。葉晶瑩不是他交的第一個女友，也不是他帶去杭州別墅的第一個女友，為什麼王嬸那樣問他？為什麼他回答王嬸這句話，居然會臉紅，好像是個初戀的毛頭小伙子？

王叔跟著走上樓，問：「大少爺，你在杭州用車麼？」

顧盛英邊走進書房，邊說：「不曉得。」

「如果大少爺會用車，我們明天就開車去杭州。如果大少爺不用的話，我們就乘火車去。現在開車子，汽油還是蠻貴的。」

「是，不過一個周末，我們在杭州不用車子了。」顧盛英說，「請王叔收拾一下那只遊艇，我們想在西湖裡走走。」

「當然，大少爺。」王叔說完，輕輕轉身，下了樓。

顧盛英坐進書桌前面的椅子，伸手摸了一下臉，忽然想起剛才路上葉晶瑩的表現。她好像特別地擔心有人在跟蹤她，是一種簡單的漂亮姑娘的自衛意識呢？還是她曾經遇到過什麼不幸？離開一下上海，到杭州去過周末，肯定是個好主意，可以讓葉晶瑩放鬆一下神經，或許會對他敞開心靈。顧盛英發覺，他曾經交往過許多女人，可以說個個都是美女，但他從來沒有像現在這樣渴望接近一個女人的心。他被葉晶瑩吸引，不再僅僅是她美麗的容貌，很顯然，他渴望了解她的全部，渴望接近她的心靈。他是不是愛上她了？那種感覺，對顧盛英來說，是陌生的，使他感到興奮，也使他感到恐懼。

「大少爺怎麼不開電燈，黑洞洞坐著。」王嬸走進來，一手端了茶杯，一手扭亮電燈。

「哦，我沒覺得。」顧盛英醒悟過來，說，「謝謝王嬸。」

王嬸在桌上放下茶杯，說：「放了兩塊方糖。」

這時候，電話鈴響起來。

「大概又是你小娘舅。」王嬸說著，一邊走出房間。

顧盛英拿起話筒，放到耳邊，說：「哈羅？」他回中國快兩年了，還是改不了接電話的問話習慣，不會說「喂」。

「是我。」羅忠在電話裡回答。

「哦，小娘舅，王嬸告訴我你打過，我正要給你撥電話。」

「剛回到家？」

「是，葉小姐覺得天氣好，想在路上蕩一蕩。」

「你們才認識一天，是不是發展得太快了？」

「小娘舅，你不要冤枉人。」顧盛英聽出羅忠的話意，忙說，「我們什麼都沒有做，只在馬路上開車蕩了蕩。經過美術展覽館，還到我辦公室去了一趟，可是我沒帶鑰匙，進不了門。哦，又在DDs坐了一坐。」

「她現在沒有在你那裡麼？」

顧盛英幾乎喊起來：「小娘舅，我送她回她家了。小娘舅，你不要冤枉葉小姐，她是很正派的小姐。」

「我當然曉得，我不會冤枉葉小姐。我不放心的，是你。」

「我有什麼可不放心的，又不是頭一次交女朋友。」

「可是頭一次交四川女朋友。」

「四川女朋友怎麼樣？有什麼不一樣。」

「四川女人厲害，四川女人會馭夫。」

「你講什麼話？什麼叫做育夫？教育丈大？」

羅忠嘆口氣，說：「不是教育的育，是駕馭的馭，就是駕馭丈夫。四川女人駕馭丈夫，是有名的。你看過一齣川劇，叫做《頂燈》麼？」

「好像聽你講過，可是沒看過。」

「你跟葉小姐認真之前，有機會的話，最好先看看。那四川老婆，把丈夫修理得服服貼貼，點滴脾氣都沒有，我看了，真為我們男人打抱不平。」

顧盛英反駁說：「我沒看出來葉小姐是那樣的人，她是個藝術家。藝術家最具人性，最具愛心。」

「成了家的女人，就變得跟狼差不多了。」

顧盛英笑起來，說：「小娘舅，這話要被舅媽聽見，你吃得消麼。」

羅忠哈了一聲，說：「你看，你看，你也曉得吧。天下最兇的，是成了家的女人。」

顧盛英著急地說：「我離成家還遠得很，小娘舅，你講這些太早了。」

「希望你多享受幾年單身的日子。」

這次輪顧盛英哈了一聲，說：「你看，你看，你講過的，二十五歲了，應該結婚了。」

「要你結婚，不要你結婚，都是為你好。」

顧盛英沒有講話，他在想葉晶瑩。如果他真的愛上她，會跟她結婚麼？

羅忠見他不答話，接著說：「總而言之，你要明白，四川女人會管制男人，四川的漂亮女人，自然更會管制男人。總之，小心為好。」

「我曉得，我交往的女人多了，也算培養起一些抵抗力了。跟女人打交道，不會昏過頭，鑽在女人裙下討生活。」

羅忠嘆口氣，說：「我自然看得出來，你能夠集中精力辦你的事業，曉得輕重。所以我才放心，允許你每天交一個新的女朋友。」

顧盛英又急起來，說：「小娘舅，哪個每天交一個新女朋友。我可沒有亂交女朋友，我對每個交往的女人，都是真心誠意的。」

「我曉得，才跟你講這些話，要你小心，不要匆忙跟四川女人訂終身。」

顧盛英頓了一下，說：「小娘舅，你打電話來，不是給我上婚姻課吧。」

「當然不是。」羅忠說，「我告訴你，我已經給曾警官打過電話，請他調查莊衡包養秦翠花的事情。我們要想辦法讓他老婆曉得，就能扯住莊衡的後腿，逼他去對會審公堂提出延期。這樣我們就有多一些時間，尋找豬嘴阿四和俞二丹。」

「或許搞臭莊衡的名聲，逼他縮頭退出，不再替薛鴻七打這個官司。」

「那不大可能，第一，他的名聲從來不好，臉皮比城牆厚，不在乎。第二，薛鴻七不答應，他也不敢退出。第三，老婆鬧起來，離了婚，他更要做事賺錢，否則飯也沒得吃了。」

「你們打算怎樣做法？」

「曾警官提議，拍出照片來做證。他認識《江濱早報》街頭巷尾版的編輯，可以讓他發表。這種故事，正是他們最喜歡的，他的上司會同意。」

顧盛英笑了，說：「中國人對這種事情最敏感，最有興趣。多大的政治或者司法事件，都可以歸到男女關係這種事情上。」

「那麼我們講好，就這樣做了。」羅忠講完，掛了電話。

顧盛英放下電話，端起茶杯，喝了一口，已經冷了。他放下茶杯，望著杯裡的茶水，發一陣愣，直到電話鈴聲把他驚醒。

又是羅忠打來，告訴他說：「曾警官已經跟《江濱早報》編輯講好了，如果今晚他能夠弄妥照片，明天一早就見報。」

「太好了。」

「不過他價錢很高，要五千塊，我已經答應他了。」

顧盛英說：「沒有問題，我來付。」

十二 爆醜聞莊衡告誣陷　遭車禍盛英再受傷

第二日早晨《江濱早報》刊出了有關莊衡婚外情的報道，但是並沒有附任何照片，只發表了一篇文字。

顧盛英上班路上，坐在王志遠的車裡，邊喝咖啡，邊讀報紙上的報導，幾次險些笑出聲來。在辦公室樓門口，臨下車，顧盛英囑咐王叔，回家收拾一下，就同王嬸一起，乘火車到杭州去。王叔查看了顧盛英隨身帶的鑰匙，確定不缺兩把重要的鑰匙，一把家門鑰匙，一把車庫鑰匙，才放心地開車走了。

顧盛英走進辦公室，見白招弟坐在辦公桌前，就問：「招弟，昨天講好了，你放幾天假，不要到辦公室來。」

白招弟說：「坐在家裡無事可做，也不暇意。」

「跟你講，這裡或許有危險。」顧盛英脫去外衣，掛到衣架上，說，「薛鴻七如果打上門來，我不要你跟著受累。」

白招弟說：「薛鴻七的勢力，如果想跟我過不去，躲在哪裡也不安全。他難道找不到我家？我倒寧願他來這裡打，不要到我家裡去打，傷了我的兒子。」

顧盛英一時無話可對，卻很奇怪，腦裡突然冒出昨夜羅忠講的話，成了家的女人，跟狼差不多。他想著，走進自己的辦公室。還沒有坐穩，就聽到電話鈴響。

「羅探長電話。」白招弟在外間喊。

顧盛英抓起桌上電話，說：「小娘舅，你早。」

「看到報紙了嗎？」

「看到了。」

「滿城的人，都在搶著看。」羅忠笑著說，「你想不到吧，因為報社給了很高的稿費，曾警官主動提出不向我們要錢了。」

「那很好，改天我請他吃飯。」顧盛英把路上帶來的報紙放到桌上。

羅忠說：「我想不出來，一篇文章值五千塊，而且只出文字報道，沒有照片。」

顧盛英笑起來，說：「昨天晚上，跟你講電話以後，我給曾警官打過一個電話，跟他討論這個計畫，掀起更大些的風波。」

羅忠奇怪地問：「怎樣弄法？」

「就是這樣子呀，先出文字，不透露已經掌握照片的消息，其實報館已經拍到他們要的照片了。那麼莊衡以為我們只弄到些道聽途說，並沒有證據，他就會提出訴訟，控告報紙誣陷。到那時候，再刊出照片來，證明報紙沒有誣告。這樣更揭露出莊衡的醜惡，他一點辦法也沒有。」

羅忠倒吸一口氣，說：「你們做律師的，心可真是壞透了，殺人不見血，比我們作警官還要狠。」

正說話間，白招弟走進房門，把一份傳票伸到顧盛英面前。

顧盛英拿過傳票看看，又笑起來，對電話說：「小娘舅，不出所料。莊衡已經向會審公堂交了狀紙，控告《江濱早報》誣陷。而且他斷定是我的幕後陰謀，所以連帶控告我的事務所合謀，傳票已經送到我辦公室來了。」

羅忠笑起來，說：「這小子功夫不到家，也太容易擺弄了。」

顧盛英放下傳票，說：「他是要急著向老婆證明自己的清白。」

「這下子，莊衡必須先想辦法收拾自己家裡的爛攤子，一時半刻顧不得薛鴻七的案子。他對會審公堂提出延期，我們便有時間找到豬嘴阿四。」

「中飯我請客，慶祝一下。」

「當然，十二點鐘見。」

「小娘舅，你等等，還有個事情，想跟你講一講。」顧盛英邊說著，放下話筒，站起身，繞過辦公桌，過去關上屋門，又回到桌邊，拿起電話。

羅忠在電話裡問：「跟葉小姐有關係。」

顧盛英說：「你怎麼一猜就對。」

「任何時候都不要忘記，我是捕房的探長。」

顧盛英重新坐到椅子上，說：「昨天晚上，我開車帶葉小姐蕩馬路，她總是好像很擔心有人跟蹤。」

「所以她並不是要欣賞夜色，而是想甩掉跟蹤的人。」

「也許是吧，她沒有那樣講，我只是有這個感覺。」

「大概她在美國看好萊塢電影，看得太多了。」

「可是我覺得或許她以前曾經受到過什麼傷害，所以神經緊張。」

「你要我做什麼？」

「你是捕房探長，幫忙查查，葉小姐過去是不是曾經受過什麼傷害。」

「如果她以前報過案，我可以查得出。如果她以前沒有報過案，我就沒辦法。你自己是律師，曉得我們捕房什麼可以做，什麼不可以做。」

顧盛英沒有講話。

「最好還是你自己想辦法問出來，她是你的女朋友。」羅忠說。

「如果她肯講，早就講了。」顧盛英說，「一定是有什麼難言之隱。」

羅忠猜測說：「她以前有過男朋友，不歡而散。」

顧盛英聽了，愣一下，才說：「也許吧。但是那沒有什麼難開口的，都是蠻大的人。而且我早就告訴她，我以前有過女朋友，不止一個。她並沒有嫌棄，我怎麼會嫌棄她以前有男朋友呢。」

羅忠又擺老資格，說：「男人跟女人不一樣，男人有許多女朋友是光榮，女人有超過一個男朋友是恥辱。」

「那是老掉牙的垃圾觀念，現代人已經不那樣想了。」

「你到處去問問看，這講法是不是過時了。」

顧盛英想了想，說：「或許你講得對，我來想辦法問問。如果她過去有過什麼不幸，我也好安慰安慰她。」

「祝你成功。」羅忠說，「可是不要走得太遠，四川女人不好對付的。」

「小娘舅，你的偏見怎麼那樣深？葉小姐是個很好的姑娘，溫柔體貼，善解人意，而且是個音樂家。」

羅忠不耐煩了，說：「當然，當然，情人眼裡出西施。」

「講到西施，小娘舅，我要帶葉小姐到杭州去過周末。」顧盛英忽然興奮起來，說，「今天中午吃過飯就出發，坐火車去。」

在電話裡能夠很清楚地聽到羅忠的一聲嘆氣，然後說：「你看，我曉得吧，你是不擇手段。」

「小娘舅，你隨便怎麼講我都可以，但是不要侮辱葉小姐。她很純潔，我們之間什麼都沒有發生過。昨晚送她回到家，她也沒有請我到她的公寓去坐。」

羅忠顯然是笑起來了，說：「讀過《孫子兵法》沒有？那叫欲擒故縱。」

顧盛英生氣地說：「小娘舅，我讀過《本草綱目》，你無可藥救。」

「十二點見。」

「十二點見。」

放下電話，顧盛英呆呆地坐著，思索羅忠的話。他斷定葉晶瑩不是羅忠所猜疑的那種女人，而且他相信自己的判斷是準確的。他跟女人打交道的經驗，遠比小娘舅多得多。聽母親說，小娘舅跟舅媽認識之前，只另外交過一個女友，而且時間很短。也許因此，小娘舅一直對女人存有戒心。不過顧盛英看得出來，小娘舅對舅媽很好，很忠誠，也很體貼。小娘舅的那點女人經驗和理解，到此為止。

而他顧盛英，大不相同。去美國之前，還在上海讀初中，他就交了第一個女朋友，學校的同學。雖然他沒有對母親講過，但他曉得，母親已經看出來了。也許那是部分原因，母親決定遷居美國。母親相信，中國的女孩子們從小受到家庭和社會的影響，功利觀念重，心眼也太多，不容易交也不容易散。後來他在英國讀高中和大學時，跟不止一個兩個女友來往過。在美國讀法學院，還跟一個女友短期同居。母親都沒有制止過，只要求他如實報告跟每個女友交往的情況。確實如此，美國女人比較簡單直率，容易來往，好聚好散，誰也不記仇。自從回到上海之後，他已經交過幾個女人，也沒有犯過什麼錯誤，更沒有跟誰結了仇。可見他對女人的了解，還是比較準確。不過那也因為，他跟所有女人，都並沒有特別的深交，也並沒有怎麼動真情。

白招弟敲敲門，走進來，在辦公桌上放下一堆文件，說：「你過目吧，銀行的帳目，各種帳單。」

顧盛英抬起頭，一時沒有弄清楚白招弟的意思。

「我講得嘴皮磨破，不想再講。你告訴我，這些帳怎樣付就好了。」

顧盛英這才明白了，忙說：「我來看看，我來看看。」

「不要只看看，要拿得出錢來付帳。」白招弟講完，轉身走出門去。

顧盛英對著她的背影，連聲說：「我來想辦法，我來想辦法。」

兩個鐘頭裡，顧盛英確實化了時間查看帳目和帳單，也斷斷續續想了想怎麼處理，但沒有想出具體辦法來。期間，他寫了個短信，叫了專遞信差，送到葉晶瑩的公寓去，約她下午兩點鐘到自己家來，一起去火車站。

中午差五分鐘十二點，顧盛英告訴白招弟，他跟羅忠到芳芯園吃午飯，然後走出辦公室，下樓走出大門。他腦子裡盤算著，到了杭州，帶葉晶瑩做些什麼，沒有注意來往車輛和行人，信步走到人行道邊，下意識地朝羅忠過來的方向張望。

這時候，一部摩托車飛馳而至，好像突然出了故障，在路面上急速跳動，東搖西擺，橫衝直撞。剛到顧盛英身邊，車子拐過車把，衝上人行道，撞到顧盛英身上。

事出突然，顧盛英不及躲避，被狠狠撞倒在地，頭昏腦脹，爬不起來。那摩托車也被撞得歪斜倒地，可引擎仍在作響，車輪依然轉動，瞬間又直立起來，七扭八歪地狂奔起來，駕車人似乎根本無法控制，只好跟著車子跑掉了。

馬路上走過的行人看到，亂作一團，圍上來，七嘴八舌，問顧盛英撞壞了沒有。幾個粗壯些的男人，上前攙扶他坐起。顧盛英的頭腦恢復些知覺，感覺自己左腿疼得要命，就算沒有斷，也傷得不輕。

這時刻羅忠剛好趕到，停下車，衝進人群，發現是顧盛英出了事。

「怎麼回事？」羅忠蹲在他身邊問，伸手去摸他的腿。

「不要碰，腿傷了。」顧盛英叫起來。

「你忍一忍，上我的車，送你去醫院。」羅忠說著，指揮身邊那幾個男人，幫忙扶起顧盛英，抬著他的腿，放進車。

顧盛英疼得滿頭大汗，哼叫不已。

羅忠問眾人道：「哪位在場，看到發生了什麼事？」

那些看到情況的行人，七嘴八舌，講述經過。一部摩托車出了故障，控制不住，跳上便道，撞了這位先生，然後還是停不下來，駝著駕車人，跑掉了。

羅忠大概聽明白了，又問：「哪位看到那部摩托車的車牌子了？」

沒有人答得出，發生得太快，誰也沒有想到去注意車牌子。

羅忠鑽進自己的車，快速開到紅十字醫院，把顧盛英送進急救室。

醫生護士忙亂了好一陣，打針照片子，最後確定，顧盛英左腿腿骨挫傷，但沒有骨折，腿部肌肉多處割裂，腰部也有多處青紫腫大，而且因為頭部倒地，遭遇碰撞，有些輕微腦震盪，需要臥床靜養一周。醫生給他打了盤尼西林，防止傷處發炎，又給他的腰腿上了藥，包裹起來。

羅忠獲知顧盛英尚無重大危險，又知道白招弟馬上要到醫院來，便趕緊到霞飛路捕房，報告事故，請求調查肇事者下落。臨走，顧盛英托小娘舅轉個彎，到葉晶瑩家，告訴她下午無法到杭州去了。

「醫生講，你要留在這裡，觀察腦部復原狀態兩小時，才可以回家。」白招弟走進顧盛英的病房，還沒有坐下來，便急忙說。

顧盛英假裝苦著臉，說：「連續兩天，大天受傷來這裡檢查，醫生勸我找個算命先生看看，是不是我犯了什麼錯，得罪了玉皇大帝，這樣來罰我。」

「傷成這樣子，還要講笑話，你大概確實腦子不對頭了。」

顧盛英真笑起來，說：「這才證明我腦了沒有毛病，得了腦震盪的人，都會痴呆，不會講笑話。」

白招弟不滿意，抱怨說：「你不要嚇我，你成了傻痴，我怎麼辦？」

顧盛英話題一轉，說：「幸虧王叔他們不在，如果他們曉得了，告訴母親，那才麻煩大了。」

「真是太太來了才好，管管你這個大少爺。」然後白招弟悟出顧盛英的話，再問：「王叔他們不在上海麼？」

「他們到杭州去了。」

「哦，去照看那所房子？」

「本來想吃過中飯告訴你，我下午要去杭州，在那裡過週末。」

「什麼週末，今天才禮拜六。」

「美國人禮拜六就算週末，都跑掉了，哪個還做事。」

「可是現在去不成了，醫生講，明天早上你要來打針。」

顧盛英長長嘆了口氣，沒有講話。

「你看你，這樣不小心。那些帳單還沒有付，又加一堆醫院帳單。」

顧盛英假裝無奈，說：「生死有命，哪個曉得那部摩托車會撞到我身上。如果我給撞死了，還要加殯儀館的帳單呢。」

白招弟真的生氣了，叫：「你不要亂講，那樣難聽，咒自己的命麼？」

「那有什麼，美國人年輕輕二十幾歲，就立遺囑。人家不信命，講科學，所以無所顧忌。中國人最講忌諱，可是哪個也沒多活幾年，摩托車一到，還是挨撞，躲不開。」

白招弟不要繼續這個倒運話題，便問：「你講講看，馬路上那麼多人，怎麼偏偏撞到你身上來？是不是有意的？」

顧盛英聽白招弟這一說，倒觸動另一種思維，說：「是呀，那麼多人，怎麼別人不撞，偏偏撞我？有人要陷害我？」

白招弟見他有些不安，便又轉過來安慰道：「沒有啦，剛才羅探長說，當時在場的人都看到，是摩托車出故障，開車的人控制不住，才跳上人行道。」

「可是事故之後，他跑掉了。」

「是車子停不住，把他載走了。」

「那車子也不可能繼續開這麼久，兩個鐘頭還不停？如果真是意外事故，車子停下來之後，他應該趕回現場，問問被撞的人受傷沒有吧？可是到現在，沒有一個人報案吧？」

「碰了人，早嚇壞了，既然能跑開去，誰還會回來，自投羅網麼？」

顧盛英低頭想想，自言自語：「我想，一定是薛鴻七派人下手，要害我。」

白招弟說：「你不要亂猜，嚇死人了。」

顧盛英說：「招弟，你馬上回辦公室，準備一份訴狀，交到會審公堂去，提出對薛鴻七的起訴。同時給羅探長打個電話，就說我要控告薛鴻七行兇殺人未遂，要他迅速找到人證物證。」

一個護士走進門，對顧盛英說：「顧先生，公共租界匯司捕房的羅探長來電話，要我轉告，葉小姐沒有在家。羅探長急著回捕房，晚上再同你聯繫。」

「謝謝你。」顧盛英說著，動身起床。

護士轉身走出病房。

「快，招弟。」顧盛英急忙地挪動兩腿。

白招弟急忙上前攙扶他，邊問：「什麼事麼？忽然那麼急？」

「或許葉小姐已經到我家去了，我們趕緊走。」顧盛英喘著氣，說。

十三

葉晶瑩下廚做川菜　顧盛英用心論美國

白招弟叫了洋車，服侍顧盛英坐好，從醫院回家，她跟在旁邊走路。轉進亞爾培路，老遠看見他家門口台階上，坐著一個人。

「好像有人在等你。」白招弟說。

顧盛英趕忙直起腰，向前探頭張望，這麼一動，又疼得他滿頭冒汗，只得重新坐好。

「是個女人，好漂亮的女人呢？」白招弟說著，洋車已經拉到跟前。

葉晶瑩從台階上站起來，她腳邊放了一個小小的手提箱。

「她搬來你家住嗎？」白招弟問。

顧盛英說：「哪有的事，我們本來約好，今天下午要去杭州。」

洋車停下，葉晶瑩一見，奔過來，問：「你怎麼啦？」

白招弟說：「不要碰他，他受傷了。」

聽這一說，葉晶瑩站住腳，轉過身來，注意到講話的人。

兩個女人面對面立定，四個眼睛對望著。

顧盛英坐在洋車上下不來，忙介紹：「這位是白招弟，我的秘書，事務所的大管家。這位是葉晶瑩小姐，我的朋友，鋼琴家。」

「你好。」白招弟的聲音裡露出妒意。

「你好。」葉晶瑩的聲音裡帶著哭腔。

顧盛英何等聰明，一眼看出情況，忙說：「葉小姐，這是鑰匙，請你幫忙把門打開，扶我進去。」

葉晶瑩接過顧盛英手裡的鑰匙，轉身走去開門。

顧盛英又轉過頭，對白招弟說：「招弟，你坐這部車子，回辦公室去，趕緊做控告文件，車錢記在我的帳上。」

白招弟聽著顧盛英講話，眼睛卻看著葉晶瑩，心不在焉地說：「今天恐怕來不及了，明天一早遞進去吧。」

顧盛英注意到白招弟的眼色，故意說：「那也好，回去向羅探長講明一下。」

「我會。」白招弟說著，終於轉過眼睛，扶著顧盛英下了車，交到葉晶瑩手裡，然後自己坐上去，又說一聲，「葉小姐，拜托了。」便隨著車子走開。

葉晶瑩轉過身，滿臉都是淚。

顧盛英看見，嚇了一跳，忙問：「你怎麼了？」

「她很喜歡你吧？」葉晶瑩說。

「亂講，她是結了婚有小孩子的母親。」顧盛英說。

葉晶瑩似乎沒有聽見他的話，繼續說：「她看見我，就嫉妒，就生氣。」

「完全是亂講，有什麼根據？」

「根據就是我的直覺，女人的直覺。告訴你，女人的直覺從來不會錯。」

「不要再講了，我們進去吧，哎喲。」

「碰疼你了？對不起。」

「沒什麼，腿有些痛。」

葉晶瑩一手提了她的小箱子，一手扶住顧盛英，慢慢走著，問：「你怎麼搞的，又受傷？滿身藥味道？」

顧盛英邁進家門，說：「我剛從醫院回來。你在這裡等了很久？」

「我等不及了，想早些來等你，沒想到你會這樣。」

「我請小娘舅對你講這個事故，他去了你的公寓，沒碰見你。」

「我已經來這裡了。」葉晶瑩問，「什麼事故？這樣嚴重？。」

「沒什麼特別，中午在馬路上，被車子撞了。」

「在哪裡？什麼車子？」葉晶瑩聽了，好像很緊張，連聲問。

「在我辦公樓門外，一部摩托車出故障，跳上人行道，撞了我，不過不嚴重，醫生講，休息兩三天就好了。」

葉晶瑩要哭出來的樣子，嘟囔：「我曉得，我曉得，都怨我，都怨我。」

「你亂講什麼？我出事故，怎麼能夠怨你。」顧盛英說著，走進客廳。「王叔不在，我明天只有到醫院去打針，今天走不成了，只好明天再去杭州。」

葉晶瑩扶著顧盛英，坐到沙發上，嘴裡仍舊在說：「都怨我，都怨我。」

顧盛英抬手看看表，說：「哎呀，已經五點鐘了。我中午飯沒有吃成，肚子要餓扁了。」

葉晶瑩聽見，忙止住哭，轉頭看著顧盛英，顯出焦急的神色。

「我已經把王叔王嬸打發到杭州去了，今天晚飯只好湊合。我帶你出去吧，我們去芳芯苑，要麼紅房子，近些。」

「你這樣，哪裡也去不成，老老實實坐著休息，今晚我來伺候你。」

「你會做飯？」顧盛英有點驚奇地問。

「四川女人有不會做飯的嗎？」葉晶瑩回答。

顧盛英想起羅忠的話，四川女人之所以能夠駕馭丈夫，看來是因為她們太能幹了。他見葉晶瑩望著他的眼睛，生怕被她看出心思，趕忙說：「那就看你的了，如果只我一人在家，只好吃三明治，果醬抹花生醬。」

「我在美國讀書的時候，也吃過那種三明治。美國學生很喜歡吃，那只能算作一種點心，哪裡可以當飯吃。」

「在四川人眼裡，大概世界上沒有幾個人會吃。」

「你坐好，不許亂動，我出去買些菜回來。」

「買什麼菜，都在冰箱裡，手到擒來。」顧盛英又笑了，說，「王嬸不會不留菜。」

「你家裡有冰箱？」葉晶瑩說，咽進去下一句話：到底是有錢人家。

顧盛英能夠感覺她沒有說出的意思，可也沒有辦法，打岔說：「你去看看，冰箱裡有什麼？」

葉晶瑩走去廚房，打開冰箱看了一陣，大聲報告：「這裡有肉，魷魚，雞，還有豆腐，可以做四個菜，夠了。」

「沒有湯麼？四菜一湯，全席。」

葉晶瑩一邊把要做的幾樣材料，從冰箱裡取出來，放在自來水池和案頭上，一邊大聲說：「當然有湯，可是你能吃辣的麼？」

「嗯，不能太辣吧。」

「不是不能太辣，你們上海人，點滴辣都吃不進去。」葉晶瑩說著，戴好廚房門後掛的圍裙。

「你把上海人看得太扁了，今天我一定要為上海人爭回面子，隨你怎麼做，我都吃下去，絕不叫苦。」

「吃飯是享受的事，哪個要你叫苦連天。」

顧盛英忽然說：「你先忙你的，我給王叔發個電報，告訴他們，我今天不能去杭州了。」

葉晶瑩趕到廚房門口，說：「你這樣子不可以出門，我去幫你發。」

顧盛英手裡拿著電話，說：「打個電話給電報局，請他們發就好了。」

葉晶瑩不大明白，看著他不聲響。

顧盛英又說：「只要多付些錢，他們能夠幫這個忙。」

這是有錢人才曉得用的服務，葉晶瑩轉身回進廚房，繼續烹調。

過了幾分鐘，顧盛英在客廳大聲說：「喂，喂，小姐，幫個忙好嗎？」

葉晶瑩忙丟下手裡的東西，拿圍裙擦著兩手，跑出廚房，趕到客廳，問：「什麼事？」

「你扶我到廚房去，這樣隔著房間講話，又看不見你，實在太辛苦。」

葉晶瑩聽了，笑起來，扶著顧盛英，走到廚房，在一把木椅上坐下，又跑回客廳，在沙發上拿了兩個軟墊，回到廚房，扶顧盛英站起，把軟墊放在木椅上，再扶顧盛英重新坐下，說：「這樣坐著舒服些。」

顧盛英目睹這一切，心裡實在感動，一時講不出話來。從小到大，顧盛英生活在有錢人家中，習慣於接受別人服侍，從來不覺有什麼了不得。但葉晶瑩不是他的僕人，完全沒有必要服侍他。相反，倒是他十分願意服侍服侍她。可她連椅墊這樣細小的事情，都想到了。而且她做這一切，自然而然，毫無做作，習以為常，並非做來討好他。顧盛英又想起羅忠的警告，四川女人會管制男人。現在他明白了，因為四川女人特別會服侍男人，所以男人也樂得受女人管制，舒舒服服過日子。這麼想著，他由不得自己微笑起來，拿出三五煙盒。

幾分鐘沒有聽見葉晶瑩的聲音，顧盛英才發現她在廚房裡翻箱倒篋，便問：「你找什麼？看看我能不能幫你的忙。」

「廚房裡的事情，你能幫什麼忙？你大概不曉得米飯怎樣煮熟的。」

顧盛英委屈地說：「小看人，我當然曉得米飯怎樣燒熟的。」但他確實不曉得米飯是怎麼煮熟的，他根本不曉得米飯要煮。

葉晶瑩忽然興高采烈，舉著手裡幾根小木棒，說：「找到了。」

顧盛英搖搖頭，說：「我可真不曉得了，我家裡是煤球灶，不燒木柴。」

「我不是用來燒火，你看著吧，保證好吃。」葉晶瑩搖搖木棒，笑著說，「還講你懂得燒飯，這樣幾根木棒，可以燒灶火麼？」

顧盛英覺得臉有些發熱，轉移話題，說：「保證好吃？木棒怎麼會好吃，今天倒要嚐嚐看。」

葉晶瑩不再理會他，開始忙碌，洗菜，刷肉，刮魚，剁雞，專心致志，臉上帶著微笑，彷彿做飯是一種巨大的樂趣。

顧盛英目不轉睛，看了很久，終於忍不住說：「我曉得你已經聽得煩了，但我還是要再講一次，你確實太美了。」

葉晶瑩聽了，偏過頭，笑著說：「我倒是頭一次聽到，廚房裡的女人居然還會美。」她曉得自己的美麗，美麗的女人都曉得自己的美麗，而且也曉得別人都曉得她的美麗。

「真的，我交過許多女友，但從來沒有見過你這樣美的女人。」

「那是言過其實，沒人相信，天底下比我漂亮的女人太多了。」這也是美麗女人的一種驕傲，要別人再次確認自己美麗無比。

「沒有，沒有女人比你更美麗。我也沒有遇到過一個美麗的女人，居然還會下廚做飯，而且興高采烈。」

葉晶瑩臉上都是笑，手卻不停地忙，說：「女人都是要做飯的，不會做飯還算是女人麼？」

「對，你給女人下的定義非常重要，不會做飯，從今以後，都不算女人。」顧盛英慷慨激昂地宣布，「女人必須做賢妻良母。」

葉晶瑩聽著，笑了，說：「我也不是講女人必須都圍著鍋台轉。我其實也很想出去做工，可惜找不到地方聘我。」

「這個天下實在不對頭，這樣美麗的姑娘要找工作，居然會沒人聘請？你跟我講，我去替你打這個抱不平。」

「我想到上海電話公司去做接線生，人家講沒有空缺。」

「我以為是多麼天大一件事，上海電話公司？沒問題，我明天對史考特講一聲，你準備後天去上班好了。」

「史考特是哪個？」

顧盛英後悔提了這個頭，現在只好老老實實說：「上海電話公司是美國摩根財團前兩年買下來的，現在主持人是史考特海爾曼先生。」

「你在美國認識他麼？」

「我不認識。」顧盛英越發覺得沒有辦法停止，無可奈何。他不喜歡對人講述自己的家庭，但他不能不回答葉晶瑩的問題，他不願意對她隱瞞，更不願意對她欺騙，於是說，「美國摩根財團大老闆跟我父親是朋友，常在一起打高爾夫球。兩年前我要回上海，母親把摩根財團派來主管上海電話公司的史考特海爾曼先生請到家裡，託付他給我方便，在這房子裡安裝先進的電話設備，也允許我往家裡打越洋電話。」

葉晶瑩聽了，無法理解，說：「越洋電話，上海打到美國？打得通嗎？從來沒有聽說過，在美國也沒有聽說過。」

「那是這兩年才發明出來的，只在歐洲和美國之間有大眾服務。」顧盛英說，「在上海打越洋電話很麻煩，從家裡打不成，一定要人到電話公司裡才打得成。」

「那一定貴得要命。」

顧盛英聳聳肩，說：「我不曉得。我想，母親跟他們講清楚了，所有我打的越洋電話，不論貴賤，一律記帳，母親直接在美國付吧。」

葉晶瑩很羨慕地說：「你母親真好，真愛你。她想你，想聽你的聲音，所以這樣細心安排，你的母親一定是天下最慈愛的母親。」

「天下所有的母親，都是最慈愛的母親。」顧盛英講完這句話，不想繼續這個話題，突然說，「好了，就這樣決定。我明天去找史考特講一聲，你後天上班。哦，明天不可以，明天要去杭州。杭州回來以後吧，我馬上就辦。」

葉晶瑩喜笑顏開，說：「太好了，我上了班，就可以請你吃飯，去紅房子。」

「你現在正在給我做飯，還要請麼？其實我還是不要找史考特比較好，你不應該去電話公司做事，多麻煩，事情做多了，人會累，美麗就會凋零。如果你失去美麗，可是人類的一大損失。」

葉晶瑩聽了，忽然嘆口氣，說：「美麗，實在是一種負擔，一種辛苦，有時候甚至是一種罪惡。」

「是嗎？我從來沒有聽說過。」顧盛英說著，在葉晶瑩的臉上，看出一絲微微的惆悵。他有點奇怪，葉晶瑩僅僅是特別敏感嗎？所有的女人都很敏感，漂亮的女人更加敏感。或者葉晶瑩確實有過什麼特別的經歷，造成她永遠的悲哀？

「我們放音樂吧？」顧盛英說，他曉得，只有音樂，才能夠打消掉葉晶瑩的苦惱和不安。

「對呀，我去放。」葉晶瑩說著，跑進客廳去了。

幾分鐘後，客廳裡飄出優美的音樂，葉晶瑩腳步輕輕地走回廚房。

「《田園交響曲》，我最喜愛的作品之一。」顧盛英說。

「是嗎？為什麼？」葉晶瑩邊繼續做飯，邊問。

顧盛英堅決地說：「我痛恨都市生活，向往田園風光。」

「可是你生在上海，住在上海，上海是中國最大的都市。」

「所以我才痛恨都市。」顧盛英說，「我們在美國，原來住在紐約，父親母親都不喜歡，可是父親必須在紐約工作，只好搬到長島，算是有點鄉村味道。總而言之，鄉間的人比大都市裡的人更加純朴厚道。」

「人都是一樣，擁有的東西不曉得珍貴，只羨慕那些到不了手的東西。我們一輩子住在鄉村的人，總是向往大都市，覺得那裡過得好。」

「有什麼好，高樓大廈，遮天蔽日，讓人感到壓抑，喘不上氣。人多車多，嘈雜混亂，看得頭昏，聽得心煩。你想想，人多了，每人隨手丟一塊紙頭，就是滿地垃圾。想想蘇州河是什麼味道？臭死人。就算霞飛路，也髒得難以邁步，否則我為什麼幾步路也要坐洋車。而且人太多了，你看我有氣，我看你別扭，見面都像前輩子欠了債，沒事找事要打一架，只為出出氣，消消煩而已。中國鄉下什麼樣子，我不曉得。在美國鄉間，認識不認識，人見了人都點頭微笑，很和氣，可是在上海馬路上，你見過陌生人見面點頭的麼？」

葉晶瑩搖搖頭，說：「我沒有注意過這些。」

「當然，你是音樂家，用不著注意這些。」顧盛英忽然笑起來，說，「音樂家只能住在大都市裡，到鄉下，沒有音樂廳，沒有交響樂隊，音樂家沒辦法活。」

「你講的是中國鄉下，美國很小的城市也有自己的管弦樂隊，我去過一些地方，見過，還參加過一兩個地方的演出。那些小地方的樂隊，水平當然不如紐約大都會歌劇院，但是還都不錯，比中國有些大都市的樂隊還好些。」葉晶瑩說到這裡，突然話題一轉，問道：「你那麼熱愛美國，為什麼回到上海來。」

顧盛英應聲而答：「在美國看不到漂亮女人。」

葉晶瑩哈哈大笑，邊說：「那當然，天下難得找到你母親那樣的美女。」

顧盛英聳聳肩，說：「西洋女人猛然看上去，蠻漂亮，輪廓曲線好，但是離得近些，看得仔細些，就會發現西洋女人都很粗，不好看。講來講去，到底還是中國女人漂亮，耐看。現在你在眼前，更證明我想得不錯。」

葉晶瑩故意撇著嘴巴，說：「自己招供了吧，可見你交過許多西洋女人，還有許多中國女人。」

顧盛英聽了，心裡一驚，不敢講話。

「用不著擔心，我不過開玩笑。我猜得出你過去怎樣交女朋友，可是我不在乎，那是過去的事，只要你現在對我好，我就高興。」

顧盛英舒口氣，笑笑說：「過去交女朋友，都不是真心的，玩玩而已。」

「這一次呢？」

顧盛英拍拍胸脯，說：「指天發誓，這一次是真心的。」

葉晶瑩笑了，說：「哪個相信，拿出證據來。」

「證據很簡單，你是我交過的女人當中最美的一個，那就夠了吧。」

說著話，聽著音樂，看著葉晶瑩做飯，顧盛英感到一種從來沒有體驗過的樂趣，彷彿是漂浮在美麗的幻覺世界裡。時間在沉醉和歡樂中度過，直到葉晶瑩在飯廳桌上擺好碗碟，扶他坐到桌邊，他才回到現實中來。

葉晶瑩指著桌上的碟子，介紹說：「回鍋肉，乾煸魚絲，麻婆豆腐，還有棒棒雞。曉得麼？棒棒是做這個菜用的。都是四川名菜，不過不辣就是了。」

順著葉晶瑩的手指，顧盛英細看那些菜。回鍋肉紅綠相襯，香味濃郁：乾煸魚絲魷魚乾香，冬筍鮮脆，麻婆豆腐紅白相間，形狀整齊；而那盤棒棒雞，蔥絲脆白，雞肉鮮嫩。

「如此一桌佳肴，怎可無酒。」顧盛英說，「幫我在廚房的櫃子裡找找，我曉得有酒的。」

葉晶瑩到廚房去了片刻，回到餐廳，手裡提了一瓶酒。

「這瓶不好，還是我自己去找一瓶好的。」顧盛英讓葉晶瑩扶著站起，走至到廚房，在酒架上找到一瓶白葡萄酒，說：「我們有雞有魚，應該喝白葡萄酒。可是我們還有回鍋肉，是豬肉，又需喝紅葡萄酒才對。」

「唉呀呀，我的大少爺。」葉晶瑩叫起來，拉著顧盛英轉身，「不要那麼講究啦，隨便喝一點就好了。我們老百姓吃頓飯，哪有那麼多的規矩。」

顧盛英隨著她，便走邊說：「好，好，聽你的，聽你的。」走了幾步，又補充，「老百姓又怎樣？老百姓不是人，不應該過像樣的生活？」

葉晶瑩扭頭不理他，又忍不住嘟囔：「你就是喜歡抬槓，律師職業病。」

顧盛英笑起來，不再講話。在葉晶瑩面前，他確實覺得自己有些不由自主，喜歡抬槓，引逗葉晶瑩多講話。他喜歡聽葉晶瑩講話，甚至喜歡看她假裝生氣的樣子。

「你坐好，我去換唱片。」葉晶瑩說著，走回客廳。

顧盛英坐好，打開酒瓶蓋，給兩個人的酒杯裡倒好酒。

葉晶瑩回到飯廳時，客廳裡傳來德弗札克的《新世界交響曲》

顧盛英聽出來是什麼樂曲，望著坐到飯桌對面的葉晶瑩，問：「想念美國了？」

葉晶瑩點點頭，沒有講話，眼睛裡面好像有些水光。

「我主張換一個曲子，史特勞斯圓舞曲，怎麼樣？」顧盛英說，「我們吃飯，欣賞美味佳肴，不是歷史講座，憶苦思甜。」

葉晶瑩拿手背抹一下眼睛，笑笑說：「你放心，我不會哭的。我只是特別高興，能夠跟你講講美國的事情。」

「真的嗎？上海有很多美國人，英國人，德國人，法國人，還有俄國人。」

「是有很多，可是我都不認得，哪個會聽我講話呢？」

「來，我們乾一杯，祝葉小姐永遠美麗。」顧盛英舉起酒杯，與葉晶瑩碰了一下，叮當一響，各自喝了一口，然後放下，說，「只要你肯對人講話，誰都會願意聽的，巴不得聽呢。假裝聽講話，實際是飽眼福。」

葉晶瑩沒聽懂，看著他問：「飽什麼眼福？」

顧盛英大笑了，說：「看美人，不是飽眼福麼？」

葉晶瑩又高興又不好意思，眼睛瞟瞟顧盛英，擰著身子，說：「你笑話人，不理你了。」

顧盛英笑著，伸筷子夾著菜，說：「我來嚐嚐這個棒棒雞。哦，又鬆又嫩，有些麻味，很好吃。」

「可惜只有麻，沒有辣，味道不夠。」

「可是沒有木棒在裡面？」

「傻瓜，木棒是可以吃的嗎？」葉晶瑩笑起來，說，「木棒是用來捶打雞肉的，所以吃起來特別鬆軟鮮嫩。」

顧盛英聽著葉晶瑩介紹，又吃了幾口棒棒雞，不知是因為面前的葉晶瑩，還是因為嘴裡的棒棒雞，總而言之，他覺得太歡樂了。

葉晶瑩忽然說：「第二樂章，我們不講話了。」

顧盛英吃了一驚，講著笑話，喝酒吃菜，他早已把旁邊的德弗札克忘得一乾二淨，沒想到，就算葉晶瑩講著棒棒雞，耳朵裡仍然聽著《新世界交響曲》，到底是音樂家，音樂時刻都不會離開她。

兩個人都不再講話。顧盛英靜靜地喝著，靜靜地吃著，靜靜地聽著，靜靜地望著面前的葉晶瑩。葉晶瑩似乎忘記了跟前的一切，不喝，不吃，不動，好像全然靜止，只有隨著呼吸起伏的胸部，眼中閃動的淚水，顯示她繼續的生命。

第二樂章結束，葉晶瑩長出一口氣，抹掉眼淚，說：「太美了，每次聽，都要流淚。」

顧盛英趕緊說：「快吃吧，菜都冷了。來，先喝一口。」

葉晶瑩喝了一口酒，嗆得咳了兩聲，急忙吃一口豆腐，平靜下來，說：「小時候聽這曲子，只曉得好聽。到了美國，走過那些綠草覆蓋的平坦原野，登上那些巨石巍峨的雄偉高山，跨過那些水波蕩漾的寬闊河流，望見那些風車聳立的白色農舍，才真正懂得了這曲子的美麗，真正懂得了美國的美麗，美國人的美麗。」

「你這幾句話，是詩。」顧盛英讚賞地說。

「真想再去看看美國。」

顧盛英伸手，抓住葉晶瑩放在桌上的一只手，說：「答應我，過兩天跟我一道給母親打電話。今年夏天，跟我一起回美國，我帶你去所有你想去的地方。」

葉晶瑩忽然哭起來，眼淚像斷線珍珠，急速滾落面頰。她忙舉手去擦，也沒有來得及，淚水滴在她的胸口上。

「怎麼了？」顧盛英有些慌，站起身，想繞過桌子，到葉晶瑩跟前去。

可是他腿腳不靈便，剛邁出兩步，通一聲跌倒在地上。

葉晶瑩嚇一跳，忘記了自己的難過，趕過來扶顧盛英，抽搐著說：「你……你做什麼？」

顧盛英掙扎著站起來，氣喘吁吁，沒有講話。

「你跌痛了吧？我扶你去躺著。」葉晶瑩說著，把顧盛英扶起來，慢慢走出餐廳，走進客廳，躺到大沙發上。

十四　說身世葉晶瑩痛哭　揭罪惡潘承道殺人

顧盛英躺好，伸手摸摸葉晶瑩臉上殘存的淚，問：「你好些麼？」

葉晶瑩搖搖頭，擦掉面頰上的淚水，問：「你跌痛了麼？都怪我不好。」

「怎麼我的事情都要怪你？」顧盛英搖頭，說，「我受傷要怪你，我跌跤也要怪你？你能替我擔多少罪過。」

葉晶瑩仍舊低著頭，滿臉的悲傷。

「去放張唱片吧，忘掉我的傷。」

葉晶瑩點點頭，走到唱機旁邊，挑了一陣，拿出一張，放到唱機上，輕輕放好唱頭，然後顛著腳尖，走回沙發邊坐下。

音樂放出來。葉晶瑩小聲說：「李斯特的《愛之夢》，我特別喜歡。」

顧盛英伸出手，摟住葉晶瑩的肩膀，葉晶瑩順從地把臉貼上他的胸口，閉住雙眼，聽著音樂，聽著顧盛英的心跳。

忽然，葉晶瑩說：「曉得這曲子的歌詞麼？」

「這曲子有歌詞麼？我不曉得。」

「曲是李斯特寫的，歌詞是德國詩人弗萊利格拉特的詩《盡情地愛》。我記得是：愛吧！能愛多久，願意愛多久，就愛多久！你守在墓前哀悼的時刻，快要來到。你的心永遠保持熾烈，保持眷戀，你就能獲得溫暖。只要有人對你披露真誠，你就盡你所能，讓他享受快樂。」

「這鋼琴聽來不這樣低沉？生離死別的。」

葉晶瑩從顧盛英的胸口抬起頭，看他一眼，說：「李斯特鋼琴曲要表現的，是生離死別之後，生活重新煥發出熱情。」

顧盛英握住葉晶瑩的手，說：「對呀，你應該振奮。」

「可是我記得原來的歌詞，總也忘不了。我相信，愛，只有在墳墓前面，才會顯示出全部的價值。」

顧盛英繼續捏著葉晶瑩的手，不知該說些什麼話來安慰她。他結交的女人，大多都是輕鬆愉快的，至少在他面前這樣表現，生怕惹他不高興，因為他生來是個快樂的人。但葉晶瑩不同，葉晶瑩十分純真，絲毫不想掩飾自己，甚至並不在乎顧盛英的感受。但正因此，才更加感動顧盛英，天下誰人不愛真誠與純潔。

「我從小是討飯長大的。」葉晶瑩忽然講起來，「我還不懂事的時候，爸爸就死了。媽媽從來沒有講過爸爸怎麼死的，可是他死了，我甚至不記得他的模樣。媽媽背著我，走村過鎮，沿街討飯，我三歲就曉得餓和冷的滋味。五歲那年，冬天討不到飯，我們母女躺在街頭，等著死，被小鎮洋人教堂一個牧師發現，救活過來。後來我們被那個教堂收留，媽媽做佣人。從此再不忍飢挨餓，也不必看人家的眼色，更不挨打挨罵，我覺得簡直像做夢，在天堂裡面一樣。」

顧盛英見葉晶瑩停下，坐起身，說：「休息一下吧，不要講太多，去餐廳把酒拿來，潤潤喉嚨。」

葉晶瑩站起身，走到餐廳，拿來酒杯，兩個人默默喝了幾口。

「再放一張唱片麼？」顧盛英想轉移一個輕鬆些的話題，便提議。

沒想到，葉晶瑩搖搖頭，說：「不要。放了唱片，我的心思就都在音樂上，不會再談論其他的事情。」

顧盛英點點頭，不講話，等待葉晶瑩繼續。

「過了一年，牧師見我總站在一邊看他彈琴唱歌，開始教我。學了兩年，我能夠為教堂做禮拜彈琴，牧師很高興。」

顧盛英想讓她輕鬆一下，說：「你媽媽給你起的名字很好聽。」

「那不是媽媽起的。」葉晶瑩回答，「小的時候，媽媽叫我金子，教堂裡的牧師跟著音，叫我Jane。我到美國留學，申請護照，自己給自己填的名字是晶瑩。」

「我猜得出來，洋牧師看出你這份天才，幫你安排到美國留學。」

葉晶瑩點點頭，喘了口氣，又說，「這是第一次，我對人講自己的身世，從來沒講過。」

「謝謝你的信任。」顧盛英拉住她的手，說，「我向你保證，從今以後，我絕不讓你再受一點苦，我要讓你以後的每一天都過得幸福和快樂。」

葉晶瑩抬起淚眼，看著他，點點頭，她的眼睛越來越柔和，好像月下的芙蓉花。突然，她又垂下眼睛，激烈地搖頭。

顧盛英著急了，連聲問：「怎麼？你不相信我做得到麼？你不相信我是真心的麼？」

「不，不是，我相信你是真心的。」葉晶瑩眼淚又流下來，從顧盛英手裡抽出自己的手，喘著氣說，「可是……可是……我不配，我不配你對我那麼好。」

「為什麼，為什麼？」顧盛英幾乎提高了聲音，說，「如果你不配，天下沒有任何人配。」

葉晶瑩繼續搖著頭，搖了許久，終於舉起雙手，蒙住臉，說：「我……我必須離開你，我不能讓你受到更多傷害。」

顧盛英聽了，愣住了，不知道她在講什麼。

沒有聽到顧盛英的聲音，葉晶瑩挪開蒙著臉的手，她的嘴角咬破，滲出一串鮮紅的血滴。她舔了一下嘴唇，又拿手背擦了一下嘴角，忽然堅強起來，說：「因為我愛你，所以我不能再隱瞞，我必須都告訴你。」

顧盛英再次伸手，抓住葉晶瑩冰冷的手指，輕聲說：「你講吧，不管你講什麼，在我眼裡，你永遠是你，不會改變。」

葉晶瑩搖搖頭，輕輕從顧盛英的手裡抽出自己的手，說：「你聽我講完，就不會這麼想了。」

聽葉晶瑩如此反復地講，顧盛英覺出問題的嚴重。他心裡發緊，胃部開始痙攣，他猜不出葉晶瑩會講出什麼樣的話，他想阻止葉晶瑩繼續，他不願意聽葉晶瑩講任何不愉快的話題，但他又抵不住另一種願望，想了解葉晶瑩要講的故事。

「我剛回上海不久，人生地疏，舉目無親，很希望交幾個朋友。」葉晶瑩見顧盛英沒有阻止她，知道自己再沒有退路，只得繼續，「有一天晚上，兩個剛認識不久的姑娘，邀我去看飛車走壁。我從來沒有看過，就去了。」

講到這裡，葉晶瑩的眼淚又流下來。

顧盛英見了，不作聲，輕輕拿起酒杯，舉到她面前。

「謝謝。」葉晶瑩接過酒杯，喝了一口。

「後來呢？」顧盛英輕輕地問。

葉晶瑩深吸了一口氣，穩定住自己，繼續說：「表演的時候，我只覺得非常可怕，常常蒙住眼睛不敢看。表演結束，兩個朋友拉著我，跑到後台門邊，看那個飛車走壁的勇士。那裡圍了許多人，都是年輕姑娘。我在人堆裡聽說，那飛車走壁的人，每場演出後，都會交一個新的女友，圍在那裡的姑娘都希望自己被選中。」

顧盛英有了預感，那一天葉晶瑩被選中了，出了事。

葉晶瑩看他一眼，說：「你猜對了，我站在人群外面，他偏偏選中了我。」

顧盛英不由自主，抬起手，抹了一把臉，長出一口氣。

葉晶瑩見了，突然發急，拉緊顧盛英的手，連聲說：「他要強姦我，可是沒有得逞，沒有，我保證。」

顧盛英臉色煞白，望著葉晶瑩，抖著嘴唇，講不出話。他並不因為擔心葉晶瑩是否曾經失身而緊張，他是在美國長大的青年，對於男歡女愛之類的事情，看得不那麼要緊，而且他自己並非金童，沒有理由要求葉晶瑩做玉女。他只預感到，葉晶瑩必定經歷過極端恐怖的暴力。他無法想象，這樣美麗溫柔的姑娘，如何經受得了，所以他感到極度緊張，抖著兩手，從衣袋裡取出煙盒，取了一支煙，放進嘴裡點燃，重重地吸了一口。

葉晶瑩看著他這樣舉動，曉得是為什麼，眼淚流得更猛烈，抬手擦掉腮邊的淚，急速說：「他把我帶到他的房子裡，先頭還很客氣。突然之間像發了瘋，大聲吼叫，摔東西，奔來跳去，經過我身邊就隨手打我。我從來沒有見過人那個模樣，嚇壞了，縮在牆角裡面動不了。他把我抓起來，扛在肩膀上，爬上三樓臥室。他把我摔在地板上，繼續在房間裡衝來衝去，大喊大叫的發瘋，經過我身邊，就撕扯我的衣服。」

顧盛英滅掉香煙，拿起酒杯，遞給她，輕聲說：「不用怕，都講給我聽，我一定為你報仇。」

葉晶瑩好像沒有什麼意識，只是順從顧盛英的指示，木然接過酒杯，喝了一口，恍若夢幻一般，說：「我曉得他要強姦我，就在地板上滾來滾去，躲避他。有幾次躲開了，他沒有抓到我，氣極了，就在床頭找到一把刀，趕過來砍我。可是他腳底一滑，跌了一跤，手裡刀刺進他自己的身子。他叫了一聲，急忙爬不起來。這樣我才有機會，逃跑出來。」

好像重溫那段驚險經歷，又像講得筋疲力盡，葉晶瑩猛然停住話，急喘著，眼睛睜得溜圓，兩個嘴唇猛烈的哆嗦。

顧盛英伸手，把她緊緊摟在懷裡，不什聲地安慰：「不怕，不怕，你在我這裡，你是安全的，一點危險都沒有，不怕，不怕。」

過了好幾分鐘，葉晶瑩身體的痙攣才終止了，眼睛閉起來，呼吸平穩了，又說：「很長一段時間，我實在不想活了。可是我離不開鋼琴，離不開音樂，想到永遠聽不見蕭邦和舒伯特，我十分恐懼。因為鋼琴，我才活到今天，這兩年，我完全是為了音樂而活著。」

顧盛英更緊地摟住她，說：「不管發生了什麼，你必須堅持活著。世界上什麼事情都有挽回的機會，只有生命，失去了無法再生。現在除了鋼琴，你還有我，我會永遠保護你，再不讓你受苦。我一定為你創造幸福的生活，彌補你失去的快樂。」

「謝謝，謝謝你。」葉晶瑩聽顧盛英這些話，心裡很感動。

因為講到要保護葉晶瑩，顧盛英動起腦筋，自言自語：「他不知曾經強姦過多少女人，這一次算你走運，逃跑了。」

放鬆下來之後，葉晶瑩說：「我曉得，上帝救了我。」

顧盛英沒有聽到這句話，沉浸在自己繼續的思索中，說：「你講的，他每次表演之後，會找一個新女友，是嗎？不曉得為什麼，那麼多女人被他強暴過，卻從來沒有一個人講出來，社會上沒有人曉得。」

葉晶瑩低頭不語，對於女人來講，這種事情，就算哪個女人遭到強暴，吃了大虧，也無論如何講不出口。她聽到顧盛英問，已經後悔，曉得不該告訴他，現在他要公布給社會，她還怎麼活。

顧盛英想不到葉晶瑩的心思，繼續自語：「要麼，那些被他強暴的女人，沒有一個還活著。」

葉晶瑩嚇得眼睛溜圓，恐怖地說：「你講什麼，他把那些女人都殺了？哦，我的上帝，那天他手裡拿著刀。」

顧盛英看著葉晶瑩，點點頭，說：「很有可能，你大概是唯一從他手裡逃掉到，你會有危險。」

葉晶瑩身子瑟瑟發著抖，說：「我曉得他一定饒不過我，一定要找到我，從那天開始，我一直很小心，白天很少出門，走路總是防備後面有人跟蹤，從來不到公眾場所去，從來不到餐館去吃飯。」

顧盛英點點頭，才明白葉晶瑩前些日子那些奇怪的舉動。他兩手撫摸著葉晶瑩的後背，安慰她。

「我到底還是不小心，在華懋飯店沒有躲開他，之後被他跟蹤，發現了你的辦公室。」葉晶瑩哽咽著說，「所以他騎車子來撞你。」

「你相信那個騎車撞我的人，就是想要強暴你的惡徒嗎？」

葉晶瑩很肯定地點點頭。

「告訴我，他是誰？我向你保證，我要替你報仇，也為我自己報仇。」顧盛英輕輕推開葉晶瑩的身體，看著她的眼睛說。

葉晶瑩望著他，眼裡又湧上淚來，可是不講話。

顧盛英扶著葉晶瑩的肩膀，說：「不用怕，我一定做得到。你不要忘記，我的小娘舅是捕房的探長，他一定會幫我的忙。」

葉晶瑩聽了，垂下眼睛，想了半晌，終於小聲嘟囔：「潘承道。」

「潘承道？」顧盛英有點吃驚，問道，「他是誰？」

葉晶瑩覺得奇怪，反問：「你不知道潘承道是誰嗎？」

「不知道，從來沒有聽說過。」

「你回上海時間那麼久了，竟然沒有聽說過他？」葉晶瑩確定顧盛英真的不曉得，便告訴他，「潘承道是上海大名人，飛車走壁的英雄，聽說還是歐洲哪個國家的爵士。」

「哦，我從來沒有對飛車走壁這樣的事情感興趣，所以不曉得。」

「大概他的名氣在女人堆裡面傳得特別響吧。」

「真是太難以想象了，那樣一個名人，怎麼可能如此兇惡？」

葉晶瑩抬起頭，看著他，問：「你不相信我？」

「不是，不是。」顧盛英連忙搖頭，擺手，「我只是講，真是知人知面不知心。那麼一個名人，許多女人願意做他的伴侶，何必要使用暴力手段。」

「我曉得我自己經歷過的事情，他用刀威脅我。」

顧盛英轉換了思路，說：「既然是那麼個名人，就不愁找不到他。你放心，我來處理這樁案子。」

「沒有人會相信我的話。」

「我相信，我也會讓所有的人都相信。那個惡徒，一定要受到懲罰。」

「我把自己生命裡的一切，全部告訴你了。我這樣軟弱，這樣骯髒，你不會嫌棄我吧？」

顧盛英摟住她，吻吻她的額頭，然後輕聲說：「怎麼會，晶瑩，你像天鵝一樣尊貴，像蓮荷一樣純潔，像金子一樣真誠。只要你願意接受，天下所有的人都會愛你，尊敬你，珍惜你。」

葉晶瑩眼裡又飽含了淚，輕輕點點頭。

顧盛英為轉移葉晶瑩的注意力，說：「你講太多話，累了，我們休息吧。我的客房在三樓，可是上面沒有洗澡間，只好委屈你在二樓刷牙洗臉，然後再上樓。如果你要洗澡，對不起，我這裡沒有自動熱水，要先在廚房裡面燒。」

說起家務事，葉晶瑩突然醒悟，抬手擦乾眼淚，急忙站起，說：「你看我，只顧講自己的事情。你要洗澡麼？我去燒水。」

「不用忙，我晚上不洗澡。」顧盛英同葉晶瑩一起走上樓梯，邊說。

葉晶瑩往洗手間走，說，「那麼我服侍你刷牙洗臉，先睡下。然後我再弄我自己，不忙。」

顧盛英笑了，說：「我老大人，還要你服侍麼？」

葉晶瑩斜他一眼，不講話，進了洗手間。顧盛英是單身，二樓洗手間只他一人用，所有東西一目了然。葉晶瑩二話不說，替他在漱口杯裡接滿了自來水，又在他的牙刷上擠好牙膏，遞到他手裡，說：「我可不會替你刷牙，要自己刷。」

顧盛英笑起來，說：「謝謝關照，我還沒有到做皇帝的地步。」

葉晶瑩轉身繞過他，朝門口走，說：「你自己弄好，就過來，我去給你鋪床。」

「這個櫃子裡面有客人用的牙具，都是新的。」

「你不用管我，我自己帶了來的。」葉晶瑩在外面應答。

顧盛英想起，葉晶瑩下午來他家，帶了她的衣箱，準備一起到杭州去。顧盛英匆忙刷過牙，洗過臉，趕進自己睡房，看見葉晶瑩已鋪好了被子，一身睡衣睡褲搭在床沿，床邊放著一雙拖鞋。

「你想得真周到。」顧盛英說著，有些不好意思。

葉晶瑩說：「我曉得，美國人不願意別人進自己臥室，不過王叔今天不在，只好我來服侍，就當我是你的佣人。」

顧盛英更加不好意思，說：「我哪裡那樣尊貴，敢用你這樣的佣人。」

葉晶瑩不講話，拉顧盛英坐到床上，自己蹲下，替他脫掉皮鞋，換上拖鞋。又站起來，幫他脫下外衣，掛到衣櫃裡，然後轉身，兩手一拍，說：「好了，我只可以做到這些，剩下的只有你自己做了。」

顧盛英望著她，依舊坐在床邊，忘記站起來。

「好了，晚安，我的顧大少爺。」葉晶瑩走到他面前，搬著他的肩膀，側過面頰，在他的腮上貼了一下。

「晚安。」顧盛英感到臉上火熱，這是葉晶瑩對他表示的第一個親熱舉動。

不等顧盛英明白過來，葉晶瑩已經快步走出去，在身後關上了房門。

顧盛英坐著，發了一陣愣，心頭一跳一跳，呼吸也不大均勻。唉，他忽然嘆出聲來，自言自語道：「中邪了，回到十六歲了。」

說完，他馬馬虎虎換了睡衣，鑽進被裡。他沒有關燈，他曉得自己不可能入睡，只是靜靜地躺著，側著耳朵，傾聽外面的動靜。但是葉晶瑩非常輕，他什麼都聽不到。直到樓梯傳出嘎磯嘎磯的輕微響聲，他才肯定，是葉晶瑩走上三樓去，她無法避免木樓梯發出的響聲。

顧盛英交過許多女友，但是對每個女友都很客氣，也很尊重，從不輕薄，從不存欺凌的念頭。至今為止，每個與他交往的女人，都願意主動向他表示殷勤，投懷送抱。顧盛英自己則永遠處在一種被動和接受的位置上，始終與女友持續一種若即若離的狀態，時間一久，女友們便感到失望，覺得他缺少激情，因而離去。

只是現在，與葉晶瑩在一起，他才產生真正的熱情，時刻企圖獻殷勤，博取她的微笑和歡心。但也因此，他特別恐懼因為自己某個舉動不慎，惹惱葉晶瑩，從此失去她。所以凡事他都盡可能揣摩葉晶瑩的意願，如履薄冰，不敢太主動。儘管此刻他有著某種衝動，渴望上樓，卻連自己的床也不敢下，甚至害怕自己的念頭被葉晶瑩發覺，造成不堪後果。

就這樣，顧盛英和葉晶瑩兩個人，各自躺在兩層不同的樓上，睡在兩間屋子裡，誰也沒睡著，四個眼睛都睜著，望著黑洞洞的屋頂。

十五

女人觀察全憑直覺　夫妻反目陰謀得逞

第二天早上，電話鈴聲把顧盛英驚醒。他睜開眼睛，卻沒有動。昨夜他翻來覆去，直到早上兩點多鐘，才算迷糊著了，現在實在太瞌睡，太疲勞。電話鈴繼續響，顧盛英嘴裡罵了一句，伸手拿起話筒。

「睡得那麼死？響這麼半天鈴才接？」電話是羅忠打來的。

「現在幾點鐘麼？小娘舅，這麼早就把人吵醒。」

「幾點鐘？八點鐘了，大少爺，該起床了。」

「王叔他們都到杭州去了，沒有人叫醒我。」

這時候房門輕輕打開，葉晶瑩兩手端了早餐托盤走進來。她穿著一件淡綠色的絲綢睡袍，寬大的袖子垂落到肘部，露出兩條小臂，光滑細嫩，彷彿玉做成的。她見顧盛英在打電話，便不聲不響，笑眯眯地走到床邊，把托盤放到床上。托盤裡放了一套豐富的早餐：牛奶，橙汁，炒蛋，煎肉，香腸，吐司，黃油，果醬。

顧盛英拉住她一只手，抖動嘴唇，不出聲地講：謝謝你。

葉晶瑩笑著，用手指指電話，然後轉過身，朝門口走。

「你講什麼？對不起，小娘舅。」顧盛英聽見電話裡羅忠喊叫，忙答說。

「你在做什麼？講話聽不見。」羅忠氣哼哼地說，「你身邊是不是有人？」

「沒有，我身邊沒有人。」顧盛英看著葉晶瑩走出房間，在身後關了門。

「那怎麼會這樣神魂顛倒的，聽不到我講話。」羅忠說，「我告訴你，今天早上我不能開車來接你到醫院去打針。」

「我以為什麼大不了的事，那有什麼，叫個黃包車就去了。」

「看了今天的《江濱早報》沒有？」

「還沒有。」

「趕緊去找來看看，上面登出來莊衡和秦翠花在一起親熱的照片。」

「哦，這下子莊衡還有什麼辦法。」

「他是條賴皮狗，已經臭滿上海，不怕多一條惡名。」

「可是現在他必須對付老婆，你講過，他家裡的錢，主要依靠老婆。」

「對，我剛才專門差人把一份報紙送到華安大廈去，確保董小霞看到。」

房門又輕輕打開，葉晶瑩走進來，手裡又端個托盤，上面放個咖啡壺，兩個咖啡杯，還有一卷報紙。

電話裡，羅忠繼續說：「我有了線索，要去找豬嘴阿四，找到那小子，非好好教訓教訓他。」

顧盛英指指托盤上的食物，動著嘴唇不出聲，對葉晶瑩說：「你先吃吧。」

葉晶瑩在床邊放下托盤，指指顧盛英手裡的話筒，示意不要講話。

可是已經來不及，被電話裡羅忠感覺到了，嘆口氣說：「我沒猜錯吧，聽見了，你身邊有人。」

「小娘舅，她才來，剛才我身邊確實並沒有人。」

「葉小姐，是吧？她在你那裡過了夜，是吧？我跟你講過，小心一些，她是個四川女人。將來把你拿住了，不要怪我沒有警告過你。」

「小娘舅，你不要亂講，什麼事都沒有。」

羅忠停頓了一下，回答：「當然當然，你傷成那樣，就算想做什麼，恐怕也做不成。」

顧盛英沒有講話，臉上已經有點發紅。

「算了，你忙你的吧。找到豬嘴阿四，再給你打電話。」

「我吃過早飯，就去醫院。」

沒等他講完，羅忠已經掛斷電話。

顧盛英也放下電話，沒有馬上講話。

「你們在講我，是不是？」葉晶瑩望著他，直截了當地問。

「哦，沒有。」顧盛英說，「我們在講案子。」

「算了吧，以為我看不出來。」

她的話，被又一陣電話鈴聲打斷。顧盛英趕緊抓起話筒，借以躲開葉晶瑩的問話。

「這麼大早，給誰打那麼長時間電話？」白招弟在電話裡氣急。

「哦，招弟，你好。」顧盛英看葉晶瑩一眼，回答，「剛才是小娘舅。」

「哦，葉小姐就在你床上，是不是？連話也不敢講了？」

「你講吧，什麼事情？」

「我告訴你，你小心。我看得出來，那位小姐愛上你了。」

「你亂講些什麼？有什麼根據？」

「什麼根據？告訴你，就是一種女人的直覺。我的直覺從來沒有錯過，百分之百。」

顧盛英不講話，想起昨天在家門口，葉晶瑩見白招弟頭一面，就告訴他，招弟在嫉妒。問她有什麼根據，葉晶瑩也講出幾乎完全相同的話。為什麼天下女人都有那麼多直覺？為什麼對於女人來說，直覺就那麼重要，可以超過理性，又有那麼大的力量，能夠支配她們的行動呢？真不可理喻，顧盛英不由自主地搖搖頭。

電話裡，白招弟還在說：「我不管有多少小姐愛上你，那是她們自討沒趣。可是對你，我不能不管，我必須確保你不會愛上任何一個小姐。」

「為什麼？」

「因為那關係到我自己的飯碗，懂嗎？像你這樣的男人，跟小姐們來往來往，當然沒錯。可是如果你愛上哪個，一定會昏頭，就什麼都做不成。事務所沒有了，我怎麼辦法？我有兩個小孩子要養的。」招弟講講，幾乎露出哭音來了。

顧盛英趕緊安慰她說：「怎麼會，招弟，不必擔心。」

白招弟很快恢復了正常，說：「好了，講正經事。我打電話是告訴你，你的起訴狀準備好了，要你簽字。」

「什麼起訴狀？」顧盛英問。

白招弟一聽，好像又要哭起來：「我曉得你昏了頭吧。葉小姐才在你家過一夜，你就昏了？連自己身上的傷都忘記了麼？控告薛鴻七派人撞傷你的案子，大少爺。我的命可真苦，碰上你這樣一個倒楣蛋。」

「好了，好了，招弟，我曉得了，曉得了。」顧盛英連忙說，「我吃過早飯去醫院打針，然後就去辦公室，好嗎？」

白招弟沒有回話，砰一聲掛斷了電話。
顧盛英也放下話筒，對葉晶瑩笑笑。
「她也在講我，對不對？」葉晶瑩問。
「怎麼會，她告訴我控告薛鴻七的起訴狀準備好了，要我去簽字。」
「以為我看不出來麼？告訴你，我的直覺從來沒有錯過。」
顧盛英真的發愣了，盯著葉晶瑩，好久講不出話。
「隨你們怎麼講好了，我才不在乎。」葉晶瑩說著，坐到床沿上。
顧盛英嘆了口氣，不講話，拿起叉子，叉塊炒蛋放進嘴裡。
葉晶瑩看到他吃起來，忙站起，說：「冷了，我拿去熱熱吧。」
「不用，不用，不冷，不冷。」顧盛英忙擺手，叉子上的雞蛋落到地板上。
「看你。」葉晶瑩說著，彎腰把掉到地上的雞蛋捏起來，放到托盤邊上。「你每天早上都有這樣多電話麼？」
顧盛英一聽改了話題，鼓起勁來，說：「你看，做個律師很辛苦吧。」
葉晶瑩笑了說：「你不要得便宜賣乖。我聽過美國人講一句忠告：三種人不能相信。」
「哦。」顧盛英垂下頭，拿起吐司，咬了一口。他從來不喜歡吃麵包，所以王叔總是給他準備一些中國小點心，但葉晶瑩不了解這祕密，端了來。顧盛英吃了一口，覺得葉晶瑩端來的麵包也並不那麼難吃。
葉晶瑩看了他的尷尬神情，更加得意，繼續說：「想不想聽聽看，哪三種人不可信？一是政治家，二是二手車推銷員，三是律師。想不想曉得，為什麼這三種人不可相信？因為他們嘴裡從來沒有一句真話。」

顧盛英忙把嘴裡的麵包咽下去，拿手拍拍自己胸脯，又指著天，大叫：「天地良心，我不敢講是不是對別人沒有講過謊話，但我敢對天起誓，我對你講的每句話都是真話，真心話。」

「你用不著起誓。」葉晶瑩衝口而出。「就算你講的都是謊話，我也愛聽，我也相信。」

顧盛英聽了，兩手一抖，吐司落到盤子裡。葉晶瑩這句話，證實了剛才白招弟的直覺，她是愛上他了，否則她怎麼會講出這樣不通情理的話來呢？顧盛英因為這個發現，感覺到一種不安，但也更感覺到興奮。

看見顧盛英的舉動，葉晶瑩才發覺自己的話有些過頭，臉上頓時通紅。她趕緊提起托盤上的咖啡壺，站起身，說，「我再去燒一些熱咖啡。」

顧盛英仍然沉浸在自己的幸福感覺中，他一直懷疑自己是否愛上了葉晶瑩，也一直擔心葉晶瑩是否會愛上自己。這些懷疑，這些擔憂，這些猶豫，現在看來似乎解決了一半，葉晶瑩愛上他了。可是另外一半，他是不是愛上她了呢？

葉晶瑩走出房門的時候，又回頭囑咐一句：「快些吃吧，我回來的時候，你要吃完呀。」

羅忠的話，四川女人！顧盛英嘆了口氣，但是無可奈何。

葉晶瑩燒好熱咖啡，重新回到房間的時候，顧盛英果然已經吃完早餐，而且下了床，穿著睡袍。其實他並沒有吃多少，所有的時間，他都在繼續審視自己的感覺。他跟許多女人來往過，有過許多肉體上的接觸，但他從來沒有真正地愛上過一個女人，所以沒有任何參照，可以用來判斷他對葉晶瑩的感覺，是不是所謂的愛情。

「喝咖啡吧。」葉晶瑩輕輕回進屋子，往托盤的杯子裡倒著咖啡，邊說，「水已經燒好了。」

「你怎麼曉得我早上要洗澡？」

「你是美國人呀。」葉晶瑩端了咖啡杯，送到顧盛英手裡。

「中國人都是晚上臨睡的時候洗。」

「中國人講衛生，美國人講體面。」葉晶瑩端了托盤，朝門外走，說。「我去弄熱水，你喝過咖啡，就去洗澡間。」

「你也洗嗎？」顧盛英講過，自己臉紅了。他本來想說，如果葉晶瑩要洗，請她先洗，可自己這句話講出來，好像不大對頭，有些過份似的。

葉晶瑩卻沒有在意，走出房間門口的時候，丟過一句：「我已經洗過了。」

一切都收拾好了之後，顧盛英沒有讓葉晶瑩跟隨他到醫院去，而是叫了部洋車，獨自一人去打針換藥。葉晶瑩則到附近商店，買些帶去杭州的東西，講好中午等他，下午一點鐘左右出發到火車站。

換藥的時候，醫生告訴他，他的傷恢復得很快，再休息一兩天，就基本正常。顧盛英聽了，自然高興。或許是心理作用，走出醫院，他也不再一瘸一拐了。

到了辦公室，剛進門，白招弟朝他擺擺手，示意不要大聲講話，然後走到他身邊，貼著他耳朵，輕聲說：「莊衡的太太在裡面等你。」

顧盛英邊脫外套，邊問：「她什麼時候來的？」

「已經一刻鐘了，我告訴她，你很快就來了。」

「她要做什麼？」

「她沒有講，但是手裡拿了今天的《江濱早報》。」

「我曉得她來做什麼了。」

「完了事，走之前，記得在起訴狀上簽字，你講的，今天遞進會審公堂。」

顧盛英點點頭，說：「我會記得。」

推門走進自己的裡間辦公室，顧盛英看見辦公桌前面椅子上坐著一個女人，矮小，很胖，轉身很慢。

「你好，莊太太，顧盛英。」顧盛英趕上幾步，伸著手。

那女人這時才剛轉過身，並不站起，抬眼望著他，握住他的手，說：「怪不得了，你確實是個美男子。」

這句話大出顧盛英意外，一時愣住，無話以對。

「董小霞。」那女人放開他的手，自我介紹，「莊衡大律師的太太。」這個女人腦筋好像也不夠靈，他已經叫過她莊太太，她還要介紹自己是莊太太，也許她習慣把莊大律師掛在嘴邊。

顧盛英繞到辦公桌後面，心想，董小霞的名字好聽，人卻不可恭維。身體胖不說，容貌相當醜陋。許多的化妝和首飾，都不能改善她的模樣。難以想象，董家在江西是個富戶，老太爺自然能夠娶漂亮女人做老婆，卻怎麼會生養出如此醜惡的女兒？答案只有一個，董老太爺是天下第一醜人，就算娶十個八個如花似玉的姨太太，也還是生不出好看的女兒。

「莊太太，我能幫你做什麼？」顧盛英假裝整理辦公桌上的文件，嘴裡講。

董小霞說：「想必顧先生也讀到今天的報紙，猜出我來這裡的目的。」不看人，只聽聲音，倒也還過得去，腔調嗲嗲的。

顧盛英抬起頭來，說：「我們做律師的，不能猜，只能講事實。」他曉得自己剛才想錯了，董小霞絕非頭腦欠缺的女人，一定精明過度，必須小心應付才好。

「我要跟先生離婚。」

「離婚不是我的主業，請問莊太太，為什麼一定要來找我？」

「因為我要懲罰那個混蛋。」

顧盛英覺得奇怪了，找他顧盛英辦離婚，能夠懲罰莊衡嗎？

董小霞笑起來，她的笑實在比哭更難看。「很多年，他一直自以為是上海灘最成功的律師，所以不參加任何律師樓，自己單做，上海灘獨一家。你回到上海，居然也是單打獨鬥，不投別人門下，而且居然兩年不倒台，顯得他不並那麼特別，他已經有些受不住了。現在你居然告到鴻爺頭上，親自送去訴狀，逼得鴻爺接了貼子，實在讓他在鴻爺跟前丟了面子。他在夢裡，也發狠罵你，我聽見他夢話裡講你的名字，所以想，跟他辦離婚，找你最合適。」

顧盛英忍住笑，板著臉，做出專業律師的模樣，點點頭，問：「那麼莊太太想怎樣個做法？」

「今天開始，不許再叫我莊太太，哪個稀罕那個臭名字，我現在重新回去姓董。」

「那麼董太太準備怎樣個辦法？」顧盛英說完，更想發笑，叫她董太太不倫不類，可是叫她董小姐，則實在是沾污了小姐這個美稱。只有葉晶瑩那樣美貌的女人，才可以稱為小姐。那麼像董小霞這樣的醜女人，又該叫她們什麼呢？

董小霞不理會顧盛英腦袋裡的想法，彎腰從放在地上的提包裡拿出一大本檔案，放到顧盛英的辦公桌上，說：「這是我家的全部賬目和地契，你留下來看。財產都是我的，房子，汽車，遊艇等等，我都帶走，只有他辦案子賺的錢歸他。」

顧盛英拿過那本賬目翻看，不說話。他看到，莊衡在寶登大廈養翠花的那個公寓，也還是董小霞名下的房產。顧盛英微微搖搖頭，暗想莊衡太膽大了些，瞞天過海，也不是這麼個做法。

「我要快辦。」董小霞說。

顧盛英放下賬目本，說：「我可以接受你這個案子，但是我們最好先講清楚費用問題。」

「隨你怎麼開價，要快。」

顧盛英拉開抽屜，取出一張表，遞給董小霞，說：「這是我的費用計算表。我接案子時候，不管什麼案子，一律先收兩百大洋定金，收到定金，開始辦案。然後收費有兩種辦法，一是按時間收費。我用在這個案子上的所有時間加在一起，按每個鐘頭五十大洋計算，每月收費，直到案子辦完。二是不按時間收費，案子結束後，按比例從賠款中收費。莊太太以為哪種辦法比較好？」

董小霞沒有馬上回答，低著頭思索一陣，說：「兩百大洋定金，我可以付，一兩天裡送銀票過來。至於以後的費用，我想就按鐘點算。」

顧盛英點點頭，這女人雖然醜，卻果然精明。她一定明白，離婚案並沒有什麼罰款之類，即使莊家全部家當都判到她董小霞名下，也算不得罰款，因為這些財產本來就是她的，並不是莊衡分給她的，她當然不肯按比例付給顧盛英。

「那好，我一收到定金，就開始準備離婚狀，遞進會審公堂。」顧盛英站起身，繼續道，「不過，我手上要辦的案子蠻多的，如果你一定要快的話，我必須放放其他的案子，那麼我的鐘點費就要高一些。」

董小霞仍然坐著，抬頭直看著他，問：「高多少？」

顧盛英猶豫了一下，仍然板著臉，一本正經地說：「百分之五十加速費，每小時七十五大洋，那麼定金就是三百大洋。」

董小霞好像鬆了一口氣，說：「沒有多少，可以。」

「那好，以後辦案時間，我都會記錄下來，按月給你送賬單。」

「沒有按月的事情，這案子一個月內，必須辦妥。」董小霞從小嬌生慣養，說一不二，任何事情都要她來作主。

顧盛英不反駁，本來離婚案沒有什麼可打的官司，如果當中不出意外，一個月內打完絕對沒有問題。

董小霞也站起來，不再跟顧盛英握手，只曲曲膝，算是道個萬福，轉身走出房間去了。

白招弟走進來，把一份起訴狀放到顧盛英辦公桌上，問：「案子接了嗎？」

「當然，小事一樁。」顧盛英說，「不過我們不用再賣股票了。」

「已經來錢了？」

「她答應一兩天裡送來三百大洋定金，夠我們付賬。」

白招弟撇撇嘴，說：「有錢人講話，多半不大可靠。」

「這案子很簡單，可以收鐘點費。我收她加速費，每個鐘頭七十五大洋。」

「你最好拖些日子，多算她些錢。她那麼有錢，不會在乎。」

「不要小看她，她很會算賬。」顧盛英拿起桌上的起訴狀，並沒有看，說，「而且她講了要快，我才能收她加速費，多拖些日子，就不算加速，我怎麼收加速費。」

白招弟不講話了，等顧盛英簽字。

顧盛英放下那份起訴狀，說：「我們緩兩天再遞這個狀子吧。」

「怎麼回事？」

「情況有點變化。」顧盛英說，「撞我的人，不一定是薛鴻七派的人，我還得做些調查。」

白招弟扭身朝門外走，說：「肯定是葉小姐講了什麼話，顧大少爺，你已經有些危險，自己官司也要聽她擺布了。」

顧盛英沒有講話，收拾一下桌子，跟著走出去，穿上外套，說：「你現在回家，放假了。」

白招弟抬起頭，看著他，不講話。

「我現在去火車站，到杭州過週末。」

「禮拜六過什麼週末。」白招弟忘記自己已經問過這個問題了。

「美國禮拜六就放週末了。」顧盛英也忘記自己已經回答過這個問題了。

「那麼你是在中國，還是在美國。」

顧盛英不理她，拉開門，走出去，說：「回家吧，帶孩子去蕩蕩馬路，南京路上又修起了新房子。」

白招弟還沒有坐下來，顧盛英又推開門，走回進來，說：「你現在收拾好，把門鎖了，我陪你一道走出去。」

「急什麼。」

「我要趕火車。」

「你趕你的火車，關我什麼事。」

「我不要薛鴻七的人找上門來，累你受害。」顧盛英說，「你提了包，我們現在就走。」

十六 推心置腹盛英神聊 親如姐妹羅芯遇難

顧盛英和葉晶瑩弄這弄那，磨磨蹭蹭，最後總算出了家門。因為去渡週末，顧盛英外套一件淡駝色長風衣，腰紮帶，雙肩扣，大翻領，頭戴一頂禮帽，顯得挺拔精神。葉晶瑩穿一件白底黑格的窄小夾克，下配一條花裙，頭戴上午剛買的精致彩色寬邊遮陽帽，楚楚迷人。

他們乘坐兩部黃包車，帶著大小兩口衣箱，趕到上海火車站，還算好，沒有誤班次。葉晶瑩照看著行李，顧盛英到售票處付錢，拿到打電話訂好的車票。兩個人匆匆忙忙進站上車，剛剛找到自己的臥鋪車廂，火車就開了。

葉晶瑩走進包間門口，有點膽怯，巡視四周，說：「上海到杭州，只有兩三個鐘頭，還要坐臥鋪包廂麼？」

「頭等車，都這樣。」顧盛英把衣箱往鋪位上一丟，動手脫掉風衣。

葉晶瑩伸手去提衣箱，說：「你把箱了丟在鋪位上，還怎麼坐人？」

「這裡太小了，坐三個鐘頭，要悶死的，我們不坐這裡。」

葉晶瑩看著他，問：「你買了頭等包間的票，又不坐，還到哪裡去？」

「我們到餐車去，那裡寬敞些，而且可以喝咖啡。」

葉晶瑩不講話了，她從來沒有這樣旅行的經驗，無話可說，只有跟著顧盛英，出了包間，走到餐車去。

餐車裡果然寬敞亮堂，走道上鋪了厚厚的紅格地毯，每個窗上都掛了繡花的窗帘。幾排小桌鋪著雪白的桌布，桌上玻璃瓶裡插著鮮花。座椅包了紫紅絨布，看上去很舒適。幾桌客人都是西裝革履，彬彬有禮，有的喝酒，有的喝咖啡，講話都很低聲。三五個服務生，穿著雪白的制服，戴了圓帽，站在車廂兩側的門邊。

「先生坐哪裡？」一個服務生看見顧盛英走進來，欠著身子打招呼。

顧盛英領著葉晶瑩，走到一處空桌前，說：「這裡就可以。」

服務生趕緊上前，伸手拉開椅子，請葉晶瑩坐好。顧盛英看她坐下，才自己坐到桌子對面。葉晶瑩仍然轉著身子，打量這間餐車。顧盛英暗暗指指她，對服務生使個眼色。服務生看見，點點頭，悄悄走開。

葉晶瑩嘆口氣，說：「我坐過好幾次火車，從來沒有見過這樣豪華的餐車。」

「你看還可以吧。」顧盛英轉頭看看，說，「這是專給頭等車客人用的，其他車廂的客人不可以進來，所以比較乾淨，也安靜些。」

「我是個普通的人，要習慣這樣的生活，恐怕很難。」

顧盛英笑了，說：「怎麼會？要你到上海棚戶區去過日子，大概確是不大容易。但是要你坐在這裡喝杯茶，卻一定不會那麼難。」

葉晶瑩搖搖頭，說：「從小討飯，後來在教會裡長大，我對生活的要求一直很簡單，對物質的要求也很低。」

「是嗎？」顧盛英想了想，說，「那麼好，如果你現在不必考慮金錢，就是講你手裡有足夠的錢，可以買一樣東西，你會買什麼？」

這時服務生走來，問：「先生是吃飯，還是喝些什麼？」

顧盛英問葉晶瑩：「你要吃東西麼？」

葉晶瑩覺得奇怪，說：「剛吃過了才出門，怎麼又要吃了？」

顧盛英轉過頭，看著服務生，說：「那麼就喝咖啡吧，來兩碟小點心。不，不要咖啡，要一壺茶吧，你同意嗎？」

葉晶瑩回答：「什麼都可以，隨你。」

顧盛英轉臉問服務生：「你們有什麼茶？」

「龍井，茉莉，鐵觀音，碧螺春，普洱，烏龍，先生看哪一種比較好？」

「茶要龍井，確定用虎跑泉的水。」

「先生放心，我們在蘇杭之間跑車，龍井一定用虎跑泉的水。」服務生笑著答說。

葉晶瑩有些不滿地說：「你什麼都必須那麼講究麼？難為人。」

「其實我平時也不特別講究，只是在你面前，要小心表現，特別講究一些，以求討得美人歡心。」

葉晶瑩還想說什麼，但服務生在面前，便閉住了嘴。

服務生卻聽得笑了，又問，「那麼先生要什麼點心？」

「一客栗子羹。」顧盛英說完，想了想，繼續，「一客御果園。」

服務生點點頭，笑說：「先生是常客。」然後走開。

「什麼是御果園？」葉晶瑩沒有聽說過。

顧盛英答說：「就是西瓜，切得比較細，放在西瓜盅裡，等等你看，西瓜盅很講究。那是揚州一個名菜，顯示揚州人切西瓜的本事。」

對話被服務生到來打斷，他在桌子當中放下一個銀亮的高腳小架，上面放兩個小托盤，一個托盤上放四塊栗子羹，另一個托盤上放四個精雕細刻的彩色小盅，盅裡放了精巧的西瓜球。

「呀，真好看。」葉晶瑩忍不住講出聲來。

服務生繼續擺著刀叉餐巾，說：「很高興小姐喜歡。」

顧盛英說：「他們這是英國午茶的作派。」

葉晶瑩看著，驚喜地說：「做得這樣好，誰捨得吃呢？」

沒等顧盛英開口，服務生搶先回答：「謝謝小姐夸獎，不瞞小姐，我們餐車的大廚，是英國留學的。」

顧盛英聽了，稍微測過些臉，翻翻眼球，沒有說什麼。

服務生講話歸講話，兩手不停，放下一個銀質茶壺，壺把上裹著特製棉套。又在每人面前放一個細瓷雕花小茶杯，座在同樣的雕花細瓷小茶盤上，盤側放把小銀匙。然後他放下一個小托盤，上面放兩個銀製容器，一裝牛奶，一裝方糖。

「謝謝你。」顧盛英對服務生點點頭，說。

「不謝，兩位慢用，有事請叫我。」服務生講完，收起小架，走開了。

顧盛英拿起茶壺，倒了兩杯茶，問：「你要牛奶，還是要糖？」

「喝茶還要放牛奶和糖麼？」

「我們這是英國午茶，當然是英國式的。都放一點吧，嚐嚐。」顧盛英一邊把牛奶和方糖放進葉晶瑩的茶杯，一邊說。

葉晶瑩端起茶杯，喝了一口，品了品，點點頭，說：「頭一次喝加奶加糖的茶，還不錯。看來，英國人是把茶當作咖啡一樣的喝法。」

「我小時候，祖父祖母很喜歡午茶，我們就跟著吃點心。」

葉晶瑩問：「記得你講過，你家是英國人。」

顧盛英點點頭，說：「我父親這邊是英國人，母親是中國人。」然後他不願意繼續這個話題，說，「你曉得為什麼英國人喜歡午茶麼？我講給你聽。十七世紀，茶從印度傳入英國，很受英國人歡迎。歷史上，英國人通常每天只吃兩頓飯，上午一頓，下午一頓。後來英國貴族和上層階級為了把下午飯辦得更豐富和盛大，時間越來越推後，漸漸變成晚飯。於是到下午，大家都會肚子餓。可是英國人講究紳士風度，又特別尊重歷史，誰也不肯打破傳統。熬到一八四幾年，英國貝爾富特領地的第七世公爵夫人，名叫安娜。英國爵士以名稱呼，不稱姓。這位安娜公爵夫人每天實在餓得受不了，又不敢講要吃飯，便叫僕人給她送茶，加糖加奶，另加小點心。過了些時，有朋友下午來訪，她也招待大家一起喝茶。於是既不破壞每日兩頓飯的古老傳統，下午又可以不餓肚子，午茶就風行起來，食品越來越多，上流社會的女士們甚至把下午茶當作正式活動，穿禮服赴會。」

「真美麗的故事。」葉晶瑩有些神往地說，「我讀過一些英國小說，《苔絲姑娘》，《傲慢與偏見》，很想去英國看看。」

「以後我帶你去，我祖父有一座古老的城堡，還有一片草地，可以騎馬。」

「你家是不是很有錢？看你是個闊少爺。」葉晶瑩想了想，又問，「住在城堡裡，你家是不是也是公爵什麼的？」

「不要講我。」顧盛英不回答，反問道，「你還沒有回答我的問題：如果你有了錢，你要買一樣什麼東西？」

葉晶瑩偏著頭想想，說：「一架三角鋼琴，史坦威。」

顧盛英笑了，說：「你看你看，你的要求並不低，買琴要三角的，而且名牌。」

「那當然，彈琴的人，哪個不夢想有一架史坦威。」

「那麼你買了史坦威，放到哪裡呢？」

葉晶瑩沒有弄懂，看著顧盛英，沒講話。

「你的小公寓放不下吧？就算能放下，你也會覺得委屈了史坦威。所以你必須換一個大些的房子，好些的房子，對嗎？」

葉晶瑩隨著顧盛英的思路，承認他講得對。

「你有了大房子，就不能出門走路，或者去擠公車了吧？你就要買自己的汽車，而且不能買廉價的，跟史坦威不配套。你開了汽車，就不能穿簡陋的衣裙，所以你要去好的服裝店，還要換首飾，換化妝品。那樣子出門，你自然也不可以再去弄堂口的小吃店，坐火車也不可以坐三等車，你必須到這樣的餐車裡來，喝這樣的茶，對不對？」

葉晶瑩忍不住笑出聲來，說：「繞那麼大的圈子，就為了解釋這個？」

「我告訴你，所謂富人和窮人，其實並不是哪個人拿自己跟別人相比較而得出的結論，而是他對自己的一種評價，是他對自己所處現狀的一種適應程度。能適應，就會認為自己富，不能適應，就會認為自己窮。或者是人對超越自己現狀所能達到高度的一種預期，期望高，難以達到，就會認為自己窮，期望低，容易達到，就會認為自己富。」

葉晶瑩有點驚訝地看著顧盛英，說：「沒看出來，你居然是個哲學家。」

顧盛英笑了，說：「那算什麼哲學，小時候父親告訴我這個道理，所以我從小曉得生活的真實價值。我並不是花花公子，我讀耶魯的時候，自己打工賺學費的。」

車廂門突然打開，打斷顧盛英的話。兩三個穿著制服的乘警衝進餐車，看見這裡的氣氛，便收住腳，放輕步，匆匆忙忙穿過車廂，從另一頭走出去。一出門，又奔跑起來，一邊吹響警笛。

餐車裡的客人都轉過頭，張望著乘警們的背影，不知道出了什麼事情。

幾個服務生趕緊分頭走到客人們面前，抱歉打擾了他們，說是估計三等車廂出了什麼事，一旦有消息，就會告訴各位。

安靜下來之後，葉晶瑩說：「我想不來，你的父親母親會是什麼樣的人，他們那麼有錢，那麼有地位，但並不像我們常講的那種富人。」

顧盛英笑了，說：「你們常講的那種富人是什麼樣子？講給我聽聽？」

葉晶瑩想了一陣，搖搖頭，說：「具體的也講不出來什麼？」

顧盛英說：「就是嘛，平常人根本沒有見過一兩個富人，他們怎麼曉得富人什麼樣子？他們只是道聽途說，然後根據自己極有限的那一點點想象，添油加醋，胡亂編造，強加到富人頭上。說富人個個都醉生夢死，花天酒地。然後莫名其妙地恨他們，沒有具體理由，只因為他們有錢，就恨他們。你想想，如果富人真是那樣懶惰荒唐，他們怎麼可能積累起財富來？他們怎麼可能有效經營企業，開拓市場，管理勞工？實際上，富人的工作，比普通勞工要辛苦得多了。」

葉晶瑩笑了，說：「你自己是富人，自然要為富人辯護。」

「我從來沒有把自己看做是富人，我父親也從來沒有認為自己是富人。祖父在英國的朋友，郡王公爵，他們才可以算富人。父親在美國的一些朋友，比如摩根財團的董事長，那才算得富人。我們這樣人家，算不上什麼。」

葉晶瑩看著他，問：「你有葡萄酸的感覺嗎？」

顧盛英笑了，說：「怎麼會，我父親母親都不貪婪，他們滿足自己的生活，覺得命運待他們不薄，他們很感激。其實就算那些富人，像英國的公爵，或者美國財團的老總，他們也並非貪得無厭，他們總是拿出許多錢贊助公益事業，建立救濟金，幫助社會和貧民。他們在一起談天，從來不夸耀財富，顯示自己高人一等，他們總是討論如何報答社會對他們的給予，至少我所聽到和看到的，都是這些。你想想，我的父母親怎麼會把自己當作富人，更怎麼敢胡作非為。」

對於顧盛英所說的這一切，葉晶瑩毫無所知，也沒有資格做出任何評論，只好點頭，聽著，不插話。

顧盛英好像還沒有把話講完，又繼續道：「從我的觀察，真正的富有，是不能從住宅啦，汽車啦，衣服啦等等看出來的。英國爵士住城堡一樣的豪宅，是世襲而來，自然繼承，不是他們吐著血背著債或者坑蒙拐騙弄到手，借以向人昡耀。有些富人穿著講究，但對他們來說，那是平常習慣，從小就那樣，不知道還有其他的穿法，並非他們時時處處刻意追求，顯示自己富有。總而言之，富有的人不是暴發戶，沒有那些粗俗淺薄的擺闊惡習。據我判斷，喜歡在嘴邊夸耀自己富有，喜歡跟別人攀比富有，總想爭著上富豪排行榜的人，都不是真正的富人，頂多只算三流暴發戶。」

葉晶瑩嘆口氣，說：「有錢人到你嘴裡，也撈不到什麼好處。」

顧盛英聳聳肩，笑說，「其實這樣的談話，我有的時候同父親講幾句，或者父親的朋友聚會聊天，我插幾句嘴，很少跟其他人講這話題。只是跟你在一起，不曉得為什麼，總想多講話，炫耀炫耀自己。你看，像個十六歲的小伙子，你不討厭吧？」

葉晶瑩格格格地笑起來，說：「美國人都是這樣子，傻乎乎的，這種心裡想的話，也居然可以講出來，不怕人笑你麼？」

顧盛英也笑了，說：「你聽了笑，不討厭，我才高興了。」

「我怎麼會討厭你，我喜歡聽你講話。」葉晶瑩停住笑，又說，「其實我也一樣，從來不大跟別人多講話，可是同你在一起，好像不覺得有什麼顧忌，控制不住自己的嘴巴。」

說著，兩個人都大笑起來，覺得親近了許多。

突然間，火車猛地煞車，整個車廂都震動起來，打斷他們的高談闊論。

「怎麼回事？」餐車裡幾乎所有的人都同時問出這個問題。

服務生趕緊向客人解釋：「三等車廂裡發現了一個人沒有買票，正在追查。」

這麼說著，列車便在四處荒蕪的原野之中停下，一動不動。

顧盛英搖搖頭，說：「你看，這是不會邏輯思維的結果，要抓人，停下火車不是最糟糕的辦法嗎？你開著車狂奔，他才無處可去，只有老實就範。你停下車，正給他跳車逃跑的機會。」

葉晶瑩笑了；說：「他們應該請你去做交通部長，或者警察局長。」

顧盛英沒有回答，站起身，把臉貼在車窗上，前後張望。

葉晶瑩更笑了，說：「沒想到，你的好奇心這麼強，不像做律師的。」

這時，只聽車內車外，響起一片喊聲：「跳車跑掉了！跳車跑掉了！」

「哪邊？哪邊？」顧盛英緊張地問，他的好奇自有理由。

「這邊這邊，在那裡，那裡。」車廂另一側有客人大叫。

顧盛英三腳兩步跨過走道，衝到另側車窗，向外張望，看見鐵道下面的荒草叢中，一個人從列車前方拼命奔跑而來。兩三個乘警打開車門，跳下火車，揮舞警棍追趕。可是那逃犯早跳車幾分鐘，而且是逃命，所以用盡吃奶力氣，乘警們自然追不上。逃犯跑了一陣，覺出乘警們停了腳步，便也放慢些速度，回轉頭來，大喘著氣，往後張望。

「果然是他！」顧盛英看清楚了，那逃命的人，就是豬嘴阿四。原來他試圖離開上海，難怪羅忠他們一直找不到他。顧盛英望著他漸行漸遠，向車廂門口的服務生招招手。

「是，先生，你需要什麼？」

「這裡是什麼地方？」

「再往前十里路，就到嘉興了。」

「哦，我曉得了。可不可以借用一下你們火車上的電話，我有急事，必須打到上海去。」顧盛英說著，轉過身，坐回自己的座位，他已經看不見豬嘴阿四的影子了。

服務生回答：「先生可以用我們的電話，但是只能打到上海或者嘉興火車站。」

「我可以打到上海火車站。」

「那麼先生請跟我來。」

顧盛英跟著走過一個車廂，走進列車長辦公室內，牆壁上裝著一個電話。

「先生想跟哪個講話？」列車長替他撥通之後，問。

「請接上海站乘警辦公室。」

「跟這個不買票的逃犯有關麼？」列車長問，「你告訴我就好了。」

顧盛英說：「我是上海的律師，這逃犯是我一個案子的見證人，我需要報告給上海公共租界匯司捕房。」

列車長把手裡的電話交給他，說：「那麼好，你講吧。」

「請問是上海車站乘警值班員麼？好，我的名字叫做顧盛英，對對。請你記錄我講的話，如實轉給公共租界匯司捕房的羅探長，羅忠，忠誠的忠。請你轉告羅探長，阿四剛從本列火車跳下，距離嘉興大概十裡路。請你把這話傳到就好，羅探長曉得該怎麼做。謝謝你，越快越好。」

顧盛英講完話，把電話交還列車長，說：「謝謝你。」

列車長掛好電話，又說：「羅探長捉到這個阿四之後，也要告訴我們一聲，不買票乘車，我們要罰款。」

顧盛英笑了，說：「如果他能交得起罰款，就不會不買票了。」

列車長想了想，垂頭喪氣地說：「也是。」

火車又開動起來，顧盛英走回餐車，坐到葉晶瑩面前，說：「我給小娘舅打了個電話。」

葉晶瑩說：「我曉得。」

服務生又送來一壺茶，說「先生，請用熱的。」

顧盛英接過茶壺，說：「謝謝，我確實需要喝一杯熱茶，喉嚨都啞了。」

過了幾分鐘，看著顧盛英平靜下來，葉晶瑩問：「我總想問你，羅探長和你好像很親，你叫他小娘舅，他只大你幾歲，又像兄弟，講給我聽聽。」

顧盛英轉頭望著窗外，說：「我們到嘉興了，浙江的地面，母親的故鄉。」

葉晶瑩不講話，用眼光鼓勵著顧盛英。

顧盛英又拿起茶杯，喝一口，放下，兩手交叉，支住下巴，兩眼注視著杯中的茶水，停頓了片刻，才又抬起頭，望著葉晶瑩，說：「那是一段辛酸的歷史，我和小娘舅都很少提及。」

葉晶瑩說：「你放心，我很尊敬羅探長，不會去惹他傷心。」

顧盛英點點頭，長出一口氣，開始講述：「小娘舅的姐姐叫做羅芯，跟我母親是同鄉，親如手足，我叫她芯姨母。母親十七歲時候，帶著十四歲的芯姨母，跑到上海闖天下。那時電影剛傳入中國，急需女演員，母親年輕美貌，立刻進入了電影圈。中國最早拍出來的四部電影，都是母親主演的，所以她立刻成為上海當紅的電影明星。那時候阮玲玉還沒有開始演戲，周璇甚至還沒有出生。」

葉晶瑩沒有作聲，暗暗在心裡計算著顧盛英所說的年代。

「苦難的生活把母親鍛鍊得十分聰明，她曉得電影演員生涯短促，便在自己事業剛剛進入峰巔狀態的時候，果斷地嫁給了父親，那年她剛二十歲。父親當時在上海開設一家銀行，非常愛母親，事事都由她。婚後母親不再上戲，便把芯姨母介紹進電影圈接替她，藝名叫做小芙蓉。在母親的庇護和指導下，芯姨母也很快走紅起來，她就把剛滿九歲的弟弟羅忠接到上海讀書。」

聽到這裡，葉晶瑩便懂得了羅忠與顧盛英的關係。

顧盛英停了一下，深深喘了兩口氣，然後繼續道：「天有不測風雲，芯姨母突然之間遭到殺害。母親痛不欲生，把那個巨大的不幸歸罪於自己。她想，如果她沒有把芯姨母帶到上海，沒有把芯姨母介紹進電影圈，芯姨母絕不至於年紀輕輕便離開人世。母親花費了許多財力和時間，查出那起暗殺是上海幫會所為，卻終於沒有查出真兇。」

「是薛鴻七？」葉晶瑩輕聲問，但是沒有得到直接答復。

顧盛英沉浸在自己的回憶裡，沒有聽見葉晶瑩的問題，繼續說：「為了贖罪，也為繼承芯姨母的遺願，母親把羅忠接到家裡，當作自己的弟弟撫養。那年我兩歲，跟小娘舅一起長大。雖然年齡差幾歲，性格也不同，但我們兩個自小無話不談，非常知心，與其講是舅甥，不如講是兄弟。」

葉晶瑩見顧盛英停下話頭，動手為他倒了一杯茶，遞到他手裡。

顧盛英喝了一口，又說：「小娘舅高中畢業，要做警察。母親請父親幫忙，安排他到英國警官學院讀了四年書，最後一年在蘇格蘭場實習，回到上海就進了公共租界英國捕房。母親雖然對警官生涯的安全有所顧慮，但敬佩小娘舅為芯姨母報仇的意志，所以很支持他的選擇。」

葉晶瑩這才明白，為什麼羅忠做警察，他是要找到殺害姐姐的兇手。

顧盛英接著講：「後來因為弟弟身體不好，在中國找不到能治他病的醫生，母親帶了我們兄弟兩個，跟隨父親回到美國，那年我讀初中。走以前，母親勸小娘舅許久，要他一起去美國。小娘舅拒絕了，他決意留在上海，繼續調查殺害芯姨母的兇手。於是母親在上海留給他一筆錢，又約定每年接他到美國度假兩個月。」

葉晶瑩很感動，忽然想，如果母親是如此重感情的女人，面前的顧盛英也應該不會薄情無義。

顧盛英沒有想到葉晶瑩的念頭，繼續講：「十年過去，小娘舅查出殺害芯姨母的兇手，但那人已在另一場鬥毆中喪生。可是小娘舅能夠確定，那名兇手屬於薛鴻七的部下，不過證據不足，無法將他繩之以法。」

葉晶瑩明白了，插嘴說：「這一次，他抓住機會，不肯放手。」

顧盛英點點頭，接著說：「那幾年，我先在英國讀中學和大學，又到美國讀法學院，做了律師。之後獨自回到上海，又可以跟小娘舅朝夕相處。」

服務生走過來，輕輕告訴他們：「馬上就要到杭州了。」

顧盛英點點頭，說：「謝謝，我們就回自己的房間去。」

十七
西湖別墅晶瑩開眼　春宵夜渡盛英圓夢

將近黃昏，顧盛英和葉晶瑩坐著兩部黃包車，從火車站到了他們的別墅。那是一座圍著花牆的院落，推門進去，是個小小的花園，齊整精緻，紅花綠草，在昏黃的天色裡，依舊鮮艷。迎面的房子，並不高大豪華，是別墅模樣，隨意而舒適。綠瓦屋頂下面，乳白的牆壁，法國式的玻璃格窗，挂著淡綠色的紗窗簾，雙開的毛玻璃門。

王叔從門裡走出來，招呼：「大少爺，你們到了。」伸手接過兩人手裡的提箱，側身讓他們先行進屋。

「王叔，對不起，有事耽誤了。」顧盛英說，「發的電報，收到了吧？」

王叔看著他的腿，說：「收到了。大少爺，你的傷怎樣？好些嗎？」

「差不多了，沒什麼。」顧盛英回答著，挽著葉晶瑩的臂，引她走進門。

王嬸站在門廳裡，朝顧盛英曲曲腿，道個萬福，笑眯眯地說：「大少爺好，葉小姐好。」

葉晶瑩搶先回話：「王嬸好，給你們添麻煩了。」

「哪裡話，葉小姐這樣的佳人，請都請不來呢。」王嬸說。

王叔提著衣箱走進門，說：「衣箱送到後面臥室裡去了。」然後走出後門，不見了。

王嬸說：「你們忙了一天，一定又餓又渴。茶已經準備好了，放在小客廳。你們喘口氣，洗把臉，半個鐘頭就開飯。」

顧盛英說：「我還真有點餓了。」

葉晶瑩有點驚訝，問：「我們吃喝了一路，你怎麼又餓了呢？」

「王嬸，我們就在小餐廳吧，只有兩個人。」顧盛英說完，看著王嬸走開，低聲對葉晶瑩說，「你講餓了，要吃飯，王嬸才會高興。」

葉晶瑩明白過來，吐吐舌頭，小聲說：「我沒有得罪王嬸吧？」

「沒有，女人肚子小，她懂得。」顧盛英笑了說，「我領你看看房子。」

他們走進大客廳，面積果然不小，放了沙發茶几之類，最顯眼的，是一架三角鋼琴，乳白顏色，非常高雅。

葉晶瑩馬上走過去，用手摸著，低聲說：「史坦威。」

顧盛英在旁邊一個軟椅上坐下，搭起二郎腿，說：「彈一曲吧？」

葉晶瑩站著打開琴蓋，並不坐到琴凳上，一手在琴鍵上掠過，彈出一串清晰響亮的琶音。

「雖然母親不在這裡，沒人彈，每年還是有專人來調一次音。」顧盛英說。

「聽得出來，音都不錯。」葉晶瑩點點頭，說，「你母親這樣愛惜鋼琴，藝術天分又高，一定彈得很好。」

「母親並不會彈琴，但喜歡唱歌。」顧盛英說，「母親在鄉下長大，哪裡去學彈鋼琴，但是她天生嗓子好，喜歡唱歌。可惜她到上海演戲的時候，都是無聲電影，用不到她的聲音。所以她在這裡住的時候，就找人伴奏，自己唱歌，父親很喜歡聽她唱歌。父親小時候學過鋼琴，但是只有一個人在家的時候才彈，絕對不讓母親聽到，他怕母親會笑話他。」

葉晶瑩有些羨慕地說：「聽得出來，你有一個很幸福美滿的家庭。」

「彈點什麼吧？」顧盛英又說。

葉晶瑩這才坐到琴凳上，兩手在琴鍵上撫摸了片刻，又站起來，說：「還是先不彈，我們還有時間。一彈起來，我就沒法停止自己了。」

「也好，我們有整個週末，你可以彈兩天，過足癮。」

「兩天就能過足癮了嗎？那個癮也太小了，還算癮嗎？」

「以後可以隨時來，你什麼時候想來，我們就什麼時候來，讓你彈夠。」

兩個人肩並肩走著，一個一個房間轉，觀看牆上的油畫，櫥櫃裡的擺設，各處家具和器皿，每個房間屋頂不同的水晶吊燈，等等，都是很講究的頭等作品。

葉晶瑩看得眼睛花了，說：「這裡的東西，比你上海房子裡多得多了。」

顧盛英答：「上海我住的那房子，本來是出租的，我回來要住，才給我住。父親母親結婚之後那些年，大部分時間住在這裡，所以這裡更像個家。」

王嬸輕輕地走到他們身後，說：「大少爺，飯都擺好了，請用餐吧。」

「好。」顧盛英答了，招呼葉晶瑩說，「我們趕緊吧，不要讓飯菜冷了。」

王嬸滿臉笑，前頭走了。

小餐廳的桌上，鋪了繡花的桌布，當中擺了一大盆鮮花，兩側桌邊擺著義大利的銀器，英國的瓷器，法國的酒杯。

顧盛英說：「王嬸今天特別招待你，把家裡最好的餐具都擺出來了。」

王嬸端個大托盤走進來，聽見顧盛英的話，笑呵呵地說：「葉小姐是貴客，好不容易來這裡一次。」

王叔上前一步，替葉晶瑩拉出座椅，請她坐好，然後從桌上拿起餐巾抖開，小心地鋪到她的膝上。

顧盛英坐在葉晶瑩的對面，自己抖開餐巾，放到膝上，問：「吃什麼呢？」

王嬸把托盤放到桌邊，手舞一勺一叉，從盆裡挑出麵條，邊說：「通心粉，安蒂帕斯提。」

顧盛英笑了，說：「我猜出來了，王嬸一定要露這手招待葉小姐。王嬸做的義大利麵條，母親講：天下第一，連義大利廚師都比不上。」

王嬸小心地把通心粉放在葉晶瑩和顧盛英的盤子裡，邊說：「那是太太過獎了，哪裡有那樣好。」

顧盛英對葉晶瑩說：「這是我最喜歡的一種義大利通心粉，在威尼斯吃過一次，叫做安蒂帕斯提，就忘不了。」

「因為大少爺喜歡，我特別到義大利去一趟，學會這種作法。」王嬸說著。

葉晶瑩說：「我在美國吃過義大利通心粉。可沒想到，還有很多講究。」

顧盛英笑了，說：「下次我帶你去看看，羅馬，威尼斯，佛羅倫薩。義大利可是個特別神奇的地方，南部和北部就好像兩個不同的世界。不光吃的喝的，穿的用的不一樣，連人的模樣都不一樣了，頭髮顏色，皮膚顏色，身材體型，都不一樣。」

「對呀，那通心粉，樣式太多了，味道都不一樣。」王嬸遞給葉晶瑩一個瓷罐，說，「這是我自己做的龍蝦醬，你嚐嚐吧。」

顧盛英說：「王嬸做的龍蝦醬，別處吃不到，你一定要多吃一些。」

王叔一聲不響，繞著桌子，走來走去，為兩個人的酒杯，倒滿白葡萄酒。然後走到屋角，轉動把手，上足留聲機的弦，放起唱片來。

「呀，是蕭邦。」葉晶瑩叫起來。

顧盛英轉頭看看，說：「上回那麼一次，王叔就記住了，你最喜歡蕭邦的鋼琴，所以今天專門選了播放。」

王叔站在旁邊，臉上露出淡淡的笑容，說：「希望葉小姐喜歡。」

葉晶瑩說：「謝謝你，王叔，我最喜歡蕭邦，彈鋼琴的人哪個不喜歡蕭邦，可惜他生命太短暫，三十九歲就死了。唉，三十幾歲就死去的音樂家太多了，莫札特三十六歲死了，門德爾遜三十八歲。最可憐的是舒伯特，三十一歲就死了，寫了那麼多動聽的歌，那麼多動聽的鋼琴曲。他們如果沒有年輕輕就死，能為人類創造多少無價的音樂財富呀。」

顧盛英聽著，笑起來。一講起音樂，葉晶瑩如數家珍，喋喋不休，直講到滿臉通紅，氣也喘不上來。好不容易，等到有空，顧盛英才接上話，說：「母親也特別喜歡蕭邦，她讀過許多關於蕭邦的書。」

葉晶瑩揚起雙眉，高興地說：「真的嗎？那太好了。」

「對，你見到母親的時候，要給她彈幾段蕭邦，她一定會特別高興。」

「那當然，你喜歡蕭邦麼？」

顧盛英聳聳肩，說：「我沒有你那麼多的音樂研究，不敢講懂不懂。但是我從母親的講述中曉得，蕭邦離開波蘭之後，再沒有回去過一次，最後死在法國。僅僅就這一點，我非常敬佩他。」

「是麼？為什麼？那跟我們中國人的想法不一樣，我們講究葉落歸根。」

「就是這個不同，令人敬佩。」顧盛壞說，「母親經常講，什麼叫做葉落歸根，無稽之談。像蕭邦，離開故鄉，生活在法國，但他從來沒有離開過自己的根，他一生創作波蘭樂曲，使波蘭民歌成為世界音樂的重要部分。母親講，如果根是深植在每一條葉脈之中，那麼不論那片葉子飄零何處，都沒有離開根。既然從來沒有離開過根，也就沒有葉落歸根一講。只有那麼一種人，離開故鄉之後，就忘記了祖宗，他們才會把葉落歸根的話掛在嘴邊，裝出一副可憐像來。」

葉晶瑩望著顧盛英，頗顯驚奇，說：「再次確認，你是一個哲學家。」

「那是母親講的，不是我想出來的。」顧盛英笑了，說，「母親常講，為什麼要到老死的時候，才想起要歸根？如果那麼愛故鄉，乾脆就不要離開，為什麼要到外國去？那麼愛故鄉，為什麼不趁著年輕，早些回國，跟祖國同胞同甘共苦，還要賴在外國好多年，老了才回家鄉？到底還是因為外國日子過得好吧。既然貪圖在外國日子過得好，把祖國丟到腦後了，又何必裝模做樣，到處講自己熱愛故鄉，葉落歸根。」

「聽你這樣講，真想見見她，你的母親實在是最有智慧的女人。」

「她生了兩個兒子，特別想要一個女兒，一定會特別喜歡你。」顧盛英想了想，又補充，「只怕將來更寵你，倒把我和弟弟忘了。」

「怎麼可能。」葉晶瑩應了一句，然後便不再講話，垂著眼睛，臉色微紅，像是被音樂所感動，又像是陷入對顧盛英母親的無窮想象。

在美妙的音樂聲中，他們結束了美妙的晚餐。王嬸手藝果然不凡，雖然兩個人都並不很餓，可仍然吃了不少。特別是葉晶瑩，似乎從來沒有那麼敞開肚了吃過。喝過餐尾咖啡，顧盛英領葉晶瑩走出餐廳，去看父親的書房。

那是一個四方房間，當中放個書桌，兩把座椅，兩個單人沙發。一面有窗，窗上掛了厚絨的窗帘，另外三面牆，都是頂天立地的大書架，裡面擺滿了書。

葉晶瑩看到，很覺驚訝，說：「很多人都講美國人不看書，可是看得出來，你父親很喜歡讀書。」

「父親除了跟母親在一起，其他時間都是讀書。」顧盛英說，「我從來沒有見過他閒著，無所事事。他告訴我，讀書不是苦事，而是樂事，是娛樂，是享受，所以他在這個房間裡度過的時間最多。」

葉晶瑩繞著書架，觀看上面那些書，說：「我從來沒見過有錢人怎樣生活，在美國也沒有見過。總以為有錢人滿腦子裡只有錢，沒有文化。」

顧盛英說：「父親是很有文化的人，耶魯畢業。父親的朋友們，都是很有文化的人。」

「啊呀，這麼多歌劇。」葉晶瑩突然歡叫，兩手在書架上翻動著說，「大概全世界所有的歌劇唱片，都在這裡。威爾第，普契尼，比才，羅西尼，莫札特，還有瓦格納。」

「從我記事開始就曉得，家裡人特別喜歡聽歌劇。在上海就是，只要有歌劇演出，父親母親一定去聽。到了美國，更是場場不誤。」

「我曉得，西方有地位有錢的人家，都熱心聽歌劇。」

「夏天回到美國之後，我帶你去聽紐約大都會。」

「那太好了，沒聽過紐約大都會，聽不起。」葉晶瑩說著，繼續翻動唱片，「你父親的欣賞水準很高，交響樂是貝多芬勃拉姆斯，鋼琴是蕭邦李斯特，嗯，還有拉赫瑪尼洛夫。哇，這是莫札特的《D大調單簧管協奏曲》，柴可夫斯基和門德爾遜小提琴協奏曲，都是世界第一流。天呀，《帕格尼尼小提琴協奏曲》。」

葉晶瑩抽出那張唱片，舉起來，繼續說，「這是我最愛的一首樂曲。我甚至曾經想過，如果我只能買一張唱片，我就買這張帕格尼尼。」

顧盛英從葉晶瑩手裡拿過那張唱片，放到旁邊的一架留聲機上，搖動把手上足弦，一邊說：「這樣愛法，我們就來聽聽。」

葉晶瑩站在旁邊，望著他，好像很緊張。頭一個音符剛一放出，她已經熱淚盈眶。

顧盛英看著她，沒有講話。

過了一陣，葉晶瑩說：「很久沒有聽了。」

顧盛英扶她坐到一個沙發裡，說：「那樣喜歡，卻很久沒有聽了？」

「不敢聽。」

顧盛英坐到她旁邊的另一個沙發，問：「為什麼？裡面有故事？」

葉晶瑩低下頭，聽著帕格尼尼，聽了一陣，才開始講述：「在伊斯曼讀書的時候，有個小提琴專業的美國學生，個子挺高，不算英俊，也不難看。因為他特別沉靜，從來不講話，所以更顯得普通，沒有人注意過他，更沒有女生注意他。我不知道他的名字，也沒想過要去知道，我甚至不記得是否跟他講過話，只曉得他跟我同學校讀書。畢業演奏會上，他拉這首帕格尼尼。在那之前，我完全不知道有這麼一首曲子，那時候我只關心鋼琴。那天猛然一聽，我簡直感動得要死了。當時我想，如果能夠嫁給他，別的什麼都不要求，只要他每天拉一次帕格尼尼，我就夠幸福了。那是我這輩子頭一次感覺到愛，算是初戀吧。但是我覺悟得太晚了，我早已買好第二天的船票回國，媽媽在等我，所以我只好離開美國，離開夢中的情人。在船上，頭幾天我整天哭，想他，想他的琴。船上一天到晚播放音樂，都是歌劇，或者史特勞斯圓舞曲，從來沒有播過一次帕格尼尼。過了大半個月，他才漸漸離我遠去。回到上海，我不敢再聽帕格尼尼，只怕引起傷感。你聽，帕格尼尼是不是太美了，無法述說的美麗。」

顧盛英沒有講話，只是默默地注視著葉晶瑩，看著她閉住的兩眼，眼角上不斷滲出一粒又一粒晶瑩的淚珠，輕輕滾落面頰。

兩個人靜靜坐著，直到那樂曲結束。

葉晶瑩仍然閉著眼睛，長長地吐出一口氣。

「這張唱片送給你了。」顧盛英站起來，走到留聲機邊，拿起那張唱片。

葉晶瑩聽見，抬起頭，睜開眼睛，擦掉眼角的淚，望著顧盛英，說：「你不生氣嗎？」

「我生什麼氣？送給你一張唱片，有什麼可生氣的。」

葉晶瑩苦笑笑說：「我告訴你那個故事。」

顧盛英搖搖頭，說：「那麼美麗的故事，會讓人生氣嗎？」

葉晶瑩嘆了口氣，說：「講真話，我真的很喜歡美國。」

「當然，所有的人都喜歡美國，因為在美國，人可以有美麗的夢。」

葉晶瑩點點頭，站起來，向顧盛英走過去，說：「有人講，美國夢就是花園洋房。有人講，美國夢就是豪華汽車。有人講，美國夢就是發大財。其實都是，又都不是。所謂美國夢，就是在美國，每個人都有做夢的權力，都可以毫無限制地做自己的美夢。而且只要能夠堅持不懈的努力，就有夢想成真的希望。」

「你講得太好了，我從來沒有想過這樣解釋美國夢。」

「那是因為，我太曉得了，在中國，我們最缺乏的就是夢想。或者可以講，中國人沒有做夢的權力。自古至今，中國人幾乎從來不被允許做自己的夢。」

「你的想法跟母親一樣，母親也講過這樣的話。可惜我離開中國的時候，只讀初中，對中國了解得太少。母親自小喜歡夢想，所以十幾歲離開故鄉，到上海尋求夢想。你想，電影根本就是夢的藝術，她

葉晶瑩扭著身子，說：「人家女人換衣服，你怎麼可以坐在這裡看。」

顧盛英愣了，想了想，說：「那我們最好現在不要換衣服，這麼多衣服，你要換到什麼時候，我可等不及。這樣吧，以後我們常來，每個週末都來，你有足夠的時間換衣服。這些衣服，反正母親已經穿不成，她也不會再穿，只要你喜歡，就送給你，都送給你，你不要嫌棄是舊衣服。」

葉晶瑩睜大眼睛，喘著氣，說：「這樣好的衣服，哪個還會嫌棄。」

顧盛英點點頭，說：「其實大多數衣服，母親都只穿過一兩次，並不舊。」

王叔走進屋，站在門口，說：「大少爺，羅探長電報。」

顧盛英把照相機放到身邊小桌上，從椅子上站起來，說：「我就來了，電報送到書房去。」

王叔走出去。

「剛好，你有時間換衣服了，我叫王嬸來幫你，有些衣服你大概不曉得怎樣穿法。」說完，顧盛英走到父親書房，拿起電報，上面寫著：阿四沒有捉到。

樓上傳來一陣又一陣歡笑和驚叫，王嬸幫助葉晶瑩換衣服，兩個女人在一起試衣服，是世界上最歡樂的時光。她們大概能夠這樣通宵達旦，不知疲倦。

顧盛英坐了一會，走出書房，叫：「王叔，準備遊艇，我們去遊湖。」

「我從來不曉得，西湖可以夜遊的。」當顧盛英上樓，告訴葉晶瑩他的計畫，葉晶瑩大吃一驚。

王嬸在旁邊說：「快去吧，西湖的夜景非常美，今天天又好。這些衣服你不要管，我來收。」

於是顧盛英領著葉晶瑩，乘著夜色，步行到遊艇俱樂部碼頭，登上自家遊艇，王叔搖櫓，緩緩的蕩進湖去。

天上是一輪明亮的圓月，在湖面洒下一層銀色的光芒，湖水漣漪陣陣，遠處這裡那裡，時不時反射月光，好像一些精靈在舞蹈。遊艇輕輕劃破水面，泛起微微波浪，將墜落的月光串成無數銀片，翻騰閃爍。漸至湖心，再望不見山，再望不見岸，再看不見潭影，再看不見橋形，只有沉沉的夜，飄蕩香味，令人迷醉。

蓬裡點了許多大蜡燭，燭光搖曳，浪漫而溫馨。燭下小桌上，擺了茶具和點心。顧盛英坐在桌邊軟墊上，隨著船身起伏輕輕搖晃，望著燭光下葉晶瑩秀麗的臉，聽著艙外王叔搖動船櫓有節奏的聲響。

「這真跟在夢裡一樣。」葉晶瑩說。

「因為有你，所以夢才美麗。」

葉晶瑩轉過臉，即使在淡淡的燭光裡，也能夠看到她臉上鮮艷的紅色。

「盛英，你真的對我太好了。」她說，聲音發著顫，「從來沒有人對我這麼好過，我永遠都感激你。」

顧盛英不講話，朝葉晶瑩伸出兩手。

葉晶瑩往前探探身子，被顧盛英拉住，拖到自己的懷抱之中。

他們的臉貼在一起，他們的身體貼在一起，他們的唇也貼在了一起。兩個人的呼吸都急促起來，激情爍烤著他們的胸膛。親吻漸漸猛烈，幾乎窒息呼吸。顧盛英的手猶猶豫豫的挪動著，葉晶瑩感到了，抓住顧盛英的手，壓到自己的胸上。

「晶瑩。」顧盛英喘著氣，說。

「我是你的，盛英，我是你的，今夜，全部都是你的。」

他們在船上度過了整個夜晚，只屬於他們自己的夜晚。

十八　楊格發令故意刁難　阿四現身苦情難言

顧盛英和葉晶瑩兩人，在靜靜的湖中，直睡到朝陽昇起，才醒來。

王叔在外艙睡了一夜，早上見大少爺起身，啟了錨，慢慢把船往岸邊搖。

顧盛英摟著葉晶瑩，並肩坐在窗邊，欣賞西湖溫柔甜美的晨光。

「你今天早上更漂亮了，臉上紅通通的。」顧盛英其實並沒有心思看湖光山色，一直轉著臉，注視葉晶瑩。

聽這麼說，葉晶瑩不好意思起來，扭過身子，說：「你壞，你壞，不理你，不理你。」

顧盛英伸手轉過她的臉，在她唇上吻了一記，說：「真的，你今天比昨天更漂亮了，為什麼呀？」

葉晶瑩抬手蒙著兩頰，笑著說：「不曉得，不曉得。」

「我曉得。」顧盛英把頭偏過去，嘴湊在葉晶瑩耳邊，小聲道，「因為昨夜你特別舒服，得到了最大的幸福。」

葉晶瑩再次扭轉身子，不看他，說：「不可以講的，不可以講的。」

顧盛英笑著，兩手緊緊抱住她，繼續小聲說：「你現在不再是姑娘，而是女人了，美麗的女人，幸福的女人。」

葉晶瑩忽然轉過臉來，兩眼直視著顧盛英，毫無笑意，聲音顫抖著說：「盛英，我是真心愛你，我把自己的全部都奉獻給你了，你不會拋棄我吧？」

看見她的神情，聽到她的問話，顧盛英臉上的笑容消失了，迎著葉晶瑩的目光，語氣堅決，答道：「不會，不可能，晶瑩，我發誓，今生今世，我永遠跟你在一起，海枯石爛，永遠不離開你。」

葉晶瑩聽了，眼裡充滿淚，又露出笑容。「我相信，盛英，我相信。」葉晶瑩說著，把自己一雙火熱的嘴唇，緊緊貼上顧盛英的嘴，猛烈親吻。

和暖微風，輕拂水面，浮起層層疊疊溫馨的浪花。清晨陽光，洒落天地，閃耀千千萬萬明亮的光芒。迷蒙山影，倒映湖面，蕩漾無窮無盡的夢幻。艷麗春花，盛開彩瓣，沐浴若雨若雲的甘露。

美景讓葉晶瑩品嚐從未享受的幸福，良辰令顧盛英享受出乎意料的歡樂。

王叔絲毫不打擾他們，撐著小船，又在湖裡蕩了許久，直到二人再度整衣起身，才慢慢靠岸。顧盛英和葉晶瑩兩人手拉著手，登上遊艇俱樂部的碼頭。四個眼睛凝聚一處，彷彿天地之間，只有他們兩個人，身外的世界不復存在。

「大少爺，你們先回去，準備吃早飯，我把船打掃一下，收進船塢。」王叔拴著遊艇，對顧盛英說。

顧盛英聽見，把目光從葉晶瑩臉上移開，回頭說：「你忙，王叔，我們馬上回去。」

這一撇間，顧盛英意外發現，董小霞穿著一身華貴衣裙，站在一條遊艇邊，正向船裡張望。

「哦，莊太太，你也來西湖過週末？」顧盛英想都沒有想，打個招呼。

董小霞聽見喊聲，轉過頭才看見他。她沒有想到會在這裡碰到熟人，更沒有想到會遇見顧盛英。她一手捂住胸口，說：「你嚇了我一大跳。」

「哦，對不起，莊太太。」顧盛英說著，轉眼去看董小霞注視著的那條船。

船艙裡有個人影閃過，躲開了船窗。

奇怪，那人肯定不會是莊衡，董小霞兩天前才辦離婚。那麼誰陪她在西湖過週末呢？難道董小霞也先有外遇，現在找到莊衡搞破鞋的證據，才提出離婚？顧盛英想著，搖搖頭，暗自笑笑。

「哦，莊太太。」顧盛英又問，「你哪天離開上海的呢？我昨天對白招弟講過，你會把定金送到我辦公室，沒有錯過吧？」

「沒有，沒有。」董小霞像有些不好意思，臉色微紅，移開眼睛，說，「我還沒有準備好，這兩天就送，這兩天就送。」

顧盛英聽著，覺得她聲音裡有些什麼不對頭，但沒有太多想，說：「那好，莊太太，我先走了。」

「再會，再會。」董小霞彷彿獲得解放，匆匆道了別，便往船邊走去。

顧盛英邊跟葉晶瑩走著，邊說：「什麼地方不對頭，這個莊太太。」

葉晶瑩回頭看看，轉回臉來，問：「她是哪個，你的客戶？」

顧盛英點點頭，說：「我們不提她了，我們度週末，不談工作。」

可是那由不得他，兩個人剛剛回到別墅，就接到白招弟發來的電報，說：事務所接到公共租界會審公堂通知，他們控告薛鴻七的案子，已被指定由楊格法官審理。

顧盛英放下電報紙，大聲哀嘆：「怎麼老天專門跟我作對。」

旁邊葉晶瑩聽到，看著他，問：「又怎麼了？」

顧盛英又嘆口氣，說：「楊格法官有個弟弟，前些年在美國讀書，犯了個案子，嫖妓不滿意，動手打人，被紐約警局逮捕。那時候我在紐約一個律師樓做事，楊格打電報給我，求我代表他弟弟打這場官司。我當時認為，他的弟弟品行太惡劣，嫖妓本身已屬非法，動手打人更是犯罪，沒有答應，那當然惹惱了楊格。回上海這兩年，我千方百計躲開楊格，只有一次在他面前打官司，飽受他一番捉弄。你想想，強龍壓不住地頭蛇，何況我還不是強龍，而他是名副其實的地頭蛇。我這個案子，偏偏交在他手裡辦，我的日子絕對好過不了。」

葉晶瑩說：「大家都照法律辦事，他還能把你怎麼樣？」

顧盛英搖搖頭，說：「唉，中國人哪裡有照法律辦事的。你看，他已經在給我穿小鞋了。」

「怎麼？」

「白招弟已經告訴他，我人不在上海。他偏偏通知事務所，今天下午三點鐘面談，雙方當事人都要到場。」

「你不去，會怎麼樣？」

「如果我不到場，案子只有撤銷。如果那樣，小娘舅會氣死。他盼著告倒薛鴻七，盼了十年。」顧盛英垂頭喪氣，又說，「杭州這地方不通電話，否則可以給他打個電話，商量商量。不過我想，即使打電話，也沒有什麼用。」

葉晶瑩抬手拍拍他的臉，說：「不要這樣垂頭喪氣，一點點小事，你就回上海去辦你的事情，做好了再回來。」

實在也沒有別的辦法，顧盛英只好馬上趕火車回上海，說好當晚再坐夜車趕回杭州。

葉晶瑩雖然心裡不願意顧盛英離開，嘴上卻安慰他說：「你走了，我就可以彈史坦威，我可以彈一整天，直到你回來。」

旁邊王嬸聽到，說：「葉小姐還可以繼續試穿太太留下的衣服，昨天沒有試過的，還有很多呢。」

曉得葉晶瑩在杭州不會寂寞，顧盛英便放了心，由王叔叫車送到火車站，順便給羅忠發個電報，告訴他火車班次，要他接一下，談談案情。

中午飯前，顧盛英在上海車站下了火車，羅忠見他空著兩手，便問：「怎麼沒有帶行李回來？」

「我辦好事情，晚上再回杭州去。」顧盛英回答過問題，曉得會招惹羅忠一頓責備，便不住口，馬上反問，「小娘舅，捉到豬嘴阿四沒有？」

羅忠一聽，火氣大冒，說：「沒有，那個赤佬，不曉得逃到哪裡去了。」

「只怕沒有了原告和見證人，案子不好辦。」顧盛英一邊說著，跟隨羅忠走出車站，坐上小娘舅的車。

「我曉得。」羅忠開車走著，繼續談話，「我安排了人，繼續在嘉興附近地方找，一定要把他找到。」

「而且要快，今天可能要確定開庭時間，我們拿不出證人，就麻煩。」

「我曉得。」羅忠說完，突然轉了話題，問，「我聽招弟說，你又不要控告薛鴻七派人撞你的案子了？」

顧盛英問：「你曉得了？」

「我當然曉得，白招弟一肚子火，朝我發作。」

「我在想，我們並不能確定是薛鴻七的人撞了我。」

「你有什麼別的證據麼？」

「也沒有。」

「那就好，我已經讓招弟把狀子遞進法院去了。」

「小娘舅。」顧盛英說了半句，停下來，現在再說什麼都已經白費，只好隨遇而安。

「你小子，被葉小姐搞昏了頭。」羅忠很生氣，提高聲音，說，「告訴你，這是搞掉薛鴻七的機會，我絕不輕易放棄，你最好集中精力，不要壞我的事。」

「小娘舅，你講什麼話。」顧盛英說，「你自己講，我什麼時候因為交個女朋友，耽誤過事情。」

羅忠嘆口氣，說：「我曉得，可是這個案子不同尋常，大意不得。而且什麼事情，都有開頭。你以前沒有耽誤過事情，偏偏這次開頭，把我的事情弄糟。」

「小娘舅，你的這件事情，我怎麼敢不用心做。」

「你曉得就好。」羅忠又說，「我再跟你講一次，四川女人不好惹，你好自為之，不要做得太過份，將來不好收場。」

「收什麼場？我沒有想過要收場。」

「什麼話，你以為不會有收場的一天？」羅忠說完，又補充一句，「告訴你，天下沒有不散的宴席。」

「我不曉得這次會不會。」

「我曉得，你不是那種人，跟任何一個女人都長不了，白相相，嘎鬧忙。」羅忠說完，忽然轉話題問，「你去哪裡？回家，還是辦公室？」

「就這裡下了，先去辦公室。」顧盛英說著，羅忠便把車子停到馬路邊。

顧顧盛下了車，轉過路口，走進樓門。羅忠開了車，回捕房去。

剛進門，白招弟就告訴顧盛英：「一個鐘頭前，豬嘴阿四突然來了。」

顧盛英聽了，顧不得別的，忙問：「真的？太好了，五分鐘前小娘舅還對我講，沒有捉到。」

「阿四講，沒有人捉到他，他自己偷偷跑來辦公室的。」

顧盛英左右轉著頭，問：「到這裡來了？人呢？」

「我帶到你家裡去了。」

「什麼？我家？你瘋了？」顧盛英差點跳起來。

白招弟不慌不忙，解釋說：「他簡直臭死了，到處是傷。下午要見法官，他必須先洗個澡。」

顧盛英更跳起來，大喊：「你帶他去我家，而且用我的洗澡間？」

白招弟保持平靜，說：「沒有用成，沒有熱水，他到外面洗澡堂洗的，不過是從你帳上付的。」

顧盛英鬆了口氣，問：「現在人呢？」

「在你家裡睡覺。」白招弟的聲音裡，好像有些幸災樂禍。

顧盛英又跳起來，問：「還在我家裡？你為什麼不把他趕走？」

白招弟轉過身，不再理他，說：「這是你的案子，你看怎樣辦法好了。下午要去見法官，人不能再跑掉。」

顧盛英曉得白招弟講得有道理，無可奈何，他只好趕快回家。臨出辦公室，又聽白招弟一句話：

「你記得要催一催，董小霞的三百大洋定金還沒送來。」

顧盛英張嘴想說：「她人在杭州。」轉念一想，什麼也沒說出來，便在身後關了門。他急著先要回家，只希望豬嘴阿四沒有把他家席捲一空。

結果不如想象的那麼糟，顧盛英到家的時候，豬嘴阿四還躺在他的床上，赤裸全身，睡得如同一頭豬。顧盛英氣得要命，衝過去一腳將他踢到地板上，又抬腳猛踢兩記，大叫：「起來，起來，有話問你。」

豬嘴阿四猛然之間，從床上跌到地上，昏頭昏腦，不知出了什麼事，又平白無故挨了兩腳，更加糊塗，抬起頭來，看見顧盛英站在面前，才算明白一點。

「馬上穿好衣服，下樓，有話問你。」繼續吼完，顧盛英跑到書房，給羅忠打電話，報告豬嘴阿四在自己家裡。

羅忠聽完，說：「我馬上就到，非把那癟三痛打一頓，消消氣不可。」

顧盛英放下電話，轉過頭，見豬嘴阿四走進書房，又跳起來，揮著手大叫：「哪個讓你穿我的衣服。」

豬嘴阿四身上穿的，是顧盛英的一套咖啡色西裝。那是顧盛英回上海之前，母親怕他太洋派，惹出事端，逼著他到紐約唐人街，找了個中國裁縫訂做的，說是上海最時興的樣式。顧盛英非常厭惡這套西裝，覺得粗俗不堪，雖然帶到上海，卻沒有碰過一次。不料顧盛英臥室壁櫥裡衣服數十套，豬嘴阿四偏偏拿這一套穿在身上，可見紐約唐人街裁縫確是符合上海小市民或者小癟三的口味。

豬嘴阿四哭喪著臉，說：「我沒有衣服穿，大姐把我的衣服都丟到垃圾箱裡去了。」

顧盛英轉念一想，心裡又暗暗高興。把豬嘴阿四擅自拿來穿過的情況，對王叔王嬸一講，他們肯定同意把這套衣服丟掉，再對母親交代，也名正言順。於是他坐到椅子上，不再囉嗦衣服，說：「我看見你偷坐火車，被人追殺。你居然想逃出上海，膽子不小，你也不想想，你逃得出去麼？」

說著，顧盛英又想到，王叔王嬸回上海後，要請他們把床上的床單被褥全部換新，豬嘴阿四睡過的那一套都抱去送給教堂。即使如此，他想起來，還是覺得噁心，心想一個禮拜不能睡那個床，要去沙遜大廈租個房間，他的想法突然被豬嘴阿四的聲音打斷。

「顧先生，我餓死了，一天一夜沒吃飯了。你家裡有沒有吃的東西，填填肚皮。」豬嘴裡四哭喪著臉說。

顧盛英又嘆口氣，說：「跟我到廚房來找。」

兩個人進了廚房。豬嘴阿四把前兩天葉品瑩做好剩下的幾個菜，全部收攏一起。家裡兩天沒人，冰鍋冷灶，無法溫熱，豬嘴阿四不管，狼吞虎咽，吃個精光。然後站起身，舉起身上西裝袖口抹嘴巴，顧盛英看了，趕緊閉起兩眼，為自己那身衣服被如此糟蹋而憤憤不平。

這時羅忠疾步趕進門，衝進廚房，見到豬嘴阿四，舉手就是兩記大耳光，打得豬嘴阿四暈頭轉向。

「羅探長，你怎麼可以隨便打人？」

「打你？那麼輕巧。如果我在嘉興捉到你，早剝了你的皮。」羅忠又抬起手。

豬嘴阿四急忙蹲下身，藏到桌子底下。

「你差娘的還敢逃跑。」羅忠繼續罵，「用你的豬腦子想想看，你能夠逃到哪裡去？你本事再大，逃得出如來佛的掌心麼？」

「沒有，羅探長，冤枉啊，我哪裡敢逃出羅探長的手心。」豬嘴阿四仍舊躲在桌子下面，哀叫，「可是如果被鴻爺的人捉到，我保證沒命的。」

顧盛英說：「你出來，跟我們講，到底怎麼回事。」

羅忠坐到桌邊，說：「有茶嗎？喝一杯。」

顧盛英說：「沒有灶火，怎麼燒茶。」

豬嘴阿四膽戰心驚，從桌子底下爬出來，遠遠坐到桌子角上。

「講。」羅忠吼一聲，滿屋人都嚇一跳。

豬嘴阿四趕緊開口：「我曉得你們告了鴻爺，一定沒我的好處。我找俞二丹想辦法，看看怎麼能夠逃跑。鴻爺的人聽見風聲，馬上趕到，把我們兩個一道捉了去。我親耳聽見鴻爺安頓，讓俞二丹帶了家人，坐船到香港躲一躲。我以為鴻爺也會讓我跑掉，可是我沒那麼運氣，在鴻爺府上，先挨了一頓打，你們看。」

說著，豬嘴阿四拉起身上顧盛英衣服的袖口，露出臂上的傷，又彎下腰，解開褲帶，準備暴露身上的傷。

顧盛英忙阻止：「算了，算了，我們曉得了，不用看，你接著講。」

豬嘴阿四束好衣服，繼續講：「打過以後，我聽見鴻爺告訴阿發，天黑之後開車帶我到遠處去料理了。我曉得鴻爺那是下令，把我殺了。可是我兩個手都綁牢，塞在車子座位上，想逃也沒辦法逃。天黑以後，阿發開車，離開上海。我想，總歸不過是個死，不如跟他拼了。那時候我只有腿能夠動，就從座位靠背旁邊，拼命去踢前面的阿發。他一面開車，一面抵擋我的腳，走了一陣，他把不住，車子衝出馬路，撞到樹上。車子開得快，撞得狠，阿發碰死了，滿頭是血，一動不動。我因為塞在後面座位，倒算走運，只昏過去，沒有死。不曉得過了多久，我醒來，爬到前面座位，摸到阿發身上的刀，自己割斷繩索，逃出一條性命來。」

羅忠不聲響，看看豬嘴阿四額頭上的傷疤，顯然是激烈相撞造成的，相信了他的話。

「你怎麼跑上火車？」顧盛英覺得奇怪，就豬嘴阿四那副尊容，一進火車站乘客們就要嚇得亂叫，喊警察把他捉進牢裡去了。

豬嘴阿四喘口氣，繼續，「我從阿發的汽車裡爬出來，不敢走大路。曲曲彎彎，爬了一陣，看見火車道，就跟著走，後面來了一部火車，我站在旁邊，見火車開得慢，就趴上去。管他去哪裡，總比走路快些。」

「現在怎樣？還想逃跑麼？」羅忠突然大聲問。

豬嘴阿四連忙說：「不敢，不敢。」

顧盛英看看手錶，說：「等一等羅探長載我們到公共租界會審公堂，見楊格法官，定出開庭審案的日子。在那之前，你老老實實坐在這裡，一步也不許出去，聽到沒有？」

「聽見，聽見。」豬嘴阿四點點頭，回答。

顧盛英想了想，又說：「你現在到後面汽車庫，坐在那裡等。不許再去我的房間，聽見沒有？我和羅探長有話講。」

豬嘴阿四順從地站起來，往房子後面走。走了幾步，又回轉身，問：「我可以在那裡躺下睡麼？幾夜沒有睡覺，瞌睡得要命。」

「等一下要去見法官，你身上衣服不可以弄髒。」顧盛英講過之後，又想了想，說，「你去看吧，車庫裡有幾把椅子，你拼起來，可以睡在上面。」

豬嘴阿四聽了，喜笑顏開，連連點頭，說著：「太好了，太好了，我去，我去。」走出後門，到車庫去了。

羅忠拿出香煙，放在嘴裡，又罵一句：「差娘的小癟三。」

顧盛英搖搖頭，說：「算我倒運，白送他一身衣服。」

「他真睡在那裡，還倒好了，不怕他再跑掉？」

「不會的，車庫門有鎖。王叔去了杭州，走之前一定是裡外都鎖好了的，他絕對打不開。」顧盛英說完，站起來，匆匆走到後面，把通往車庫的房門也鎖好，再走回沙發坐下，對羅忠笑笑，說，「這樣他哪裡也跑不出來了。」

「既然他跑不掉了，我們也不必守在這裡，到哪裡去吃中飯？」

「對，我肚皮也餓了，不過最好先發個電報給杭州。我從火車站直接奔到辦公室，還沒有來得及通知杭州，王叔他們要著急的。」

「算了吧，是那位葉小姐要急死了。」

顧盛英不理會羅忠的奚落，走上樓梯，進了書房，給電報局打電話，請他們代發電報給杭州。講著話，顧盛英眼前好像顯出葉晶瑩在母親臥室裡換衣裙的神情模樣，耳邊彷彿聽到她驚喜的呼叫。真遺憾，他不能在跟前，分享她的歡樂。

發過電報，顧盛英走出書房，在二樓叫：「小娘舅，我要換件衣服，坐了一路火車，身上不舒服。」

羅忠沒有回答，顧盛英也不在乎，走進自己臥室，匆匆脫下裡外所有衣服，丟在臥室的沙發上。王叔王嬸換過床單被褥之前，他決計不碰那床。然後他從衣櫃裡取出一件漿過領口的白襯衫，選了一條湖藍色的巴黎領帶。今天他喜歡藍色，西湖的顏色，裡面攙和著葉晶瑩的美麗。最後他穿上一身乳白色的英國畢磯西裝，一對白色的義大利皮鞋。對著鏡子照過，覺得滿意了，顧盛英才下樓。

回到客廳，羅忠已經不在，茶几上留個紙條：你這個電報打了一點鐘，我要餓死了，只好先走。到紅房子來找我，快些，三點鐘要見楊格法官。

顧盛英丟掉紙條，笑了一下，走出大門，到紅房子去會羅忠，吃中飯。

十九 會審間證人再失蹤　離婚時夫妻又和好

下午三點差十分，羅忠的車子趕到公共租界會審公堂大門口，顧盛英緊拉著豬嘴阿四，一道下了車。羅忠重新開車，回匯司捕房。

顧盛英在馬路邊上站住，最後看看豬嘴阿四身上的那套咖啡色西裝，嘆了口氣，抬腳走進門去。上了樓梯，左手邊是楊格法官的辦公室。顧盛英敲敲門，聽見裡面女聲應道：「請進。」便拉著豬嘴阿四，推開門，走進去。

門裡坐著一個秘書小姐，笑容可掬地望著顧盛英：「請問，先生找哪個？」

顧盛英也笑笑，客氣地說：「我叫顧盛英，跟楊格法官有約，三點鐘。」

「哦，是的，楊法官講過了，請顧先生直接到會議室去，莊先生已經來了。另外，你的當事人請先在那邊等候室裡面坐一坐，叫的時候再進去。」

「好的，謝謝你。」

顧盛英說完，拉著豬嘴阿四，順著小姐所指，走過一側，推開另一道門。一剎那，豬嘴阿四渾身一機靈，馬上站住，問：「哪裡有馬桶間，我要撒尿。」

秘書小姐聽見，臉上一紅，抬手指指，說：「洗手間在那邊。」

豬嘴阿四看了一眼，急忙點點頭。

「你怎麼搞的，懶驢上磨屎尿多。」顧盛英講著，推開等候室的門。這時才看見，房間裡面坐著一個人，膀大腰圓，滿臉橫肉，穿一身筆挺的黑色西裝。再細看看，似乎面熟，大概在哪裡見過，可是大概僅僅一面而已，記不清了。

顧盛英回過身，發現豬嘴阿四沒有跟進來，便只好又走出去尋找。

豬嘴阿四站在走廊裡，哭喪著臉，小聲說：「看到麼？那個是阿牛。」

顧盛英於是明白，那條大漢是薛鴻七的打手之一。幾天前在芳沁苑見過，因此發生了所有這一切。如果被阿牛看到，豬嘴阿四一定會被打死，至少是半死。

沒有辦法，顧盛英想了想，只好說：「你跟我來。」然後領了豬嘴阿四，朝前走幾步，看見旁邊一個辦公室空著，便推開門，讓豬嘴阿四進去，對他講：「你老老實實坐這裡等，不准亂跑。你若是跑出來，被阿牛看見，就沒有性命了。你記得，阿發是你弄死的，阿牛一定要為阿發報仇。」

豬嘴阿四聽了，渾身打著抖，連聲說：「我曉得，我曉得。」

秘書小姐敲敲房門，走進來，說：「顧先生，時間到了，楊法官在等你。」

顧盛英趕緊轉身，走出房間，關了房門，說：「是，是，對不起。」然後隨著秘書小姐，走進會議室門。

會議室裡只有兩個人，長桌頂頭是法官楊格，穿著棕色西裝，滿頭白髮。右邊是莊衡，穿著藏青色西裝，油頭滑腦。

「楊法官，你好。」顧盛英說著，走到會議桌頂頭，欠著身子，伸手到楊格法官面前。

楊格法官沒有站起來，看著顧盛英身上的衣服上下打量一番，伸手敷衍地握握，說：「顧先生請坐。」

顧盛英繞過桌子，坐在莊衡對面。他懶得跟莊衡打招呼，甚至看也沒有看他一眼，心裡卻思索早上在杭州碼頭上碰見董小霞的情況。莊衡現在坐在面前，顯然早上在西湖邊小船上的那人必不是莊衡，所以可以肯定董小霞有自己的相好，莊衡戴著綠帽子。顧盛英想著，暗暗笑笑，甚至把眼光掃過對面莊衡的頭頂，好像真的可以在那裡看到一頂綠色帽子。

莊衡顯得似乎什麼事都沒有發生，笑眯眯打招呼：「顧先生好。」

顧盛英仍然不理會他，只是低了頭，把自己的公文包打開，從裡面取出文件夾，放到面前桌上。

楊格法官首先開口：「顧先生，談談你的案子吧。如果今天確定案子能夠成立，我們就定明天開庭審理。」

顧盛英聽了，心裡一驚，臉上卻不流露，反問道：「楊法官的通知上說明，案件雙方所有當事人都必須到場。可是我沒有看見被告在場，我控告的是薛鴻七。」

不等楊格回答，莊衡搶著說：「在下是薛先生的全權法律代表。」

楊格接著說：「實際上，我這裡有顧先生提出的兩項控告，都是指控薛先生的。一是指控薛先生指使手下謀害阿四案，一是指控薛先生派人撞傷顧先生案。顧先生今天準備討論哪一件案子？」

顧盛英看著楊格，問道：「這個會議是楊法官通知召開的，我想請問楊法官準備討論哪一件案子」

莊衡忽然插話說：「事實上，顧先生所提出的這兩項控告，因為證據不足，也找不到當事人，都不能成立，我提議，全部撤銷。」

顧盛英說：「哦，莊先生怎麼曉得我證據不足，找不到當事人？」

莊衡說：「顧先生提出的第一個案子，所謂受害人阿四在哪裡？沒有阿四出庭，案子恐怕沒有辦法成立。」

顧盛英笑了笑，說：「莊先生怎麼曉得阿四不會出庭呢？」

莊衡更加得意，險些要翹起二郎腿來，看楊格法官一眼，打消了那念頭，說：「那麼他人在哪裡呢？」

顧盛英也微笑一下，說：「阿四眼下就在這個會議室外面等候，楊法官的秘書小姐講，要他先在外面等一等，叫他進來時，才可以進來。」

這個回答，讓莊衡大出意外。不過他只愣了一愣，便恢復常態，說：「該案的另一當事人俞二丹，我想問問看，是否也在外面等候？」

這倒讓顧盛英一下子回答不出，想了一下，說：「莊先生心裡有數，薛先生已經把他送到香港去躲避了。」

莊衡馬上說：「顧先生提出藏匿當事人這個新的指控，有什麼證據？如果拿不出證據，就是誣陷，我要求楊法官主持公道，給個說法。」

楊格插話說：「我們究竟是討論第一項控告，還是討論第二項控告？」

莊衡說：「楊法官，顧先生提出的撞人案件，其實沒有明確控告何人開車撞傷了他。既然指不出肇事者是誰，他沒有理由指控該項車禍事件與薛先生有關。所以我建議，我們暫時先將此案放一放。」

楊格轉頭看著顧盛英，問：「顧先生有反對意見嗎？」

「沒有。」顧盛英回答。

楊格便說：「那麼關於第一個案子，兩位先生有什麼話講。」

莊衡又一次搶著說：「顧先生指控的當事人阿牛，就在外面等候，我們可以請他進來說明，事實是否真如顧先生的訴狀所說。」

楊格點點頭，說：「傳他進來。」

莊衡站起，走出去，叫一聲：「秘書小姐，請把等候室的阿牛叫進來。」

秘書小姐答應一聲，隨後聽見高跟鞋敲打地板的答答聲。

莊衡走回桌邊，剛剛坐下，秘書小姐便敲門進來報告：

「先生，等候室裡沒有一個人，先生叫的阿牛不在。」

莊衡皺起眉頭，想了一想，說：「楊法官，阿牛剛才在等候室，不知出了什麼事情，他不在了。我建議會議暫停，明天也不要開庭，給我幾天時間，讓我查出究竟發生了什麼。」

楊格轉頭，看著顧盛英，說：「顧先生什麼意見？」

顧盛英本來想自己提出延期開庭，現在莊衡先提出來，他當然沒有反對意見。於是雙方協議，五天以後開庭。

走出會議室，顧盛英匆忙走去剛才藏匿豬嘴阿四的那間辦公室，發現裡面也是空無一人，豬嘴阿四再次失蹤。

顧盛英頓時又氣又急，趕到前面門廳，問秘書小姐：「你看見我的當事人什麼時候離開的？」

秘書小姐嚇了一跳，滿臉通紅，站起來，說：「哪個是你的當事人？」

「那個，那個。」顧盛英急不擇言，匆忙說，「就是那個豬頭豬腦豬嘴巴的，穿的咖啡色西裝。」

「哦，那個人。他沒有走呀，我沒有看見他離開。哪個都沒有離開，一個人都沒有從這裡走出門。」

顧盛英不知該講什麼，甚至不知該想什麼。他站在那裡，發了一陣愣，無可奈何，只好垂頭喪氣地走出會審公堂。

回到辦公室，顧盛英馬上給羅忠打電話，報告情況。一句話沒講完，羅忠就罵出粗話來。顧盛英也從電話裡聽見，羅忠在捕房大拍桌子。總算好，豬嘴阿四才溜掉半個鐘頭，沒有跑遠。不過他穿了顧盛英的一套西裝，人模人樣，也說不定能夠混上個什麼車子，溜之大吉。

羅忠顧不得多講電話，急忙掛斷，安排巡捕四處搜查豬嘴阿四，三天之內，務必捉拿歸案。

顧盛英坐著發了一陣呆，曉得如此一來，他今天晚上斷然回不了杭州，即使有時間，他也沒有那個心情。他拿起電話，又給電報局打電話，請他們再發一個電報到杭州，通知葉晶瑩，他今晚不能回去了，只好明天再見。

見顧盛英臉色不好，白招弟不來招惹他，從他走進辦公室，一直沒有跟他講話，甚至不進他的辦公室。

顧盛英打過幾通電話，坐著無聊，便叫：「招弟，你今天這麼安靜，沒有事情要交代麼？」

白招弟走進門，看著他，說：「沒事。沒有錢付賬，辦公室眼看就關門，還有什麼事要做。」

顧盛英聽了，嘆口氣，說：「不是講過了，董小霞馬上就會送定金嗎？」

「在哪裡？我給她打了五次電話，一分銅錢也沒送過來，耍什麼花樣。」

「你放心，不必急，過一兩天，如果她還不送來定金，我親自去找她討。」

白招弟從來沒有聽過顧盛英做這樣的保證，有些奇怪，問：「你曉得到哪裡去跟她討？」

「小娘舅早就告訴我了，她住在華安大廈。」顧盛英忽然問，「那地方你進去過嗎？沒有？想去看看麼？那麼你去幫我討定金吧，順便進去看看西洋景。」

白招弟低頭看看自己身上，說：「我不去，到那種地方去，我穿這樣衣服，要被人笑。」

「怎麼可能，你跟我一道去，哪個敢笑你。」

「真的麼？」白招弟聽了，笑了。

看見白招弟高興起來，顧盛英也就放下心來，他很怕招弟發脾氣，這個律師樓的家，是白招弟在當著。

電話鈴響起來，白招弟急忙往外間趕，顧盛英說：「不急，我自己接了。」是羅忠打來的，已經安排好天羅地網，保證明天之前捉到豬嘴阿四。講過之後，羅忠又約顧盛英晚上到芳沁苑吃飯，看來他心情似乎好了一些。顧盛英本來沒有那份心情，但是王叔王嬸都還在杭州，回到家裡也沒什麼可吃，便答應了。

老闆娘艾文秀今天不在店裡，於是少去許多說笑，也少了許多應酬，芳沁苑彷彿比平時安靜。

顧盛英顯得很沉默，不言不語，無精打采。羅忠作主，點了酒菜。

「算了吧，沒有那麼了不得。」羅忠拿出煙斗，勸顧盛英說，「這次我安排了，捉到豬嘴阿四，就藏到一個安全地點，開庭之前，不讓他露面。我已經派人，去找一個祕密地點。」

顧盛英點燃手裡的香煙，抽了一口，說：「我不是煩這件事，我曉得你一定捉得到那癟三。我是煩莊衡太太董小霞，她前兩天來找我辦離婚，講好先付二百塊大洋定金，到今天也沒送來，白招弟等著錢付賬，天天對我喊，我有什麼辦法？」

羅忠擺擺手裡的煙斗，說：「我以為什麼了不得，就這件小事？我勸你不必再忙了，趕緊另做主張。那樁離婚案沒有了，董小霞已經跟莊衡和好，還一起到杭州去度假。莊衡的嘴皮功夫不錯，能把死人講活過來。」

「你怎麼曉得？」

「我是做什麼的？忘記了？我是捕房的探長。」

顧盛英先還有點驚異，隨後明白過來，說：「難怪呢，今天早上我在杭州碰見董小霞。沒想到，當時在船裡躲的，竟然是莊衡。他動作倒蠻快，下午也趕回來。」

羅忠說：「既然莊衡下午在上海，董小霞也大概回到上海了。」

顧盛英點點頭，自言自語：「看來我的定金沒有了。」

「想想正經事吧，不要總想鑽空子找捷徑，錢沒有那樣好賺的。」羅忠說，「還是集中精力辦理控告薛鴻七的兩樁案子，即使不賺錢，至少為民除害，名正言順，功德無量。」

顧盛英想了想，忽然說：「小娘舅，跟你講一件事，我想撤銷被摩托車撞傷事故的控告。」

羅忠一驚，忙問：「為什麼？」

「證據不足。」顧盛英見羅忠要插話，忙對他搖搖手，說，「小娘舅，我從一開始就懷疑，那件事或許不是薛鴻七做手腳。」

羅忠打斷他，說：「除了他，還會有哪個？大上海裡，你跟多少人有仇？多少人想置你於死地？」

顧盛英停頓片刻，放下筷子，開始講：「小娘舅，我猜到一個人，他叫潘承道。他有可能要撞我個殘廢或者死亡，他有動機，也有手段。」

「你說哪個？潘承道？」羅忠好像不相信，問，「潘承道？那個飛車走壁大師？天下第一騎，上海第一勇？」

顧盛英點點頭，說：「就是他。」

「那個救過比利時國王一條性命，受頒比利時爵士的潘承道？」

羅忠講的是幾年前在上海發生的一件大事，比利時國王訪問上海，返回歐洲時，機場發現空中意外情況，可比利時國王的專機已經上了跑道，就要起飛。機場人員急得要命，潘承道剛好在場，二話不說，騎上摩托車，疾馳而去，一路上飛躍數道障礙，及時趕到飛機前，迫使停止，免除一場國際大事故。因為這件事，比利時國王專門請潘承道到比利時去，頒發獎章，授給他比利時男爵爵位。

「你怎麼會認識他，他為什麼要撞你？」羅忠還不甘心，繼續詢問。

於是顧盛英大略講了講葉品瑩的故事，然後說：「如果真的看見我跟葉小姐在一起，他擔保要害我。也許他不一定是要害我，而是要害葉小姐。他不會讓葉小姐得到幸福，也怕葉小姐把他的醜事張揚出來。」

羅忠搖搖頭，說：「這個故事，太離譜了。那麼一個大英雄，怎麼會隨便殺害女人，還會吃醋，加害他人，實在難以相信。」

「我想過很久，覺得蠻合理。」顧盛英說，「潘承道飛車走壁，真的絲毫沒有恐懼麼？他也是人，我相信，他心裡面一定也會覺得怕。」

羅忠明白了他的意思，問：「所以每場表演之後，他就要發瘋。強姦女人，甚至殺人，就是他釋放恐懼的方法？」

顧盛英點點頭，說：「潘承道是個敢冒險的人，對不對？他敢飛車走壁。自己的性命都不大要緊，別人的性命他還在乎麼？」

羅忠想了想，說：「這件事情不難，我打個電話，讓捕房查查看，你被撞那天的中午，潘承道在哪裡，有無證人就好了。」

顧盛英聳聳肩，沒有作聲。

羅忠站起，走到酒台前，向服務生要了餐廳電話，打給捕房。幾句話講完，他一轉身，碰到顧盛英：「你要做什麼？」

「我也打個電話。」

「給誰？」

「董小霞。」

「還不死心？」

顧盛英不回答，撥了電話。華安大廈前台接了，說莊太太不在房間，顧盛英沒有辦法，只好留話，請莊太太打回電給顧盛英律師事務所，然後放下電話。

羅忠不耐煩地勸：「跟你講，算了。」

顧盛英無可奈何，說：「看來我還是只有再賣股票來付帳。」

他們走回自己的桌子，吃了幾口飯，酒台服務生走來，說：「羅探長，捕房電話。」

羅忠趕緊走到酒台前，拿過電話聽了半分鐘便掛斷，謝過服務生，然後走回桌邊坐下，對顧盛英說：「他們已經查出來了，你被撞那天，潘承道中午在車場練習表演，有十幾個人在場做證。」

顧盛英皺緊眉頭，不言語。

羅忠又說：「可以斷定，還是薛鴻七派人對你下手，目的是終止控告他迫害豬嘴阿四的案子。」

葉晶瑩忽然推門進來，左右一看，很快走到他們桌邊。

顧盛英驚得跳起來，問：「你怎麼回來了？」

葉晶瑩伸手抱住他，盯著他的眼睛，說：「我想你了。」

二十　遠鄉藏人戒備森嚴　三度失手防不勝防

第二天一早，顧盛英的美夢被電話鈴打碎。他哼哼著，不想起來接。

「大少爺，接電話吧。」一個動聽的聲音在他耳邊響，一股迷人的香味彌漫他的鼻孔。

顧盛英猛吸一口，說：「好香呀。」然後睜開眼，轉過頭，看見葉晶瑩躺在他枕邊。

昨晚回到家，王叔王嬸不在，葉晶瑩動手，把顧盛英床上被褥全部換過，兩個人同床睡了一夜。

電話鈴仍然響著，可顧盛英不理會，轉身摟住葉晶瑩赤裸的身體，說：「昨天晚上你可真行，比在西湖那兩次做得更好，我從來沒有這麼舒服過。」

葉晶瑩紅了臉，推著他，說：「這種事情也好意思講出口，臉皮那麼厚。」

電話鈴一直不停地響。

顧盛英把葉晶瑩摟緊，嘴貼在她耳邊，說：「我又想要了。」

葉晶瑩臉更紅了，把頭鑽進顧盛英的胸脯，不講話，只是笑。

顧盛英繼續摟緊著葉晶瑩，兩手在她後背不斷撫摸。

葉晶瑩終於拿開他的手，在耳邊說：「接電話，也許是羅採長。」

顧盛英沒有辦法，只好放開葉晶瑩，坐起身來，長嘆一口氣，拿起床邊小桌的話筒，說：「請問哪一個？」

羅忠連招呼也不打，直截了當說：「我們捉到豬嘴阿四了，現在藏在西郊一座民宅裡，避免外界知曉。」

顧盛英抽了一口氣，趕緊說：「你派人保衛著嗎？」

葉晶瑩看見他緊張的模樣，便自己悄悄起身，披上睡袍，輕輕下了床。

「當然，你以為我不曉得事情的嚴重？」羅忠說，「我派人找的地方，又派人送他過去，現在有兩名紅頭阿三守著。」

顧盛英鬆了口氣，說：「那就好。」他看見葉晶瑩繞過床頭，朝她揮手，要她停下。

羅忠說：「問題是我不能派人一天二十四小時守著他。我們捕房人手一直不夠，上頭問下來，我沒辦法交代。」

葉晶瑩搖搖手，指指他手裡的電話，頭也不回，開了門，走出去。

顧盛英無可奈何，垂下頭，聽電話，說：「我們找個私人保鏢吧。這次我們不能再丟了他。小娘舅，你是捕房探長，應該認識不少私人偵探吧？」

「我想過了，以前也有過差不多的情況。曾警官退休之後，每次我需要，都是找他幫忙。」

「這是個好主意，我們就請曾警官。」

「請曾警官，要花錢的。」

「那沒問題，我來付。」

「你昨天還在發愁，沒有錢付帳，今天還敢夸大口？」

「這件事要緊，傾家蕩產也要做的。」

聽了顧盛英這句話，羅忠很高興，說：「曾警官是個很公正的人，不會敲你竹槓。」

「我曉得，上次拍莊衡的照片，報紙給錢多了，他還退掉我們付的款。」

「我現在給他打電話。除非他有特別的事，或者人不在上海，他一定幫忙。」

「跟他約好時間，你來接我，我們去接了他，一道去西郊。」

羅忠答應了，掛斷電話。

顧盛英放下話筒，才忽然想到，今天電話裡，小娘舅居然沒有提一句關於葉晶瑩的話，他當然曉得昨晚葉晶瑩在他家裡過夜。

他還想著，葉晶瑩端了早餐托盤，走進房門，說：「電話打完了，吃早飯，吃過了好出門。」

「出門去哪裡？」

葉晶瑩一邊在床上安排早飯，一邊說：「電話不是叫你出門麼？」

顧盛英見葉晶瑩弄妥了，便摟住她，說：「我哪裡也不去，就在家裡陪你，好不好？」

「男子漢大丈夫，沒出息。」葉晶瑩羞著他的臉說。

顧盛英腦子一轉，記起小娘舅說過的話，四川女人會管男人。但是看著眼前美艷如花的葉晶瑩，管人的時候也顯得嫵媚，讓人不僅不覺得委屈，反而高興。就算讓她管，也心甘情願。那麼美麗的女人，想被她管，大概也不容易呢。

正想著，電話鈴又響了，顧盛英皺起眉頭。

葉晶瑩瞪他一眼，伸手拿起話筒，塞進顧盛英手裡。

顧盛英只好把話筒放到耳邊，問：「你好。」

羅忠說：「跟曾警官講好了，半個鐘頭我到你家，接了你去找他。你快起來吧，不要跟葉小姐沒完沒了的。」

小娘舅到底忍不住，還是要點他一句，而且專門跟他過不去，半個鐘頭就來接他走。顧盛英掛斷電話，嘆了口氣，無可奈何地說：「早飯吃不成了，小娘舅半個鐘頭就來接我，我還得去洗個澡。」

葉晶瑩說：「快去吧，水都燒好了。我給你裝個飯盒，你可以在車上吃。」

顧盛英跳下床，抱住葉晶瑩，親了一口，說：「你可真會體貼人，也真會辦事。」說完奔出房門，到洗澡間去了。

顧盛英和羅忠兩人，接了曾警官，一起到藏匿豬嘴阿四的地方。雖然最近才合作，拍莊衡照片，在報紙發報道等等，顧盛英跟曾警官通過幾次電話，但兩個人卻是頭一次見面。

曾警官其實才五十多歲年紀，因為腿上有槍傷，所以提前退休，拿著全額退休金，另外再做私人偵探的生意。在顧盛英看來，他一點沒有警官的樣子，個子不高，塊頭不大，頭髮有些花白，神情也相當衰老。真想不出，他怎麼調教出羅忠那麼能幹的探長，而羅忠又怎麼會那麼崇拜他。據羅忠說，當年他是全上海最出眾的警官，黑道上的人，對他的名字聞風喪膽。不過顧盛英看見，曾警官身上的手槍，倒真是很大號的，看起來蠻嚇人。

羅忠車開得很快，七轉八轉，出了城。顧盛英一門心思注意和分析身邊的曾警官，沒有怎麼看路。不知不覺，到了地方。

那是個很小的村落，道路泥濘，房屋歪斜，十分破敗，前後不見人影。

「想不到上海城外也有這樣的地方，你怎麼找到的？」顧盛英看著窗外，驚異地問。

羅忠說：「你以為上海到處都是霞飛路那樣繁華麼？」

顧盛英說：「對比也太強烈了，真是朱門酒肉臭，路有凍死骨。」

羅忠說：「算了，那套悲嘆發了三千年，中國還是沒有好起來。」

曾警官插話說：「這一路，我沒看見有人跟蹤。」

「我也沒看見。」羅忠說，「我特別多轉了幾個彎，確認沒有人跟蹤。」

說著話，他們在一所很普通的農居前停下車。房子的窗口顯出一個人形，緊接著，門開了，一個高大粗壯的紅頭阿三走出來，對羅忠敬禮，用英文說：「報告探長，這裡一切正常。」

另一個年紀稍長的紅頭阿三也跟出門，對羅忠敬禮，然後說：「曾警官，你也來了。」

出乎意料，曾警官居然也講英文，答說：「還認得我，阿運。」

顧盛英聽了，又吃一驚。上海可真是華洋混雜，中國警官講英文，印度巡捕叫阿運。顧盛英想著，卻沒有問出口，眼下不是聊閒天，講歷史的時候。

一群人相跟著，走進房子，在身後關了門。

羅忠用英文問：「豬嘴阿四呢？」

年長的紅頭阿三回答：「在後面灶房裡，對他講了，不許亂走。」

曾警官不講話，徑自走到後面去查看。

羅忠對身邊兩個印度巡捕說：「你們可以回去了，照常值勤。曾警官留在這裡頂替，看管豬嘴阿四。」

「是。」兩個巡捕同時回答，立正敬禮。

「你們先走吧，我等一等再離開。」羅忠下令。

兩個巡捕應了一聲，走出門，繞到房子後面，開了他們的車，迅速離開。

羅忠和顧盛英走到後面灶間，見豬嘴阿四坐在牆角一個小木凳上，額頭血跡未幹，雙手縮在胸前，仍舊穿著那件咖啡色西裝，渾身泥污，衣襟也扯破了。

豬嘴阿四見羅忠走進來，有點驚慌，掙扎一陣，到底沒有站起來。

曾警官坐在灶台上，抽著香煙，見羅忠進來，便站起身，說：「你在這裡，我到前面去照看。」說完，走到前面房間去了。

看來曾警官確實很有經驗，也很小心，顧盛英心想。

羅忠站著不動，看著曾警官走出去，然後邁過幾步，抬腳對準豬嘴阿四的肩膀，狠狠的一腳。豬嘴阿四被踢得飛起來，跌到牆角，慘叫一聲。羅忠趕上去，左手一把揪著豬嘴阿四的衣領，把他拖起來，右手開弓，猛抽他幾記耳光，立時打得他兩邊面頰都腫起來，嘴角流出鮮血。

豬嘴阿四衣領被揪緊，躲閃不開，只有挨打，連聲慘叫。前面曾警官好像估計到會發生什麼，充耳不聞，沒有走到灶間來干涉。

顧盛英看不過眼，上前勸阻：「算了，小娘舅，打幾下，出出氣就算了，打壞了沒辦法出庭。」

羅忠這才鬆了手，豬嘴阿四抖著兩腿往下倒的當口，羅忠又抬腿踢踏一腳，把他踢得滿地一滾，啃了一嘴泥。

豬嘴阿四掙扎著，坐起來，兩個手抹著嘴邊的血，滿眼驚恐，盯著羅忠。

羅忠拍拍手，轉身坐到灶台邊，大聲問：「講吧，怎麼回事。」

豬嘴阿四抬起頭，哭喪著臉，抖著嘴唇，問：「羅……羅……講什麼？」

「從頭講，為什麼從會審公堂逃跑？」

豬嘴阿四磨蹭了一陣，終於不得不開口，說：「我跟顧先生到……到了會審公堂，阿牛也在那裡。他看見我，還有我的活路麼？鴻爺交代了，要結果我的性命。所以……所以……顧先生走掉，我就開窗逃命。」

看見豬嘴阿四停了話，羅忠又問：「後來呢？」

「我看見，阿牛也從窗裡跳出來追我。」豬嘴阿四接著講，「可是到底給我跑掉了。我想，他們曉得我還活著，人在上海，一定不放過我。我現在無處可逃，只好自己去捕房報警。」

羅忠丟掉煙頭，吼一聲：「你斷定，阿牛他們還會找你？」

「一定的，他們不肯死心。」豬嘴阿四連連點頭，只怕羅忠不相信，急忙又說，「羅探長，你們一定要保護我的性命。」

羅忠從灶台上站起來，說：「就要開庭審案，你必須到場，哪裡肯被你再跑掉。你就躲在這裡，不許出門，聽見沒有。」

曾警官走進來，羅忠轉過頭，說：「我們現在講清楚，開庭那天，我派車來接人。在那之前，阿四不許走出這門一步。如果他硬要走出去，我的話留在這裡，師傅可以開槍，打腿打肩都可以，只要不死，打傷無礙。」

豬嘴阿四聽了，身體矮了一截，哀嘆一聲。

曾警官拍拍胸前掛的大號手槍，看豬嘴阿四一眼，答應：「當然，我的槍法準，他跑不掉。」

豬嘴阿四聽了，身體又矮下一截，兩個膝蓋跪倒地上。

回城的路上，顧盛英問：「曾警官一天二十四小時看守阿四，不能活動，怎麼吃飯？」

「安排好了，我派人送飯。」

「還有明天後天，每天送三頓飯嗎？」

「不用擔心，這種事我們做得多了，哪個也不會受餓。曾警官真要出去，把豬嘴阿四銬牢就好了。」

顧盛英笑了，說：「我還擔心他沒辦法睡覺，大概也是把豬嘴阿四一銬，然後他自己大睡。」

「當然。」

「可是帶了銬，豬嘴阿四肯定沒辦法睡覺了。」

「正好，晚上不睡，白天就要睡，也沒力氣逃跑。」

「我明天還要來一次，跟豬嘴阿四準備一下開庭的事情。」

「剛才為什麼不問？」

「他那個樣子，被你踢得魂都斷掉了，還有腦子麼？」

「他本來也沒有幾分腦子。」

顧盛英嘆口氣，點點頭，再沒有講話。

羅忠忽然減低車速，指指前面，說：「那裡有家餐廳，我們去吃中飯。」

那是很簡單的一家小飯店，兩個人只要了兩菜一湯，塞飽肚子完事，為了準備薛鴻七案開庭，他們實在有太多事情要做。

「小娘舅，有個事想跟你講一下。」顧盛英悶頭吃了幾口，憋不住說。

羅忠看他一眼，說：「不會是葉小姐也失蹤了吧？」

顧盛英假笑笑，說：「小娘舅，我跟你講真心話，沒有開玩笑。」

羅忠不再理他，低頭吃飯。

顧盛英喘了口氣，說：「我這兩天在想，我也許真的愛上葉小姐了。」

這話像一顆炸彈，落在羅忠碗裡。他驚得吞一口氣，飯菜卡進嗓子眼，咽得連連咳嗽，滿臉通紅，很久才緩解下來，喘著說：「你……你可不要嚇死我。」

顧盛英不聲不響，好像沒有看見羅忠的慘狀，一粒米一粒米地吃進嘴裡。

羅忠安穩之後，問：「你準備怎麼辦？」

顧盛英放下碗，抬頭看著羅忠，說：「所以才問你，這種事情，我實在沒有任何經驗。」

「交過那麼多女人，還沒有經驗麼？」

「女朋友是交過不少，可從來沒有過這種感覺。現在只要跟葉小姐在一起，我就覺得快樂，只要不跟她在一起，我就覺得空蕩蕩的，心裡總想著她，我想那就是愛吧。我過去從來沒有過，大概從來沒有愛過一個女人。」

羅忠見他講得認真，也只好認真起來，說：「那麼聽好了，我告訴你應該怎麼辦。第一，報告給俐姐，她不同意，你就什麼都不要打算。不過我想，俐姐會高興。你也不小，二十五，到成家的歲數了。」

「小娘舅，八字沒一撇，你就講開成家了。」

「這是我要講的第二，對葉小姐講清楚。她如果不想跟你成家，你也不要單相思。不過我看得出來，她對你不錯。」

「還有第三麼？」

「第三，結婚。」羅忠說，「你準備在上海結，還是帶她到美國去結？」

這次輪到顧盛英噴飯，好久之後，才說：「那麼急嗎？」

羅忠笑了，說：「這種事情有什麼好拖的，兩情相悅，水到渠成。」

「哦。」顧盛英哦了一聲，不再作響，重新低下頭，一粒米一粒米地吃飯。

忽然間，窗外馬路上閃過一部車，呼嘯著衝過去。羅忠見了，馬上站起來，出聲罵了一句：「娘希屁！」然後對顧盛英說，「我們趕緊走。」

「出了什麼事？」顧盛英一邊在桌上留飯錢，一邊問。

「到車裡跟你講。」

進了車子，羅忠掉轉車頭，走回頭路，開得飛快，大喘幾口氣，說：「我認得，那是捕房的車，估計豬嘴阿四那裡又出事了。」

「曾警官呢？」

「他？我們到了才曉得。」

「哪個幹的？」

「還會有哪個？薛鴻七。」

「他們怎麼可能找得到？」

羅忠停了一陣，才說：「總是有人被他們盯稍，跟到地方。」

「也太快了，我們前腳才走，他們後腳就到。」

羅忠嘆口氣，說：「這麼多年，硬是弄不動他，不容易啊，這個薛鴻七。你想想，他能在大上海站住腳，橫行霸道許多年，本事總還是有的。」

「記得你和曾警官都講過，我們一路來，沒有發現有人跟蹤。」

羅忠想了想，說：「要麼是那兩個紅頭阿三，嘴上不牢靠，講出去了。要麼他們在捕房裡面有線人，偷了情報。要麼他們在這附近有鄉民，通風報信。」

顧盛英再不講話，直至他們開到那所房子前。

果然已經有一部警車停在那裡，四個紅頭巡捕跑出跑進，裡外忙碌，見羅忠到了，都立正敬禮。

羅忠頭一句先問：「阿四呢？」

「哪個阿四？」面前的巡捕好像不曉得。

「你們到的時候，房子裡有幾個人？」羅忠不耐煩，往房子裡走，邊問。

「只有一個，他們講是曾警官。」

「他怎樣？」

「他……被害了，正在檢查。」

羅忠不再講話，大步走進房子。曾警官的屍體躺在地板上，胸口滿是血跡，看不到傷口。

一個年長巡捕蹲在旁邊，抬頭看看，說：「卡賓槍，近距離，連中三槍。」

羅忠轉身，問：「曾警官的手槍呢？」

「現場沒有發現手槍。」

羅忠不講話，轉頭觀察著房間四周，心裡盤算各種可能性，以及偵察線索。

顧盛英感到極度沮喪，失去豬嘴阿四，開庭審案一定糟糕。

二十一 尋晶瑩查訪潘承道　見阿四獲證薛鴻七

跑來跑去，忙忙亂亂，連給葉晶瑩的電話也沒顧得打，直到晚上六點半，顧盛英才叫了黃包車趕回家，心想接了葉晶瑩，一起出去吃晚飯。

「晶瑩，晶瑩。」顧盛英叫黃包車夫在門外等著，衝進門大叫。

可是葉晶瑩沒有答應，倒是王志遠快步走到客廳，滿臉笑，說：「大少爺，你回來了。」

顧盛英吃了一驚，問：「王叔，你們回來了？」

王志遠伸手接顧盛英的衣帽，說：「你們都回了上海，我們在杭州做什麼？今天中午火車回來的。」

顧盛英沒有脫下外衣，甚至沒有摘下帽子，左顧右盼，問：「葉小姐呢？她不在？」

王志遠沒有接到衣帽，只好放下手臂，回答：「葉小姐講，她回去取她的東西，搬過來住。」說著，王志遠抬頭看看牆上的大鐘，又說，「大概兩個鐘頭之前走的，還沒有回來。」

顧盛英想了想，覺得有什麼不對頭。

王志遠看出了他的臉色變化，馬上說：「我剛才要開車送她去，也可以載東西，可是葉小姐不要。大少爺，我現在開車去接她。」

顧盛英搖搖頭，說：「王叔，我自己去，正好一起出去吃晚飯。」

他嘴上這麼說，心裡卻並不這麼想，只覺得胸口上麻麻扎扎的，好像突然長出一大堆野草。顧盛英除下衣帽，匆忙走進自己書房，打了兩個電話找羅忠，想約羅忠一起去查看葉晶瑩的家。可是羅忠不在捕房，也沒有回家。也許他又到郊外謀殺現場去勘察，或者正在外面吃晚飯。

顧盛英嘆口氣，想了一想，拿了鑰匙，自己開車到葉晶瑩住的公寓。

剛進公寓樓大門，看見前面一對男女摟摟抱抱，說說笑笑，正要走上樓梯。從背影上看，那男人好像是莊衡。顧盛英愣了一下，出口要喊，卻又止住，怕認錯人。這當口，那對男女順樓梯轉了個彎，露出兩張臉來，果然就是莊衡。那麼他手裡抱著的那個女人，就是也住在這公寓裡面的秦翠花。狗改不了吃屎，董小霞剛決定不離婚，他又跑來找相好的胡混。

但是此刻，顧盛英沒有心思管別人的事情。他停住腳步，直到聽見樓上開門關門的聲音之後，才三腳並兩步，衝上樓梯，到葉晶瑩公寓門前。

他沒有鑰匙，輕輕敲敲門，裡面沒人答應。顧盛英更加心急，伸手去擰房門把手，不料門沒有鎖，他一轉把手門就開了。

「晶瑩，晶瑩。」顧盛英更緊張起來，推門進去，壓低聲音叫。

仍然沒有人回答。

顧盛英真慌了，奔跑起來，衝進客廳，沒人。衝進臥室，沒人。衝進廚房，沒人。衝進洗手間，沒人。到處整整齊齊，可是沒有葉晶瑩的影子。顧盛英幾乎要發瘋了，渾身無力，坐到葉晶瑩的床上。這時他才看到，葉晶瑩確實整理了自己的衣物用品，能夠看到衣櫥地上散亂的東西，可是她裝衣物用品的衣箱卻不在，或許她已經提了箱子離開公寓，但為什麼直到現在還沒有到呢？而且為什麼她會不鎖門呢？如果她決定搬走，絕不會不鎖門。顧盛英搖搖頭，想清醒自己的大腦。

葉晶瑩家裡沒有電話，無法跟王叔聯絡，但願此刻葉晶瑩到了家。顧盛英想著，默默走出公寓，關上門。他站在門外，猶豫片刻，不知是該替葉晶瑩鎖住房門呢，還是保持虛掩。最後他決定不替她鎖住，他想，如果葉晶瑩已經到了他家，發現自己忘記鎖門，他就陪她再過來把門鎖住。如果葉晶瑩真的失蹤，那麼他報警，捕房來調查，也不需要鑰匙開門。

一想到失蹤，顧盛英渾身冒出一層冷汗，連跳帶跑下樓，衝進停在路邊的汽車，急急忙忙趕回家。

可是葉晶瑩仍然沒有到，她出事了。

顧盛英頭一個想到，立刻給羅忠打電話。小娘舅聽起來好像剛從外面回到捕房，筋疲力竭，話都講不出來。可是顧盛英顧不得那麼多，匆匆忙忙把葉晶瑩失蹤的事情講了一遍。

「你已經跑到她家裡去過了？有人看見你去麼？」羅忠聽完，首先關心的是如何保護顧盛英。

「沒有，小娘舅，你就不要先顧忌我了。」顧盛英急得頭上冒汗，幾乎喊叫起來，「你講，我們怎麼找葉小姐。」

「你有什麼線索麼？」

「我一直在想，除了潘承道，沒有別人。」

羅忠好像在思索，沒有立刻回話。

顧盛英說：「小娘舅，求你了，幫我一次忙，好不好？」

「你講，怎樣做？」

「去看看潘承道現在哪裡。」

羅忠在紙上記錄著，邊問：「你講是兩個鐘頭前的事，對嗎？」

顧盛英心裡也沒有主意，不曉得查看潘承道有什麼作用，但是他斷定，如果葉晶瑩失蹤了，他絕不能夠就這樣坐著，他必須做些什麼，必須去找葉晶瑩。「你可以查問一下，他今天一天的日程。」顧盛英繼續對羅忠講。

羅忠不同意，說：「我有什麼理由去調查人家，不要忘記，那人是上海大英雄，比利時的爵士。」

「你不去，我自己去。」顧盛英發起脾氣來。

像他們小時候一樣，只要顧盛英發起脾氣來，羅忠一定讓步。「算了，算了，不要光火，我陪你去，我陪你去。」

顧盛英仍然火氣十足，說：「在法大馬路和老北門路口見面，飛車走壁的場子在老租界裡面。」

「這樣晚了，他還會在那裡麼？」

「如果不在，我們就去他家。嘿，你是探長，不會找人麼？」

「由你，由你。」羅忠嘆口氣，說，「我這就出門。」

顧盛英不再講話，掛斷電話，隨即出門，開車上路。他這樣黑著面孔，衝進衝出，王志遠夫婦見了，只敢站在旁邊看，等待他吩咐，不敢主動講話。

十五分鐘後，羅忠和顧盛英兩人都趕到約定地點，同時停下車，然後一起走到飛車走壁表演場的門口。羅忠拉住顧盛英的胳臂，停在大門邊，問穿黑色制服的門衛：「請問你一下，天下第一騎潘承道潘先生在裡面麼？」

門衛得意洋洋地說：「你二位也是潘先生的崇拜者吧？想見潘先生，買票看表演。潘先生訓練忙死了，平時不會客。」

顧盛英朝前一衝，恨不得抽那家伙一記耳光，但被羅忠擋住，沒有得手。

羅忠掀開衣角，露出腰裡別的手槍，一邊說：「我是公共租界匯司捕房的探長，來這裡是執行公務。」

門衛見了，立刻矮下一寸，哭喪著臉，說：「探長大人，小的有眼無珠，得罪了探長大人，請大人開恩，放小人一馬。」

羅忠提高聲音，說：「沒那麼囉嗦，就問你一句話。」

門衛嚇一跳，忙說：「大人請問，凡小的曉得，絕不隱瞞。」

羅忠問：「潘承道現在在裡面麼？」

門衛繼續點頭哈腰，說：「在，大家正在裡面吃晚飯。」

顧盛英奇怪了，插嘴問：「大家？好多人一起練飛車走壁？」

門衛望著顧盛英，以為他也是捕房的密探，討好地說：「大人不曉得，那飛車走壁不是一個人做得來的，必須很多人幫忙。」

羅忠問：「潘先生今天上午練習，還是下午練習？」

門衛轉過臉，回答：「探長先生不曉得，潘先生三天以後有一場表演。凡有表演之前，潘先生總要好幾天旁事不問，從早到晚練車。潘先生今天在場子裡練了一天，中飯晚飯都在場子裡面吃的。」

顧盛英又忍不住，插嘴問：「一分鐘都沒有離開過嗎？」

門衛苦笑笑，說：「一分鐘兩分鐘時間，哪個敢打保票。總之今天一天，我站在這裡，沒有看見潘先生走出這個大門。大人不相信，到裡面去問問別人。」

羅忠不再理會門衛，一擺手，領著顧盛英，走進大門。

順著走道，繞著樓梯，一層一層走上去。飛車走壁場地，本來像個直統的茶杯，頂端再倒扣一個碗。表演者在杯底開始，繞著杯壁飛行，一圈一圈昇高，直到頂端，然後在那倒扣的碗裡顛倒飛行，最後再一圈一圈繞下杯底。因此，觀眾實際是在樓上，從上往下，觀看表演者在杯中走壁。

羅忠和顧盛英爬了老高，終於站到觀眾席上。兩人喘著粗氣，低頭望下去，看見場底燈光籠罩之中，幾十個人圍坐著，吃喝說笑。潘承道獨自坐在一邊，邊吃飯邊看著一本書，身旁立著他的摩托車。

雖然被撞的那天，急急忙忙，顧盛英沒有看到撞他的摩托車是什麼樣子，但依稀之間，記得好像是瓦藍顏色。可眼下潘承道身邊那部車，卻是鮮紅的，像一團火焰。要麼那天撞他的，不是潘承道，要麼潘承道有不止一輛摩托車。

「需要下去找他們問問嗎？」羅忠說，「我看不像是他。」

顧盛英點點頭，又搖搖頭，始終沒有講話。雖然他心裡也存疑問，但他寧肯相信葉晶瑩的話，斷定既然潘承道靠摩托車吃飯，他就絕不能只有一部車。顧盛英在心裡悄悄留個記憶，日後查詢，確認潘承道到底有幾部摩托車。

羅忠扯扯他的袖子，帶著他，又順來路下樓梯，邊說：「這樣的人物，我們最好不要輕易去打擾，免得日後擦不乾淨屁股。我現在回捕房，布置全城搜索，你有葉晶瑩最近的照片嗎？」

顧盛英猛然站住腳，發了一下愣，彷彿自語道：「從來沒有想過向她討一張照片，從來沒有想到會離開她。」然後突然叫一聲，跺跺腳，直朝樓下衝去。

「不要急，我幫你找，我幫你找，一定找到。」羅忠在後面緊追，一路叫。

出了表演場，羅忠回捕房。顧盛英沒有回家，他毫無心思，獨自閒坐。他開著車子，在上海城裡轉了大半夜。從他初次見到葉晶瑩的杜美路，到從華懋飯店晚餐後兜風的霞飛路，寶登大廈所在的陶爾斐斯路和呂班路，乃至火車站，凡是他曾經跟葉晶瑩一起走過的道路，他都反反復復繞過好幾遭。

凌晨三點多鐘，顧盛英實在累得撐不住了，失望之極，只好回家。車子在辣斐德路上，剛到亞爾培路口，還沒有轉過彎，突然旁邊暗影下面站出一個人影，擋住他的去路。

顧盛英趕緊踩住煞車，心裡突然閃過一個念頭，該不是葉晶瑩吧？當然不可能是，就在家門口，她怎麼會躲著擋他的路。如此想著，顧盛英集中精力，從車窗裡朝外張望，發現擋路的家伙，居然是豬嘴阿四。他剛要搖下車窗，臭罵他一頓，豬嘴阿四卻先繞到汽車右側，拉開車門坐進來。

「你在這裡做什麼？」顧盛英沒好氣地問。

豬嘴阿四喃喃地回答：「有話跟你講。」

顧盛英鬆開車閘，準備重新起步，邊說：「跟我回家去講。」

豬嘴阿四抬起手，好像要拉他的胳臂，但終於沒有敢動，只是說：「在車裡面講好些，我怕他們有人監視你家門口。」

這時候，顧盛英看見亞爾培路上，有個人影朝路口走過來。

顧盛英說：「那是我的僕人王叔。」他從走路姿勢上就認清楚了。

豬嘴阿四搖搖頭，說：「我曉得，我講的不是他，是別人。」

顧盛英想了想，不再講話，默默調轉車頭，開上回頭路。

走了幾分鐘，上到霞飛路，顧盛英開口：「講吧，怎麼一回事？」

豬嘴阿四沒有講話，倒哇一聲哭起來。

「還有臉哭。」顧盛英滿肚子火氣。如果不是因為曾警官被害，豬嘴阿四失蹤，他們中飯之間急忙趕回郊外，他早回到家，陪葉晶瑩去搬東西，葉晶瑩絕不至於碰到任何麻煩。總而言之，一切的禍根，就是豬嘴阿四。「你害了一大堆人，你倒先哭。」顧盛英發怒地罵，手在方向盤上猛烈敲打。

豬嘴阿四哭得上氣不接下氣，鼻涕眼淚抹了一臉。

「住嘴。」顧盛英幾乎叫起來，「虧得你碰上我，若是碰上羅探長，早一槍崩了你小赤佬。」

豬嘴阿四抽著氣，說：「羅探長派的人都是笨蛋。」

「曾警官是羅探長的師傅，怎麼會是笨蛋。」顧盛英更生氣了，人家為你丟了性命，你還敢罵人家笨蛋。

豬嘴阿四依然喘著氣，說：「可是他保護不住我。」

顧盛英不想再浪費時間，糾正話題，說：「講，怎麼回事？」

豬嘴阿四又抹了一下臉，說：「你們剛走了沒多久，他們就來了。」

「哪個？」

「阿牛他們。」

「他們？幾個人？」

「我沒功夫數，十幾個吧。」

「廢話，曾警官一個人，能頂住十幾個歹徒嗎？」顧盛英說著，很替曾警官難過，又想不出羅忠怎麼會大意了，沒有安排妥當。「可是曾警官手裡有槍。」

「他們手裡也有槍。」豬嘴阿四說，「我曉得，他們就是要追殺，殺了我。」

顧盛英說：「你確定是阿牛？」

豬嘴阿四從衣服口袋裡摸出一個爛紙包，遞給顧盛英，說：「你拿去驗對好了，這是阿牛的一根手指。」

顧盛英接過紙包的時候，並不知是什麼，聽豬嘴阿四說裡麵包的是一根手指頭，倒嚇了一跳，趕忙放下，問：「快講，到底怎麼一回事？」

豬嘴阿四嘆口氣，說：「你講的不錯，曾警官確是條好漢，挨了槍子，臨死之前，還拔出一把刀，砍斷阿牛一根手指，所以阿牛他們才逃跑了。」

「你怎麼躲過的？他們十幾個人，沒找到你？」顧盛英問。

「曾警官跟他們槍戰的時候，我爬到天花板上去了。後來阿牛挨了刀，他們趕快逃，顧不得找我了。他們逃走以後，我跳下天花板，曾警官死了，在門口地上看見這個手指頭，才曉得阿牛慘叫，是因為砍斷了一根指頭。」

「我得馬上報告羅探長。還得給你找個地方藏起來，就要開庭審案了，你不能再出事。」

「我自己去藏，自己倒保險。」豬嘴阿四用力搖頭說，「你們捉到阿牛，有這個手指做證，他跑不掉。」

顧盛英忽然問：「可是曾警官的手槍呢？出事之後，我們回到現場，一直沒有找到曾警官的手槍。」

豬嘴阿四不講話，垂著頭。

顧盛英又問：「你沒有看見麼？」

「沒有。」豬嘴阿四回答，「保不定是阿牛他們拿走了。」

顧盛英點點頭，說：「可能。」

豬嘴阿四哭喪著臉，哀求：「顧先生，我一天沒有吃飯，肚皮餓扁了。」

顧盛英把車子開到路邊停下，從口袋裡掏出錢包，抽出幾張鈔票，遞給豬嘴阿四，問：「你肯定要自己去藏，不要捕房幫忙麼？」

豬嘴阿四接過鈔票，喜笑顏開，說：「不錯，不錯。」

「明天早上十點鐘，到我律師樓來，聽見沒有？」顧盛英看看豬嘴阿四身上的西裝，已經烏七八糟，不成樣子，只好嘆口氣，補充，「還得給你換件衣服，這樣子不能出庭。」

「放心，放心。」豬嘴阿四說著，又指指前面，說，「顧先生把裡開到前面那條弄堂裡去，我就下車。」

「明朝會。」顧盛英看著他下了車，很快地隱沒在牆角暗影裡，嘆口氣，無精打采，調轉車頭，開回家去。

他仍舊不曉得到哪裡去尋找葉晶瑩。

二十二　盛英送信華安大夏　晶瑩被害蘇州河邊

顧盛英回到家，已經凌晨四點多鐘。客廳裡燒著壁爐，王叔站在門口等待，見他到來，連忙幫他脫掉外套。

聽得王叔呼叫，王嬸立刻端來滾燙的洗臉水。

「王嬸，端到書房去吧，我要立刻打電話。」

王叔在後面跟隨著，說：「大少爺，你給哪個打電話？早上四點鐘，吵醒人家不大好。」

「顧不得了，事情緊急，小娘舅不會怪的。」

趁他們講話，王嬸放下臉盆，說：「大少爺，先擦把臉，來得及。」

顧盛英接過毛巾，在臉上胡亂抹抹，還給王嬸，走上樓梯，進了書房，來不及坐下，邊繞桌邊，邊拿起電話，撥了號碼。

「喂，啥人？」一個女人答應，睡意朦朧。

「舅媽，我是盛英，對不住，這麼早打電話，有急事。」顧盛英邊坐到座椅上，邊急促地說，「請小娘舅接電話，謝謝你。」

「你要死啦，曉得現在幾點鐘？」羅忠拿過電話就罵。

顧盛英轉過座椅，發現窗外仍舊是漆黑的夜，沒有絲毫光亮。他說：「小娘舅，不要光火，豬嘴阿四來找我了。」

這一句話，澆滅了羅忠的火氣，可是他不講話。

「豬嘴阿四斷定，就是薛鴻七派人，要找阿四，所以害了曾警官。」顧盛英不等羅忠反應，繼續講。

羅忠問：「那麼豬嘴阿四怎麼逃掉了？」

顧盛英回答：「曾警官負傷之後，砍了阿牛一刀，所以他們來不及找到豬嘴阿四，就急忙逃掉了。」

羅忠又不講話，他在思索。

「你們捉到阿牛，如果他身上有傷，就證明豬嘴阿四沒有亂講。」顧盛英突然覺得奇怪，為什麼沒有披露阿牛手指頭被斬斷的信息。他潛意識裡有什麼特別感覺，要保留這個祕密麼？為什麼？是什麼？

可是沒有容他細想，羅忠講：「我馬上給捕房打電話，布置人馬，全城搜捕阿牛。光天化日，謀殺警官，還有王法麼？」

顧盛英喘了一口氣，轉過身來，伸手到書桌上放下電話，才看見王志遠在沙發邊的茶几，擺好一頓早飯。

「謝謝王叔。」顧盛英說著，繞過書桌，走到沙發邊坐下，喝了幾口橙汁，覺得放鬆一些。

王嬸端個冒汽的咖啡杯，走進門，說：「大少爺，這是剛燒好的咖啡。」

王叔接著說：「大少爺，洗澡水燒好了，不要耽誤久了。」

「王叔王嬸，你們也都一夜沒睡，不必管我了，去休息吧。」顧盛英吃著煎蛋，說，「我等一等洗好澡，就要出去了。」

王志遠不滿意，說：「大少爺，你一夜沒睡，又要出門？」

顧盛英咽下一口蛋糕，說：「約好去會審公堂，不能不到。」

王嬙忽然插話，問：「大少爺，你找到葉小姐了麼？」

這麼一說，又勾起顧盛英的擔憂，臉沉下來，默默地搖搖頭。

王志遠轉臉，猛瞪王嬙一眼，責備她提起這個不愉快的話題。

王嬙沒有理會，笑著安慰道：「大少爺不必擔心，葉小姐那麼大的人，又那麼聰明，不會出事的。大概跟大少爺鬧著玩，考驗考驗大少爺的耐心吧。」

顧盛英想想，說：「這個玩笑開得太大，她不曉得，我快要急死了。」

王志遠插進話來，說：「大少爺放心，我今天開車出去找，找她一天，不相信上海這麼小個地方，真的找不到一個人。」

王嬙同意：「就是的，紐約不曉得比上海大多少倍，我們那次還不是一天裡就找到了小少爺。大少爺放心，我陪了去，四個眼睛，一定看得見葉小姐。」

敲門聲打斷他們的對話，羅忠到了。

「三路人馬已經出動，也知會了法租界捕房協助，他阿牛跑不掉。」他一進書房，不及問候，馬上說，「這下子，薛鴻七逃不掉罪責。竟敢派人槍殺曾警官，非要他償命不可，否則全上海的巡捕都不會答應。」

顧盛英點點頭，說：「而且豬嘴阿四可以做證。」

羅忠轉著頭，四處張望，問道：「他人呢？」

「躲起來了。」顧盛英說，「他現在哪個也不相信，只要自己躲。」

「娘希匹。」羅忠罵了一句，又嘆口氣，說，「只要開庭時候，他會真的到場作證。」

顧盛英想了想，說：「他一定會，他還不想死。」

王志遠見兩個人暫時都住了口，便趕緊說：「羅探長這麼早趕來，想必沒有吃早飯，就在這裡坐一坐，跟大少爺一道吃。」

羅忠搖搖頭，說：「沒有時間了。」

王嬸轉身走出門，邊說：「天還沒有亮，店都沒有開門，出去做什麼。」

王志遠也趕緊動員，說：「人是鐵，飯是鋼，吃飽飯才可以做事，磨刀不費砍柴功。」

幾句話把羅忠說笑了，看著王志遠，說：「沒看出來，你這個美國人，竟然也講得出這樣一套中國老話來。」

王志遠得意地說：「這是太太經常對老爺講的，每次一講，老爺就聽了。所以我記牢了，一直沒有機會，今天剛好派上用場。」

王嬸端著托盤走進來，匆匆地說：「還在這裡講笑話，快坐好了吃。」

羅忠在沙發上坐下，搓搓手，說：「看見這樣精美的早點，也真餓了。」

王志遠替他倒著牛奶和橙汁，說：「羅探長以後要常來，那麼大少爺也就肯在家裡吃飯了。」

王嬸同意，說：「外面的飯不好吃，也不安全。」

羅忠嘴裡剛塞滿了，無法講話，只好睜大眼睛，看著王嬸，想不通她這句話什麼意思。

顧盛英放下手裡的水杯，對羅忠解釋說：「王嬸的意思，就是不乾淨。」

羅忠聽了，才明白，點點頭。

王嬸笑起來，說：「啊呀，我忘記了，在羅探長面前，講到不安全，只有殺人放火的事情。」

顧盛英站起身，說：「我去快快洗個澡。你吃好了，我們就出發。」

大約一個鐘頭之後，顧盛英澡洗好，衣服換齊，羅忠飯吃飽，電話打夠，兩個人起身出門。在門口，又被王志遠擋住，逼著顧盛英穿上長外套，戴好禮帽。見外面確是陰天，雲層很厚，顧盛英也無法爭辯，乖乖穿好，跟隨羅忠出了門。

「他管你管得很緊。」羅忠笑著說。

「他們忠心耿耿，而且我也不願意他們去告訴母親。」

羅忠轉彎上霞飛路，又對顧盛英說：「你最好跟會審公堂講一聲，請求再延期幾天。」

「我曉得，先到辦公室去辦些事，然後去會審公堂。」顧盛英說，「我們現在有新的物證，他們不能不同意。」

「我把你放下之後，就去捕房。你有什麼消息，打電話給我。」

清晨馬路空，講這麼幾句話，已經開到顧盛英的律師樓前。顧盛英下了車，羅忠繼續開去公共租界。

顧盛英上樓到辦公室，剛進門，白招弟便跳起來，舉個大封套，講：「剛剛有人送來的，莊衡跟秦翠花的照片。」

「哪個送來的？」顧盛英有些奇怪，曾警官死了，誰還會注意這個事情。

「《江濱早報》。」

顧盛英明白了，由於莊衡控告報紙誣陷，他們為證明自己清白，還一直注意著莊衡定行動。

白招弟興高采烈，說：「我們把這些照片送給董小霞，看她還會不會跟莊衡和好。只要繼續辦離婚，她就要付定金，對不對？」

顧盛英突然覺得頭有些發昏，隨口應了一句：「你去辦吧。」然後走進裡屋自己的辦公室。

「照片是昨天拍的，照片上有日期，不怕他不認帳。」招弟又補充一句。

昨天，顧盛英想，就是昨天，他撞見莊衡跟秦翠花在一起，在葉晶瑩的公寓房子裡面。可是葉晶瑩到現在還沒有音訊，她確定失蹤了。顧盛英坐倒在沙發上，閉起眼睛，心裡七上八下。

白招弟繼續在門外面說：「你今天有時間就跑一趟華安大廈，把這張照片送去，順便把定金的銀票拿回來。」

顧盛英沒有搭理，他一點心思也沒有。

白招弟走到門口，身子靠在門框上，問：「大少爺，你怎麼啦？不舒服？要不要去看醫生？」

顧盛英突然站起來，朝門口走著，說：「照片給我，我現在送去。」

白招弟被他的動作嚇了一跳，趕緊躲開門框，驚恐地看著顧盛英。

顧盛英不講話，走過她身邊，把大封套搶過來，匆匆走出大門。

「外面陰天，不穿外套了麼？帽子也不戴。」

白招弟說著，大門已經關上，顧盛英不見了。

「發什麼神經。我就曉得，給那個狐狸精迷住了，沒有什麼好事情。」招弟繼續嘟囔幾句，氣鼓鼓地坐下，伸手一掄，把桌上的紙張都掃到地上。

顧盛英自己也不曉得為什麼會突然發那麼大的脾氣，可是他實在不能安靜地坐在辦公室裡，他不能安靜地坐在任何地方。總之，他不能有絲毫的安靜。只要一安靜下來，他就會想到葉晶瑩，他的心就會無著無落，忽而飄上渺茫的九天，忽而沉入無底的深淵。他必須行動，時時刻刻地動作，不管做什麼，他必須做什麼，比如走路，所以他才走出樓來了。但是他的腿有些發軟，頭腦也漲痛，沒有辦法，只好叫一輛黃包車，趕去華安大廈。

南京路西段，最大的樓房就是華安大廈，八層之高，最下兩層是餐廳和商店，第三層到第八層則是華安飯店，董小霞住在華安飯店裡。華安大廈的建筑，全部是義大利復興時期的風格，結构精美，氣魄宏偉，藝術性強。大老早，又是陰天，也還看得見幾個遊人，站在馬路上，仰頭欣賞這座建筑。但是顧盛英什麼都沒有看見，他下了黃包車，機械地付了車錢，大步走進大廈的門。

大廳裡面裝潢也非常豪華，到處是鮮亮的紅色，中國人喜歡的熱鬧和喜慶顏色，可是大多數英國人都討厭紅色。顧盛英自小跟隨祖父，也不喜歡紅顏色，在他目前的心情之下，看見紅色，心裡更是煩躁，好像前後左右，到處都流淌著鮮血。

三樓迎面是華安飯店的登記台，兩個年輕漂亮的小姐站在後面，微笑著，異口同聲說：「先生早。」面對有禮貌的招待員，顧盛英無法再發脾氣，耐下性子，問：「我來找住在八樓上面的莊太太。」

個子稍高的招待小姐微笑著，說：「先生請稍等，我打電話問一聲。」

個子稍低的一個說：「我記得莊太太昨天出去，夜裡並沒有回來。」

高個子小姐聽過幾次鈴響，放下電話，對顧盛英說：「對不起，莊太太家裡沒有人接電話。先生有什麼話，要留給莊太太麼？」

顧盛英想了一想，把手裡的封袋放到櫃台上，說：「莊太太回來的時候，請把這個封套交給她。哦，告訴她，是一位姓顧的先生專門送來的。」

「顧先生請放心，一定照辦。」高個小姐說著，收起封套，轉身放進一個信箱格子裡面。

顧盛英謝過兩位小姐，走過大廳，進電梯下樓。還能夠做什麼呢？早飯剛剛吃過，頂多到下面餐廳去喝杯咖啡，他又沒有心情。想來想去，無可奈何，顧盛英只好又叫了一部黃包車，坐上去，吩咐回自己的律師樓。

車夫抄起車把，還沒有起步，迎面衝來一部小汽車，不偏不倚，停在對面。

顧盛英一見，刷地跳下黃包車，衝到小汽車前，問：「小娘舅，你找我？」

「上車，我們走。」羅忠搖下車窗，對他喊。

顧盛英一邊繞過汽車車頭，一邊轉身對黃包車夫說：「對不住，不要你的車子了。」

車夫嘆口氣，拉起車杆，轉身走開。

「給你打電話，招弟講你到華安大廈找董小霞，找到了嗎？」羅忠一邊開車調轉頭，一邊問。

「不在，東西留下了。」顧盛英簡短地回答，又問，「這樣急，什麼事？」

「這下子董小霞非跟莊衡離婚不可，你不怕沒錢付帳了。」羅忠不回答他的問題，只講自己的話。

顧盛英不言語，發現羅忠也不繼續，又問：「小娘舅，到底找我有什麼事？」

這一次，羅忠沒有講話，既沒有直接回答顧盛英的問題，也沒有講什麼其他不相干的事情。

顧盛英猛然緊張起來，小娘舅為什麼這樣急來找他？為什麼不肯直接回答他的問題？捉到阿牛了？抓到豬嘴阿四了？那有什麼不好開口。那麼，是找到葉晶瑩了？一想到這，顧盛英突然喘起來，他可以斷定，一定是捕房找到葉晶瑩了。顧盛英越想越害怕，喘了半天，才有力氣問出口，「是不是找到葉晶瑩了？」

羅忠兩眼直視著前方，半天沒有講話。

「小娘舅，你告訴我。」

羅忠轉起臉，看著他的眼睛，說：「巡捕在蘇州河裡發現一個女屍，我想叫你去辨認一下，看看是不是葉小姐。」

顧盛英聽了，頭頂轟的一響。從昨天下午開始，他一直擔心葉晶瑩失蹤，卻從來沒有想到，她會被害，她會死。

羅忠轉過頭，看著前面，小聲說：「現在還不能確定是葉小姐，所以才要你去辨認。」

顧盛英不再講話，閉住了眼睛。

從那之後，兩個人一路再沒有講話。顧盛英心裡焦慮，根本不想講話，滿腦子都是葉晶瑩的影像，耳朵裡全是葉晶瑩的鋼琴聲。羅忠曉得此刻顧盛英的心情，見他無聲無息，不敢打擾，想勸他幾句，也都吞回肚子裡去了。

蘇州河到了，老遠先聞見臭味，再走近些，看見河邊擁擠不堪的小蓬船，河面上漂浮的各種髒物。顧盛英曉得這裡的情況，只要可能，儘量不到附近來。可是今天，他卻有一種迫不及待的感覺，只想快些停車，跑到河邊。

羅忠順著河邊小路，彎彎曲曲走了一陣，終於在兩個巡捕面前停下。顧盛英下車的時候，羅忠已經跟隨兩個巡捕，在前面匆忙走了，一邊低聲講話。其中一個巡捕忍不住，回頭看看顧盛英。於是顧盛英曉得，他們在講他。

那個女屍沒有泡在骯髒的河水裡，而是放在骯髒的河岸上，蓋了一塊骯髒的白布，看不見身體和面孔。不曉得巡捕發現她時就這樣，還是巡捕從蘇州河裡把她拉到河岸上來的。

羅忠揮揮手，周圍的幾個巡捕都轉身走開，只留下羅忠和顧盛英兩人，站在蓋了白布的女屍跟前。

「你怎樣，能夠看麼？」羅忠問。

顧盛英重重地喘了幾口氣，還是講不出話來，只有點點頭。

羅忠蹲下身，伸出手，拉住那塊白布的一角，卻沒有扯動，而是靜止了。

顧盛英呆立著，身體好像完全僵硬。他低著頭，眼前什麼都看不見，只有一片白。

羅忠仰起臉來，看顧盛英一眼，然後下定決心，重新低下頭，拉動白布，稍稍露出女屍的面部。頭髮沾滿了蘇州河裡的髒物，但那張臉卻好像還乾淨，雖然蒼白，仍然秀美，顯然是巡捕們為辨認面目，替她擦過。

「哦……」羅忠似乎吐出一口氣，拉動白布的手便停住了。女屍的面孔還沒有全部顯現，但他再沒有力量，讓她完全暴露出來。

是她，是葉晶瑩小姐，羅忠想說，但喉嚨裡沒有絲毫聲音。

顧盛英慢慢蹲下身，靜了片刻，然後雙膝跪到地面，彎下腰，伸出一只手，輕輕將仍然蓋在葉晶瑩臉上的白布推開，露出她整個的面部。她的眼睛緊閉著，嫵媚的笑意再也不見。她的嘴角凝固了，動人的話語永遠消失。她的面龐沒有一絲血色，美麗依舊，生命卻已不在。

淚水湧出，滴落在葉晶瑩的臉上。顧盛英無聲抽泣，抖動手指，輕輕替她擦拭，用自己的淚，將她臉上最後一層人間的骯髒洗去。

過了幾分鐘，羅忠輕輕把顧盛英的手拿開，再次將白布蓋上葉晶瑩的臉。

「我們走吧。」羅忠說。

顧盛英抹抹眼睛，站起身來，木然地跟隨羅忠。

「我要埋葬她。」走了好一陣，顧盛英突然說。

羅忠點點頭，說：「他們驗過之後，我通知你。」

顧盛英忽然站住腳，轉過身去，蹲下來，雙臂抱住頭，痛哭起來。他努力壓制自己，沒有出聲，只從那劇烈顫抖的兩肩，能夠看出他哭得有多麼厲害，一個男人的哭。

羅忠沒有勸他，這種時刻，勸沒有絲毫意義。羅忠背對他站著，不停揮手，不允許任何巡捕或者過路人在附近停留觀看，天上烏雲翻滾，越積越厚，地上陰風橫掠，愈演愈烈，天地終於承受不住重負，猛然間大雨傾盆落下，澆在人的身上，砸在人的心頭。

周圍的人都四散奔跑，無影無蹤，遠處只有幾個巡捕，依舊盡責，守護在葉晶瑩的屍體旁。

羅忠轉身，拉顧盛英一把，說：「我們走吧。」

顧盛英放下抱頭的兩臂，站起來，蹣跚腳步，跟隨羅忠走。他不再拭淚，雨水和著淚水，在他臉上橫流，灌進他的衣領，濕透了他的全身，但他什麼都感覺不到，只曉得自己胸口疼痛，他的心已經碎裂成千絲萬縷。

坐進羅忠的汽車，顧盛英說：「我要曉得她怎麼死的。」

羅忠抹掉臉上的雨水，大聲回答：「我一定調查清楚，給你個交代。」然後開上車子，離開令人心碎的蘇州河。

過了一陣，顧盛英似乎平靜一些，說：「我曉得是誰害死了葉……她……他。」

羅忠不講話，繼續開車，往市區裡走。

顧盛英咬咬牙齒，說：「現在我跟他不共戴天，我饒不了他。」

羅忠仍然沒有講話。

又過片刻，顧盛英再次開口：「小娘舅，請你幫我做件事。」

「講。」羅忠回答。

顧盛英說：「從你們捕房找些資料，或者可能，最好也找找其他幾處捕房。我要最近四年，上海所有失蹤或被殺的年輕女子的姓名，他們遇難的日期。」

羅忠停頓了許久，才說：「那要很多時間和人力，捕房沒有立案，我不好下令調人做這些事。」

「小娘舅，成全我這一次。」顧盛英轉臉看著羅忠，說。

羅忠沉默不語。

「你們捉到阿牛，他身上一定有傷。」顧盛英說著，從自己衣服口袋裡拿出一個小紙包，遞給羅忠，又說，「豬嘴阿四在曾警官身邊，拾到一個手指頭，他講是曾警官斬斷阿牛的手指，就在這裡面。」

羅忠一手開車，一手打開紙包，看了一眼，說：「如果捉到阿牛，他真的缺一個手指，而且就是這一個，那麼我們就拿到了確實的物證。」

顧盛英喘口氣，說：「我拿阿牛的手指跟你交換，你有這根指頭，就能判定薛鴻七的殺人罪，報你的仇。」

羅忠點點頭，說：「好，我來幫你調查潘承道。」

二十三 羅忠連夜搜覓罪證　盛英帶病偵察兇犯

羅忠看顧盛英心情悲痛，又淋了大雨，堅持把他送回家，讓他換身衣服。

王志遠夫婦看見大少爺渾身透濕走進門，都大吃一驚，馬上忙開了。王志遠奔進洗澡間，捧出一堆乾毛巾，先給顧盛英擦乾身體各處，然後換乾衣服。王嬸在廚房邊煮薑湯，邊燒開水，準備顧盛英洗澡。

兩個人伺候著顧盛英洗過澡，王志遠強逼著大少爺換上睡衣，躺在床上，再不許出門。顧盛英原本不肯，但王志遠威脅說，只要大少爺前腳走掉，他便馬上到電報局給太太發電報。顧盛英不願讓遠隔大洋的母親為他擔憂，只得答應王叔，給白招弟打了電話，今天在家裡休息。

王嬸喜笑顏開，端來滾燙的薑湯，服侍大少爺在床上喝了，要他蒙頭大睡。

說是睡著，顧盛英躺在床上，卻是兩鬢崩裂，渾身燥熱，不斷翻來滾去，無處舒服。可說是醒著，他卻又無法保持思索，不能集中精力，腦袋裡像灌了漿糊，迷迷糊糊，一個惡夢接一個惡夢，斷斷續續，睡了醒了，如同受刑一般。

到傍晚，他開始發燒咳嗽。王志遠夫婦把他嚴嚴實實包裹好，開車送到紅十字醫院，照了X光，確定只是重傷風，沒有染上肺炎，打過一針盤尼西林，重回家裡。醫生囑咐，盤尼西林每天一針，要打一禮拜，防止轉發肺炎。王志遠會打針，將一禮拜盤尼西林針藥帶回家自己打，不必每天去醫院。

顧盛英身體一直很強壯，在耶魯大學讀書的時候，是大學橄欖球隊的前鋒。可是這次，淋雨還在次要，心情悲痛確實將他徹底擊倒，連續病了兩天兩夜。

王嬸從早到晚，一直在廚房裡忙碌，又是熬稀飯，又是蒸蛋羹。只要顧盛英醒著，她一會兒送來一碗燕窩秋梨膏止咳，一會兒送來一碗蓮子羹補養。

白招弟每天下午跑來一趟，看望老闆，同時也報告辦公室裡的公務。第一，莊太太至今沒有打來電話，不曉得她是否決定離婚。第二，考慮到薛鴻七案的新發展和顧盛英的個人情況，會審公堂准許延期審理。第三，薛鴻七發了話，懸賞五百大洋，要豬嘴阿四的首級，全上海灘，不論哪個，拿得來人頭，就有賞。

顧盛英對所有這些都不感興趣，半聽半不聽，也沒有表示半點意見。他只想得到有關葉晶瑩的消息，日日夜夜等待著羅忠來訪。可是出乎意料，顧盛英得這麼一場大病，羅忠卻連續兩天沒有來看過他一次，只匆匆忙忙打來過一個電話問候，沒講幾句便急忙掛斷。顧盛英非常憤怒，但也沒有辦法，王叔每時每刻守著他，不許他出門半步。

第三天清晨，天蒙蒙亮，王志遠剛起床，聽見通通的敲門聲，趕去一開，發現羅忠站在門外，人彷彿瘦了一圈，頭髮蓬亂，眼眶烏黑，嘴唇乾裂。

「羅探長，這樣早就來了？」

「大少爺起來了麼？」羅忠顧不得多說，開口便問。

王志遠看他有急事，忙閃開身，讓他進門，邊說，「大概起來了，但是……」

他的話被王嬸在客廳打斷：「羅探長，你這樣早來，必定還沒有吃早飯，我來燒。」

「我們快些燒水，看起來羅探長需要先洗個澡。」

羅忠匆匆趕進客廳，邊說：「洗澡不必了，早飯卻是要吃的。」

王嬸聽了，急匆匆跑回廚房。

「是小娘舅來了麼？」樓上顧盛英聽到下面動靜，大聲問。

「大少爺，羅探長來看你了。」王志遠高聲應了，又低聲對羅忠說，「大少爺雖然昨晚好了一些，但是仍然不可以出去辦事。」

「我曉得。」羅忠答應著，跑上樓梯，進了顧盛英的臥室。

顧盛英靠著枕頭坐著，一見羅忠就埋怨：「小娘舅，這兩天你忙什麼，有話要問你，總是不見人。」

羅忠在沙發上坐下，答說：「忙什麼？忙你的事。」說著，把手裡拿著一個大封袋丟到顧盛英的床上。

顧盛英拿起封套，顛了顛，說：「好重，很多資料？」

「當然，你曉得我跑了多少地方。」羅忠說完，咽口唾沫，說，「跑得我昏頭昏腦，口乾舌燥。」

好像聽到他這句話，王志遠走進房門，手裡端著一個托盤，上面放了一大杯橙汁，一大杯牛奶，還有一杯咖啡。

顧盛英看了一眼，笑笑說：「到我這裡，有王叔在，還怕你口渴麼。」看到小娘舅為他找到如此一大包資料，他著實感激，心情也放鬆許多。

羅忠拿起橙汁，先咕冬咕冬一口氣喝完，抬手背抹一下嘴，樂了，說：「謝謝老王。」

「早餐放到餐廳，等一等請羅探長下來用。」王志遠說完，轉身出門。

顧盛英已經把大封套裡的紙張取出，快速瀏覽，說：「還都是原件呢。」

「對，靠賣我的面子拿來的。」羅忠慢慢喝著咖啡，說，「你要小心，不要弄壞，我答應他們三天之後完璧歸趙。」

「這麼多，我三天裡面怎麼抄得完。」

「為什麼要抄完？你查一查，只記錄需要的資料，其他的看他做什麼。」

「哦。」顧盛英抬起眼睛，看著羅忠，又說，「小娘舅，麻煩你了。」

「麻煩倒沒什麼，只是我沒辦法派手下的人去做這事。就算派他們去，也沒有我的面子，拿不到東西。所以只有我自己跑，白天上班，夜裡跑各個捕房。」

「夜裡也能找到人麼？」

「你聽說過捕房夜裡關門麼？各處捕房都是一天二十四小時辦公，隨時有犯罪，隨時就出動。」

顧盛英點點頭，方才明白。

「你看，法租界裡，我跑了中央捕房，霞飛路捕房，福煦路捕房，貝當路捕房，小東門捕房，麥蘭捕房。公共租界，我去了中央捕房，老閘捕房，靜安寺捕房，戈登路捕房，普陀路捕房。我還跑了一趟閔行，虹口捕房，狄思威路捕房。腿都跑斷掉了，我想差不多了，不能再跑了。再要跑，就是上海警察局。」

「我曉得小娘舅辛苦，日後一定有報答的機會。」

「我也不指望你報答，只要你不倒下來，我對得起俐姐就好。」

王志遠走進門，通報：「羅探長，早餐預備好了。」

羅忠站起來，朝門外走，說：「吃過之後，我回家洗澡換衣服。」

顧盛英從床上下來，說：「我陪你一道吃，肚子好像餓了。」

王志遠見顧盛英下床，本要上前制止，但聽他說肚子餓了，想吃飯，又高興起來，忙到床邊抓起厚絨睡袍，披到顧盛英身上，說：「大少爺顯然好了許多，想吃飯了。」

三個人一同下了樓，進了餐廳。王嬸早已擺好桌子，她雖然不曉得顧盛英也會下來吃，但她每餐都要擺一大桌，也夠顧盛英一道吃。

剛吃幾口，白招弟打電話來問候，顧盛英順便告訴她，今天還是不能到辦公室去，需要在家裡看些材料，如果身體可以，準備到公共租界圖書館去一下。

放下電話，王志遠便立刻宣布：「大少爺今天仍舊不可以出門。」

顧盛英看他一眼，不搭腔，繼續吃早飯。

羅忠顯然是餓瘋了，三下兩下塞飽肚皮，丟掉脖子上圍的餐巾，說：「回家換個衣服，還要去上班。薛鴻七發了話，懸賞殺豬嘴阿四，滿城的癟三們都蠢蠢欲動，捕房只好特別忙。」

顧盛英說：「王叔代送一送，我不出門了。」

王志遠聽了，非常高興，陪著羅忠走出門去。兩個人走到大門外，羅忠拉開車門，沒有進去，轉身說：「老王，有句話原想告訴大少爺，看他病殃殃的，不忍開口，現在講給你，你看情況對大少爺講。葉小姐的遺體已經鑒定完畢，我挪到匯司捕房了。大少爺說要埋葬她，合適的時候可以來領。」

王志遠聽了，心裡難過，只說一句：「謝謝羅探長。」其他話講不出來。

顧盛英坐在餐廳裡，看見王志遠回進屋，說：「王叔，我忘記問小娘舅，他們鑒定葉小姐，什麼時候能做完呢，我想埋……埋……」

王志遠聽他講不下去，安慰說：「羅探長開車走的時候也想起來了，讓我轉告大少爺，鑒定基本做完了，大概再一兩天，大少爺就可以埋葬葉小姐。」

顧盛英聽了，垂下頭，沉默了半天，然後說：「我明天去接她出來。」

王志遠說：「我今天去安排法國殯儀館。」

「我要最好的，我要厚葬葉小姐。」顧盛英的喉頭打顫，幾乎沒有能夠講完這句話。

王嬸在旁轉移話題，說：「大少爺，水已經都放好了，先去洗澡吧。」

顧盛英沒有動，忽然自言自語：「跟葉小姐認識了這麼久，竟然沒有留下一張照片來，現在想看看她的模樣，也看不到。」說著，眼裡冒出淚來。

王志遠夫婦對視了一眼，王志遠點點頭，王嬸趕緊說：「大少爺，我們有葉小姐的照片。」

顧盛英一聽，猛地站起，盯著王嬸，問：「在那裡？快給我。」

王嬸說：「那天在杭州，你回上海之後，我陪葉小姐試穿太太留下的衣服。我看葉小姐實在漂亮，就拍了一卷照片下來。回上海以後一直忙，還沒有沖洗。」

「謝謝王嬸，謝謝王嬸。」顧盛英說著，喉嚨打顫，不能繼續。

王志遠在一旁說：「我今天出去沖洗。」

顧盛英又說：「要放大的。」

王嬸說：「大少爺放心，你王叔曉得怎樣做。好了，現在去洗澡吧。」

顧盛英往樓上走，走到一半，又轉身說：「我要選一張，送法國殯儀館。」

王志遠答應：「大少爺放心，我都會安排好。」

顧盛英獨自一人，在洗澡間四十多分鐘，猛烈痛哭，直到哭夠，才走出來，兩個眼睛紅腫。他什麼話都沒有再講，王志遠夫婦看出端倪，也都默不作聲。王志遠在臥室給顧盛英打過盤尼西林針後，顧盛英慢慢換好衣服，走下樓來。

王志遠剛穿上外套，見他下樓，便說：「大少爺，我現在去沖洗膠卷片，放大照片。」

「王叔，我跟你一道去。」顧盛英說，「你先把我送到公共租界的圖書館，我需要查一些資料。」

王志遠想阻止他，但看他臉色烏黑，曉得今天做不到，只好同意。

兩個人一路開車，都默默的，誰也沒有講話。經過華安大廈，看見大門前圍了許多人，董小霞站在台階上，兩手叉腰，滿臉怒氣，高聲吼叫，指揮幾個粗壯的飯店雜役，從門裡往外搬運一些行李衣物，丟到馬路上。莊衡站在馬路邊，張開兩手，企圖接住丟過來的東西，可是一件也接不到，都落在地上。圍觀的人群發出一陣一陣的哄笑，沒有一個人上前幫忙。

王志遠彷彿沒有看見，繼續兩眼直視前方。顧盛英看到，卻毫無興趣，他甚至忘記了董小霞曾經要他辦理離婚的事，也忘記了他兩天前曾經到華安大廈來送過照片，因而沒有把眼前所見同那兩件事聯繫起來。

到了圖書館，王志遠給顧盛英開車門，看著他下車，說：「大少爺查資料的時候，我去沖洗膠卷，然後回圖書館，在這裡等候，接大少爺回家。大少爺病剛好，不要再受風。」

顧盛英點點頭，沒有講話，走進圖書館大門。

這地方他很熟悉，經常來查閱資料，徑直上樓，到報刊閱覽室，要求翻閱最近五年的《江濱早報》，查詢資料。

圖書館管理員是個年輕婦女，相貌秀麗，服裝時髦，聽了顧盛英的要求，非常驚奇，問道：「先生要查哪方面資料？或許我們可以幫幫忙。否則要翻那麼多舊報紙，幾個鐘頭做不完的。」

「我想查查潘承道先生這幾年的表演日期。」顧盛英垂著兩眼說。

管理員小姐歡叫起來，道：「原來先生也是潘先生的崇拜者，我也是。潘先生真是太偉大了，又勇敢，又英俊，啊。」她兩手捧在胸口，彷彿陷入陶醉。

「小姐，請你幫我找出報紙來。」顧盛英心裡惱怒，急促地說。

管理員小姐發覺自己失態，趕緊收斂，陪笑說：「對不住，先生。不過先生問對了人，我對潘先生的消息很熱心，收集有潘先生這些年所有表演的日期，包括外地，可以給先生參考。先生照著那些日期，再找報紙，方便許多。」

顧盛英雖然因為管理員小姐崇拜潘承道，心裡不舒服，但是因為她的幫助，能夠得到方便，卻又無可抱怨，只好默默接受。

依照管理員小姐提供的日期，顧盛英果然很快收集到他所需要的資料。而且在報紙消息中，顧盛英也注意到，潘承道確實擁有不止一輛摩托車。三個鐘頭後，顧盛英歸還了報紙，感謝了管理員小姐，走出圖書館。

王志遠等在門口，見顧盛英出來，替他開車門，同時說：「沖洗膠卷今天可以做好，印出照片，要到明天。放大照片，要三天才可以做好。」

「可是我等不到三天，明天要接葉小姐到法國殯儀館。」顧盛英坐進車子，焦急地說。

「大少爺不要急，我都安排好了。」王志遠一邊開車上路，一邊說，「我付了加急費，明天可以拿到放大照片。另外我剛才同法國殯儀館講好，他們會安排，明天派一部車，隨我們去接葉小姐。」

顧盛英點點頭，說：「謝謝王叔費心了。」

然後兩個人再不講話，一路沉默。過了好一陣，顧盛英才穩定了心情，試圖思索剛才看到的資料，可是做不到，只有些斷續恍惚的念頭閃現。

回到家裡，顧盛英機械地按照王嬸安排，吃過中飯，喝過咖啡，走進自己的書房，開始查對羅忠送來的資料。手動眼動，幫助他集中了注意力，能夠工作。根據他從圖書館裡抄錄的日期，顧盛英查對羅忠找來的捕房資料，核對出每個在潘承道表演日期之後半個月內發現失蹤或者被殺的女子的資料。

與他的推想絲毫不差，至少有六七個上海女子失蹤或被殺日期，發生在潘承道飛車走壁表演日期之後的五天之內。就是說，那些女子，與葉晶瑩當初一樣，看過潘承道表演，參與爭睹而被選中，跟潘承道到他的公寓，遭到獸性蹂躪後被害。

悲哀之餘，顧盛英充滿自責，葉晶瑩早就告訴過他潘承道的暴行。如果他理解葉晶瑩的恐懼，如果他尊重葉晶瑩的謹慎，如果他配合葉晶瑩的努力，如果他馬上帶著葉晶瑩逃出上海，回到美國，葉晶瑩就會仍然幸福地活著，仍然守在自己的身邊，帶給他歡樂。

可是他沒有聽葉晶瑩的話，他什麼都沒有做，所以葉晶瑩被殺死了，是他的冷漠和疏忽，把葉晶瑩殺死了，他有罪，他是個罪人，他不能饒恕自己。

輕輕的敲門聲，打斷顧盛英的哀思。

「你怎樣麼了？臉色這樣壞。」白招弟走到他跟前，關切地問。

顧盛英看她一眼，重新低下眼睛，沒有講話。

白招弟嘆了口氣，同情地說：「葉小姐是個好人，可惜了。」

顧盛英聽了，突然感到自己再也無法繼續承受，喃喃道：「我把她害了。」然後抬起雙手蒙住臉，垂下身體，痛哭起來。

白招弟走前幾步，頂著他的頭站住，伸出一手，把他的頭摟在自己懷裡，另一手輕輕地拍著他的後背，如同她平時在家哄自己的小孩子一樣，不住聲勸：「好了，好了，哭哭就好了，哭多了傷身體。」

顧盛英哭了好一陣，才漸漸平息。「我去擦把臉。」他說著，跑出書房，到洗手間去洗臉。

等他回到書房，已經安靜了許多。可是白招弟並沒有在書房裡等他，卻聽見她的聲音，在樓下客廳裡喊他。

顧盛英走下樓，坐到沙發裡，接過王嬸遞過來的茶杯，喝了一口，說：「對不住，招弟。」

「沒什麼，我們都很難過。」

「你找我有事麼？」

白招弟放下手裡的茶杯，從口袋裡取出一張銀票，遞給顧盛英，說：「莊太太派人送來的五百塊定金，辦離婚。」

顧盛英木然地接過銀票，看也沒看，又還給白招弟，說：「你去辦吧。」

「莊太太也傳話來，要約你見個面。」

「沒功夫。」

「莊太太講，離婚要快，她肯多付錢。」

顧盛英沒有講話。

「我已經答復了，顧先生現在有兩個大案子，這兩天要開庭，忙得很。莊太太的事情也會抓緊，過兩天再給她的回話。」

「我明天到捕房，把葉小姐接出來。」顧盛英說，「送到法國殯儀館去，王叔已經安排好。我對不住葉小姐，我要厚葬她。」

白招弟聽了，看著顧盛英悲傷的神情，想勸他幾句，卻又不知怎樣講，沉吟半晌，說：「我會同王叔一起，把這件事情辦好。」

電話鈴聲打斷白招弟的話，王志遠接下話筒，聽了一句，拖過電話機，端在手裡，把話筒遞給顧盛英，說：「羅探長電話。」

顧盛英接過話筒，問：「小娘舅，什麼事？」

「阿牛已經捉到，果然手指相合。」羅忠在電話裡急切地說，「阿牛已經認罪，答應出庭做證。」

顧盛英放下電話，忽然說：「今天晚上，我去看飛車走壁。」

二十四　顧盛英現場捉惡魔　潘承道大罪終歸案

當天晚上，飛車走壁表演場裡，座無虛席。潘承道表演得驚險異常，上天入地，觀眾們也興奮萬分，狂呼亂叫。

顧盛英買了票，坐在觀眾席中。但他對觀眾的歡呼驚叫聽而不聞，好像自己處在一片空虛之中。他對潘承道的演出也視而不見，毫無興趣，他只是緊緊地盯住潘承道這個人，好像生怕他從自己的目光中消失片刻。

演出結束之後，觀眾們大聲說笑著，擦著滿頭大汗，走出場子。顧盛英站在走道上，不顧被人推來搡去，仍舊緊盯著潘承道，直至確認他走進後台，這才匆忙擠出觀眾人群，趕到大門口。

出門之後，他迅速轉過場子，繞到後台出口。當天下午，他已經到這裡來巡查過，認得後台出口在哪裡。他趕到的時候，發現其實他下午本不必專門來一趟。許多觀眾早就曉得後台出口，特別是年輕婦女，說不定包括圖書館裡的那個年輕管理員，已經圍在門口，顛腳伸頸，迫不及待地等候潘承道出現。看來，潘承道每場演出，都以如此熱烈的場面結束。顧盛英想起，葉晶瑩曾經向他描述過這個場面，但當時他沒有在意。這麼一想，他的心更緊了一層，對潘承道的仇恨也更加深。

他遠遠站在門口那些女人的後面，躲在馬路邊一棵大樹的側面，避免被潘承道發現。如果潘承道曾經跟蹤過自己，並且撞傷過他，那就一定會認得他。

等了許久，潘承道終於出來了。他已經洗過澡，換了衣服。此刻他頭戴一頂軟檐皮帽，身穿一件緊身皮夾克，足蹬一雙高統皮靴，比在舞台上更帥氣，英姿勃發。圍在門口的女人都尖叫起來，數十雙手臂高舉著，揮舞著，人人爭先恐後，擁擠向前，只望能夠握握潘承道的手，就算握不到，哪怕能夠摸一把潘承道的身子，也覺心滿意足。

潘承道非常習慣這種場面，如魚得水，在女人堆裡周旋出沒，東摸一把，西摟一下，左親一口，右貼一臉。雖然他滿面春光，笑如艷花，但他的眼睛卻並不模糊和鬆懈，而是十分機警地在女人群裡掃射。最後他找到自己今天的所求，挪動身體，慢慢蹭到一個年輕女人跟前，伸手摟住她的肩膀，拖到跟前，在她面頰上吻一下，然後開始邁步從人群中擠出去。

顯然那些崇拜者都熟悉規矩，一見狀況，曉得潘承道已經找到今天陪他過夜的女人，自己再無希望，便漫慢停止爭寵的努力，往後撤身，讓潘雲道摟住選中的女人，走上便道。

或許是一種習慣，或許是當晚已經騎夠了車，潘承道摟著女人，並不開車，也不騎車，而是順著馬路慢慢走，好像談情說愛，享受夜色。

顧盛英走到馬路對面，掩在樹後牆角，遠遠跟著。

潘承道的住地並不遠，走過幾個路口，轉上霞飛路，又走兩三個路口，再轉進一條弄堂，便到了地方。潘承道領著女人，走進一個門洞。顧盛英前後看看，認出是愛來格路。

那是一座三層小樓，夜色中看不清顏色。潘承道領著女人，走進門洞，掏出鑰匙開門，擁著女人走進去，隨後在身後關了門。緊接著，顧盛英看到，一樓窗口亮出燈光，一分鐘後，二樓的燈也亮了。

顧盛英又等了兩分鐘，不見小樓三層窗口亮燈。潘承道跟女人留在二樓，也許是喝酒之類吧。顧盛英想起，葉晶瑩講過，潘承道領她進房子後，先是喝洒聊天跳舞。弄女人，總要曉得先獻殷慰。

看來他們還要磨一陣子，顧盛英轉過身，前後看看。他需要給羅忠打電話，可是這裡離自己家太遠，他不願意放開監視潘承道太久。他想了想，附近什麼地方可以借到一個電話。邊想邊走，到了霞飛路口，左看看，右看看，天太晚了，不夜的上海灘也沉入昏暗，只有一些高樓上還閃爍著一些霓虹燈。

猛然間，顧盛英想起，剛才跟隨潘承道走過來的路上，好像經過一個旅館。如此一想，他便立刻邁開大步，匆忙朝來路走去。他沒有記錯，走過一個路口，就看見街角處有個不大的房屋，玻璃門上寫了幾個大字：香江夜旅店，不用想就曉得那是個什麼去處。但是此刻，顧盛英顧不了許多，一頭鑽進門去。

櫃台邊站起一個男人，相貌醜陋，門牙突出，禿頂在暗淡的燈光下閃著亮。

「我想借用一下你的電話，有急事。」顧盛英不等那男人開口，搶著說。

男人一手撓著後脖子，斜著眼睛，打量著顧盛英，慢吞吞地說：「我這裡電話，只給住店的客人們用。」

「多少錢一間房？」顧盛英問。

男人來了精神，利落地答說：「一個鐘頭一塊大洋，過夜五個大洋。」

這麼個破地方，要這麼多錢，顯然是敲竹杠，可是顧盛英心裡急，從衣袋裡掏出一個大洋，丟在櫃台上，說：「我只要五分鐘，打個電話，給你一個鐘頭的錢。」

男人喜笑顏開，伸手去抓那塊大洋。

顧盛英卻突然那那塊大洋捏回到手裡，說：「不過有個條件。」

男人眼盯著顧盛英捏著大洋的手，問：「你講。」

「你到門外去張望著，等我打完電話出去，你才可以回進來。」

「這是我的店，我不在這裡，怎麼曉得你不會偷我的東西。」

「你可以站在玻璃門外面，看著我打電話。」顧盛英有些著急，不耐煩地說，「你再囉嗦，我就找別家去了。」

「我走，我走。」男人趕緊拿了那一塊錢，走出櫃台，邁出店門，轉過身，臉貼在玻璃上，盯著顧盛英。

顧盛英本來只是想打個電話，並沒打算偷他什麼東西，便把櫃台上的電話轉過來，匆匆撥了號碼。

「小娘舅，是我。」剛聽到有人摘下話筒，不等羅忠開口，顧盛英便說。

「你曉得現在幾點鐘了？」羅忠壓低聲音說，「這個時候，除了殺人案，任何人不許給我打電話。」

顧盛英喘著氣，說：「我就是要報告你，馬上有人要被殺了。」

「你講什麼？你怎麼曉得。」羅忠的聲音清楚起來，「你在哪裡？」

「我現在在愛來格路上，打公用電話。」

羅忠奇怪了，問：「半夜三更，你跑到愛來格路做什麼？」

「我在跟蹤潘承道。」

羅忠聲音緊張起來，問：「你看見什麼了？他打人了？」

「沒有，他帶了個女人回家。」

羅忠嘆了口氣，說：「你呀，是不是有神經病了？你跟蹤他做什麼？」

「他殺了葉晶瑩。」

「你有什麼證據？你能斷定是他殺的嗎？」

顧盛英沒有講話。

羅忠放軟聲調，勸說：「聽我一句話，算了。」

顧盛英說：「我們至少可以抓他個強姦罪。」

羅忠說：「你有什麼證據，控告人家強姦？那女人是自願跟到他家去的吧，你看見那女人掙扎了麼？被他強行拉回家的麼？」

「沒有。」

「對呀，人家帶個女人回家過夜，什麼法都不犯，關你什麼事。」羅忠好像話沒有講完，但是停下了。他本來想說，你顧盛英不是也把葉晶瑩帶到自己家裡過夜嗎？

顧盛英不理會羅忠話裡的話，問：「小娘舅，我只問你一句，你來不來？」

「去做什麼？」

「來捉殺人犯。」

羅忠不講話，他無話可講。

顧盛英等了一等，又說：「小娘舅，你如果不來，我就自己進去捉。」

羅忠連忙說：「不急，不急，你等著，我就來了。」

「快些，我在路邊等你，不要弄出響聲來。」顧盛英說完，掛斷電話，急急忙忙走出小店，跑回潘承道家的對面。他沒有告訴小娘舅潘承道家的門牌號碼，他估計得到，捕房探長一定早已經曉得潘承道住的地方，所以羅忠沒有問他在哪裡會面。

仍然只有二樓的燈亮著，窗上時時閃過人影，都只是潘承道的男人身影，不見女人在窗邊走過。顧盛英有點擔心，是不是女人已經被殺了？可是從潘承道的人影看，他仍舊拿著個酒杯，好像在不停地講話，所以估計那女人還活著。

大概過了半個鐘頭，顧盛英不斷地看表。突然潘承道家三樓窗口亮了燈光，他已經把女人帶到三樓上去了，或許三樓就是臥室。顧盛英記得，葉晶瑩講過，潘承道把她扛到三樓，然後拿刀殺她。想到這裡，顧盛英真的急死了，決定不再繼續等候羅忠，自己闖進門去。

他剛走出隱藏之處，準備衝過馬路，看見羅忠的車匆匆趕到，停到路邊。

「你可真慢。」顧盛英見羅忠爬出車門，抱怨說。

羅忠不理他，匆忙地問：「他在哪裡？」

顧盛英伸手一指，說：「對面那所房子，三樓上。」

羅忠轉頭看了看，說：「我們不能從門口進去，打草驚蛇。」

顧盛英不說話，這是捕房的行當，他沒有太多發言權。

羅忠觀察一陣，說：「這種房子，都有天窗。我們從屋頂上看看，人不知鬼不覺，有事呢，我們就出面。如果沒事，我們再悄悄退出來，也不被人發現，告我們私闖民宅。」

顧盛英不耐煩了，說：「那麼多廢話，你講吧，從那裡上房。」

「跟我走，這種房子的結構，我熟悉。」

羅忠說著，領顧盛英繞過房子，到旁邊的弄堂裡，果然找到一個防火梯。他一跳，拉住懸梯，拖到地面。然後兩人一前一後，順著梯子，爬上房頂。

「手腳輕些，爬屋頂，有時候裡面能夠聽到響動。」羅忠噓著聲說。

顧盛英點點頭，跟在羅忠身後，貓著身子，輕手輕腳，挪到天窗邊上，探頭往房子裡面張望。

這一望，不要緊，顧盛英幾乎驚叫出聲。天窗下面正是一間臥室，左側牆邊一張大床上，一個裸體女人橫躺著，兩臂攤開，兩腿懸掛床下，滿身是血，一動不動。潘承道赤裸著身體，在房間中央，東西南北，瘋狂奔跑，仰臉狂叫。他右手握一把尖刀，胡亂在空中揮舞，刀尖滴落血滴。他的臉上，手上，身上，到處是血，兩腳在地板上印出成串的血印。他把那個女人殺死了，顧盛英斷定。

羅忠到底是經驗豐富的警官，一見此狀，二話不說，從腰裡拔出手槍，揮手猛砸，用槍柄擊破天窗玻璃，又用臂肘狠命一撞，隨後身體順著力量，裹著萬千玻璃碎片，落入下面的臥室。

潘承道被天窗破裂的響聲驚動，頓了一頓，站住腳，抬頭張望。

這空檔，羅忠落到屋裡，就地一滾，單腿跪起，雙手舉槍，直對潘承道，大聲喝道：「不許動，舉起手來。」

潘承道好像仍然一時沒有弄明白發生了什麼，歪了頭，望著羅忠。

這時，顧盛英也跟著，從天窗上落下，摔倒又爬起，呼呼喘氣。

潘承道看見他，突然又發起瘋，兩腳跳著，揮舞尖刀，朝顧盛英奔來。

「不許動！」羅忠又吼一聲，見潘承道不停，便扣動扳機，對準潘承道的頭部上方開了一槍，子彈打入他身後的天花板。

那一聲槍響，好像異常巨大，把潘承道和顧盛英都嚇了一跳。

潘承道稍一猶豫，羅忠縱身躍起，撲將過去，飛起一腳，把潘承道手裡的尖刀踢掉，同時順著那一撲之力，把潘承道撞倒在地。然後稍稍抬起自己身體，留些空間，扯住潘承道的頭髮，把他拉起少許，猛然一砸，再將他摔個嘴啃地。潘承道哇呀大叫一聲，叫聲未落，羅忠已從身後拔出一對手銬，把潘承道兩手銬緊在背後。這一系列激烈動作，不過幾秒鐘，完成之後，羅忠鬆口氣，朝潘承道身邊的地板上啐了口吐沫，大喘一口氣，然後站起身。

顧盛英站在旁邊，看得心驚膽戰，不知該說什麼好。

潘承道雖然銬了手，倒在地板上，仍然繼續發瘋，踢動雙腿，身體震盪。

羅忠抬一只腳踩住他，回頭對顧盛英說：「什麼都不要碰，保留現場。」

顧盛英點點頭，轉臉看看床上的女人。

「你過來，踩住這家伙。」羅忠說，「我去看看那女人是不是還活著。」

顧盛英過去，把腳抬高，狠命跺到潘承道的後背上，痛得潘承道慘叫一聲。顧盛英惡狠狠地笑笑，說：「小娘舅，你去，我保證不讓這小子動一動。」

羅忠鬆下腳來，走到床邊，伸手摸住女人的脖頸，嘆口氣，走到牆邊，拿下電話話筒，撥了匯司捕房號碼，說：「我是羅忠，在法租界發現一起兇殺，現在兇手已經控制，受害人已死。」羅忠隨後給了具體地址，指示部下馬上給法租界霞飛路捕房打電話，請求他們立刻派員趕到現場。羅忠是公共租界的警官，無權在法租界執行警務。

羅忠掛斷電話，對顧盛英說：「我先查看一下這所房子，你看住這家伙。」

顧盛英又在潘承道背上跺一腳，說：「小娘舅，你放心。」

羅忠走出房間。

顧盛英踩著潘承道，自己的身體倒一陣陣發抖。腳下這個惡棍，曾經企圖強姦葉晶瑩，給她造成無限苦痛，又曾經驅車撞傷自己，更曾經殘忍地殺害了他的心愛之人，棄屍骯髒的蘇州河裡。是可忍，孰不可忍，顧盛英拼命克制住一股一股湧上心頭的欲念，沒有下手結果潘承道的性命。

法租界霞飛路捕房的三名偵探趕到現場的時候，潘承道似乎平靜下來，伏在地板上，不再發瘋，兩眼呆滯，彷彿半睡半醒。

兩名華人偵探先進了屋，立刻趕到床邊檢查被殺的女人，第三名偵探是個洋人，進了門，左右看看，走到顧盛英身邊，看著他腳下踩著的潘承道，講法文問：「請問，先生怎麼會在這裡？匯司捕房的羅探長在哪裡？」

顧盛英並不回答問題，走到牆邊，找張木椅坐下，兩手蒙住臉，掩蓋自己洶湧的淚。淚水迷朦之中，不停地閃動著葉晶瑩那張沒有生命的面龐。

「我沒有殺她，我沒有殺她。」潘承道突然喊叫起來。

那個洋人偵探，趕緊放開顧盛英，走到潘承道身邊，踢他一腳，繼續用法文喝道：「你放老實些，免得皮肉受苦。」

這時羅忠走進房間，手裡提著一個紙袋。

「羅探長？」那個洋人偵探趕前兩步，跟羅忠握手，改用英文說，「我是霞飛路捕房的彼得艾伯特。」

「久仰大名，艾伯特警長。」羅忠也用英文回答，「對不起，我在你的地盤上捉人。」

「遇見兇殺案，當仁不讓，是警官的職責，羅探長如此盡職，令人佩服。」

另外一名偵探走過來，提著從地板上拾起的那把帶血尖刀，報告說：「死者身上的刀傷，與這把刀相符。」

彼得警長轉過臉，看著潘承道，厲聲問：「你沒有殺，是哪個殺的？」

「我不曉得。」潘承道說，「我從樓下上來，發現她被殺死了。」

羅忠厲聲說：「我親眼看見你拿著刀在這裡奔跑！」

潘承道忽然好像頭腦非常清醒，辯解說：「我看見她身上插著這把刀，不忍心，就拔下來，可她已經死了。」

羅忠大步走到他面前，把手裡提的紙袋往地板上一丟，說：「那麼這些女人呢？都不是你殺的？不是你殺的，為什麼你留著這些東西？從哪裡來的？」

潘承道探頭朝那紙袋一看，臉一層層退色，講不出話來。

顧盛英不必走到跟前去，便可以斷定，羅忠搜出足夠的證據，證明潘承道在這所房子裡殺害過不只一個婦女。

「狼心狗肺。」羅忠咬著牙說，「你再喘口氣吧，這是你能夠呼吸的最後一點自由空氣了。告訴你，我就是丟了這個探長不做，也非把你下到死牢裡去不可。」

滿屋子的人聽了，都加重了喘氣的聲音。

羅忠揮揮手，轉過身，說：「再看他一眼，我就忍不住得宰了他。」

艾伯特警長立刻下令：「給我把這個狗東西帶走。」

兩個偵探聽了命令，趕過來，連拉帶打，把潘承道拖出房間。聽著他一路嚎叫，下了樓梯，出了大門，關進警車之中。

羅忠拿腳踢踢地板上的紙袋，對艾伯特警長說：「這些證據，你們收好。再細查一下，房子裡面或許還有更多證據。」

「當然。」艾伯特警長回答，又補充，「謝謝羅探長。」

羅忠指著艾伯特警長手拿的那把尖刀，對顧盛英說：「這種三角型的尖刀，不是防身用的，而是專門殺人的。三角刀傷本來不容易封口，這刀三面都有血槽，刺入人體之後，鮮血會立刻順血槽噴出，再無法止住。這狗東西，平日裡道貌岸然，實際上殺人不眨眼。」

顧盛英聽著，渾身只發抖。

「這裡都交給你們了，艾伯特警長。」羅忠走出屋門，喃喃道：「這魔頭殺過不少人，居然一直沒被發現？真是我們做巡捕的失職，嚴重失職。」

顧盛英跟著羅忠，走下樓梯，說：「小娘舅，你告訴我，葉小姐怎麼死的。」

羅忠猛然停住腳，轉過身來，看著他，沒有明白他的話。

「我要曉得，這魔頭是不是也用這把刀，殺害了葉小姐。」

羅忠看著顧盛英，不曉得該講什麼好。他已經曉得葉晶瑩是怎麼被害的，但是眼下，他不忍心講出那個過於殘酷的現實。於是他點點頭，轉過身，繼續默默地走出樓門。

突然一部公共租界的警車衝到跟前，一個巡捕從車窗探出頭，叫：「羅探長，羅探長。」

羅忠快步走到馬路邊，問：「什麼事？」

「報告羅探長，阿牛在拘留所裡面被人殺了。」

「什麼？」羅忠大吼一聲。

二十五 難永別顧盛英長哭 同歸盡薛鴻七喪命

長夜將盡，天色蒙蒙亮。

王志遠夫婦輕輕走進法國殯儀館。昨夜顧盛英一夜未歸，夫婦兩人急壞了，到處打聽。先聽羅忠太太告知，舅甥兩人合作捉拿殺人犯，忙了半夜。又幾個鐘頭過去，已近拂曉，還不見顧盛英回家，王志遠趕到法租界霞飛路捕房打問，知道顧盛英並沒有去那裡。王志遠又趕到公共租界匯司捕房，知道顧盛英曾經到過那裡，但很快就離開了。可是他沒有回家，那麼他會去哪裡呢？夫婦兩人想了許久，最後王嬸想到，顧盛英可能到法國殯儀館去了。兩人趕來，果然找到了他。

昨天下午，白招弟同王志遠商量，決定自己動手，先把葉晶瑩的遺體領出捕房，送到法國殯儀館，布置安排好，化妝換衣，避免讓顧盛英經歷這個令人心碎的程序。本來說是都安排好了之後，今天早上再報告顧盛英。可是既然昨夜顧盛英跟隨羅忠到匯司捕房去過，他一定會問出來，葉晶瑩的遺體已經被移往法國殯儀館了。

白招弟昨天忙了一下午，專門租了個單獨的禮堂。禮堂不大，兩側四扇長形窗戶，用彩色玻璃鑲嵌成圖案。窗邊的牆壁都掛著黃黑兩色的幕帳，使禮堂裡面顯得溫暖。禮堂頂頭牆上，高高掛著一個巨大的十字架，金光閃閃。葉晶瑩從小在教會裡長大，信奉基督。

十字架下面是一幅放大的葉晶瑩人頭照片，王志遠費了力，一天裡做了來。照片和十字架連成一體，彷彿十字架的光芒照耀著葉晶瑩，又彷彿葉晶瑩跟隨十字架昇入天國。照片上，葉晶瑩依然那般美艷和秀麗，依然那般純潔和真誠。她歡樂地笑著，彎彎的眉毛抖動著的驚喜，溫存的眼睛閃爍出迷人的光芒，柔潤的雙頰蕩漾著甜蜜的愛情，微張的嘴唇彷彿在問：心愛的人兒，你在哪裡？

一個精致的棺木，橫臥在照片下面，棺蓋敞開，棺內鋪設雪白的絲綢襯墊。葉晶瑩躺在裡面，身蓋一領白紗，再沒有驚喜的眉頭抖動，再沒有閃亮的目光，再沒有啟動的嘴唇。她兩眼合閉，神態安然，彷彿熟睡。

顧盛英獨自一人，跪坐在葉晶瑩的棺木前，兩臂搭在棺木邊緣上，臉貼在棺木外側，緊緊閉著眼睛，他的淚早已流乾，只有幾道痕跡猶可依稀辨認。

「大少爺。」王志遠走到跟前，輕輕叫了一聲。

王嬸也走過來，把路上買的一抱鮮花，遞到顧盛英手上。

「謝謝王嬸。」顧盛英伸手接過，把鮮花鋪放在葉晶瑩的棺木下面。

一夜不見，他頭髮蓬亂，面色慘白，眼圈烏黑，兩頰似乎也下陷，顯得枯瘦了許多。王嬸看著，心裡很難過，卻又不知能夠怎樣安慰大少爺。

「昨天夜裡，太太發來一封電報。」王志遠向顧盛英報告。

「我在這裡陪陪她」，顧盛英啞著喉嚨，彷彿自言自語，「我告訴她，她的仇已經報了，她可以安息。」話未說完，他的喉頭縮緊，語音已經化成痛哭。

王志遠夫婦站在一邊，默不作聲，由顧盛英再次哭夠。

等顧盛英平穩下來，王嬸從口袋裡取出手絹，遞給他擦拭。

「太太好像不曉得葉小姐的事。」王志遠說。

顧盛英聽著，卻又像沒有在聽，一直不說話。

王志遠繼續說：「我想，葉小姐的事，還是大少爺自己對太太講比較好，所以還沒有給太太回電報。」

顧盛英仍舊握著手絹，望著葉晶瑩的棺木和棺木下面的鮮花，沒有答話。

過了幾分鐘，王志遠又說：「羅探長昨夜對我講，一定要你睡好覺，提起精神來，今天是禮拜二，會審公堂審你的案子，你要出庭。」

這幾句話，打進了顧盛英的耳朵，他彷彿想了一陣，終於明白了這話的意思，轉過頭，看著王志遠，眼睛裡全是疑問。

「昨夜大少爺沒回家，我們著急，問羅探長才曉得。」王志遠答說，他沒有講明，他昨夜是親自跑到匯司捕房找他，見到羅忠面談的。

「對，我得準備。」顧盛英點點頭，說，「你們先走吧，我馬上就來。」

王志遠夫婦曉得，顧盛英要最後跟葉晶瑩告別，便轉身靜靜走開，給顧盛英留一點獨自的空間。

「晶瑩，我現在必須離開，事情一完，我就回來陪你，我還有很多話要對你講。」顧盛英站起身，俯在棺木邊，望著裡面的葉晶瑩，輕聲述說，「晶瑩，我還沒有機會對你講，我多麼多麼地愛你。我這一生，從來沒有愛過一個姑娘。你是第一個，第一個我全心全意愛上的姑娘。晶瑩，我永遠不會忘記你，我永遠永遠愛著你。晶瑩，你等著我，等我也進入天國的時候，我們再重逢，永不分離。」

說完，顧盛英從胸前口袋裡，取出一張自己的小照片，塞進葉晶瑩的衣服裡，貼在她的心口上，拿起她的手按住，又說：「晶瑩，不要忘記我，不要離開我。晶瑩，讓我永遠永遠陪伴著你。你寂寞的時候，我願意陪你講話。你高興的時候，我願意與你分享快樂。你苦惱的時候，我願意與你分擔憂愁。晶瑩，永遠記著我，永遠愛著我。」

顧盛英無法再繼續講話，他的喉頭咽住，淚水又一次冒出眼眶。他忍住自己無盡的悲傷，垂下頭，把自己的雙唇，緊緊地壓在葉晶瑩冰冷的唇上。

然後，他轉過身，兩手蒙著面孔，慢慢走出小禮堂。

無論如何哀腸寸斷，生活必須繼續。顧盛英跟隨王志遠夫婦回了家，熱水洗過澡，刮了鬍子。今天他選了一身純黑的西裝，戴了一個純黑的領結，穿了一雙純黑的皮鞋。他甚至不曉得，從今往後，除了黑色，他是不是還會穿任何其他顏色的衣服。對於他來說，生活似乎隨著葉晶瑩，已經逝去，剩下的只是葬禮。

羅忠忽然匆匆趕到，進門就問：「找到人了嗎？」

王志遠站在門邊，接過羅忠遞來的禮帽和手套，說：「大少爺剛換好衣服，正準備吃早餐。」

王嬸一邊擺著飯桌，一邊說：「羅探長來了，一道吃，一道吃。」

顧盛英整理著領結，走下樓梯來，看見羅忠，說：「早上好，小娘舅。」

「你小子跑到那裡去了？害得王叔王嬸奔跑一夜找你。」羅忠望著顧盛英。因為剛洗過澡，刮過鬍子，臉上塗了油，眼裡滴了眼藥，又換了衣服，顧盛英已經看不出太多倦容和傷感，羅忠沒有覺出任何不妥當。

見顧盛英沒有立刻回答羅忠的問話，王嬸知道他不願意讓人曉得他到法國殯儀館去了半夜，便招呼說：「羅探長，快坐，吐司冷了，塗不成黃油了。」

顧盛英走到桌邊坐下，說：「謝謝王嬸。」

王志遠立刻走來，從桌上拿起餐巾抖開，鋪到顧盛英的膝上。然後拿起牛奶罐，往玻璃杯裡倒牛奶，再加方糖。

王嬸在羅忠身邊，替他在吐司上面塗黃油。

「王嫂，我自己來吧。」羅忠拿起刀叉，在自己盤子裡叉一塊雞蛋。

王嬸把塗好黃油的吐司放在羅忠盤子裡，說：「好了，你自己來吧。」

王志遠退後幾步，站到牆邊，看著飯桌，不再動作。

顧盛英和羅忠開始自己動手吃早餐，好幾分鐘沒有人開口講話。

「從你的臉色看，阿四還沒有找到。」顧盛英咽下一口雞蛋，終於說。

羅忠搖搖頭，眼睛盯著盤子裡的吐司，答說：「沒有。」

顧盛英嘆口氣，放下手裡的刀叉，說：「阿牛怎麼會給殺死了呢？」他實在沒有胃口吃東西。

羅忠抬頭看看顧盛英，又低下頭，看著手裡的刀，切下一片火腿，說：「我告訴過你，薛鴻七不好對付。監牢裡有他安插的人，平時不露痕跡，要緊關頭才下手。我已經下了命令，一定要把那人找出來。」

「原告不到，案子只好撤銷。」顧盛英說著，喝了一口咖啡。

羅忠說：「阿四曉得今天審案，但願他開庭的時候能夠顯身。」

這時，電話鈴突然響起來。

王志遠立刻離開餐廳，走進客廳，拿起電話說：「顧宅。」

顧盛英對羅忠說：「如果是阿四打電話來，就好了。」

羅忠搖搖頭，說：「那種小癟三，還會打電話？」

王志遠走進餐廳，說：「白小姐電話。」

顧盛英走進客廳，拿起電話，只說了一聲「招弟」，然後就不再出聲，只聽白招弟在電話裡急匆匆講了一大串。原來董小霞一大早打來電話，非馬上約見顧大律師不可。

顧盛英搖搖頭，無可奈何，只好說：「隨你便吧，不過今天一定不行，今天會審公堂開庭，審我們的案子。」

白招弟在電話裡說：「我對她講了，約好明天上午十一點鐘見她。」

「你已經約好了，還問我那麼多話。」顧盛英又惱又氣地說完，掛了電話，聳聳肩，走回餐廳，對羅忠說：「這間律師樓，老闆不是我。」

羅忠笑了，說：「當然，若不是招弟在那裡主持，你早就要捲鋪蓋滾蛋了。」

客廳裡電話鈴卻又響起來，王志遠走去接，然後回來通報：「捕房來電，找羅探長。」

羅忠走進客廳，拿起話筒，問：「我是羅忠。哦，劉巡捕，怎麼曉得會打到這裡來？」

電話裡，劉警官報告說，先打到羅宅，探長太太說是探長大早就趕到顧大律師家裡來了，所以打過來。

「什麼事？」羅忠聽完，簡潔地問。然後聽了兩秒鐘，大叫一聲，「媽的，娘希匹。」

顧盛英聽了，趕忙站起，跑進客廳。

羅忠掛斷電話，喘口粗氣，對顧盛英說：「薛鴻七被殺了。」

「什麼？」顧盛英大吃一驚，睜大眼睛，問，「怎麼可能。」

「劉巡捕講，他接到報告，在薛公館大門前，先是兩車相撞，然後發生短暫槍戰，等巡捕趕到現場，滿地死人。車子裡面，薛鴻七被打死了。」

「啊，我的上帝。」顧盛英下意識驚呼道，沒有注意講出的是一句英文。

羅忠朝門口走，邊說：「他們已經把現場保護起來，我必須馬上趕去。」

顧盛英跟隨著，說：「我跟你一道去。」

王志遠衝到門邊，把羅探長的禮帽遞過去，說：「羅探長公務緊急，我開車送兩位一趟。我看見羅探長今早沒有開車來。」

羅忠說：「對，昨夜聽報告阿牛被殺，急急忙忙坐了巡捕的車就跑，我的車子還留在潘承道那裡，今早是坐黃包車過來的。」

顧盛英說：「那麼王叔趕緊，送我們過去。」

王志遠應了一聲，奔出門去。

王嬸走過來，在門邊的壁櫃裡取出呢子外套，提到顧盛英背後，說：「大少爺，早上外面冷，多穿些，中午熱了再脫。」

「謝謝王嬸。」顧盛英說著，伸開兩手，套進外套袖子，一邊問羅忠，「哪個下的手呢？我是講，殺薛鴻七。」

羅忠摘下眼睛，拿鏡絨擦著，說：「現在還不曉得，沒有詳細報告。」

王嬸轉到顧盛英前面，替他扣好外套鈕扣，又拍了拍外套胸前，才退開，讓顧盛英跟隨羅忠走出門去了。

王志遠已經把車子開到門前，顧盛英和羅忠迅速坐進去。

「王叔，北四川路。」羅忠說。

「曉得。」王志遠答應一聲，急急開動起來。

兩個人靜默了一陣，各自琢磨這個變故，會發生什麼後果。

「既然被告已經死了，今天的案子也就自動撤銷。」過了一陣，顧盛英說，「所以阿牛是不是死了，阿四是不是找到，都無所謂了。」

「到底還是便宜了薛鴻七。」羅忠搖搖頭說，語氣很失望，卻又無奈。他嘆口氣，又說，「我夢想了十年，就想看到他站在會審公堂上接受審判的樣子。現在剛到要實現，卻又如此結果。」

顧盛英點點頭，說：「小娘舅，我理解你的心情。但是不管怎樣，仇人被殺死，也算一種勝利。」

羅忠沒有講話，呼吸沉重。

顧盛英又說：「這樣也好，惡有惡報。真到會審公堂上去，照他的勢力，保不定還逃過死刑，再活下去。」

「可是我再也沒有辦法弄清楚，姐姐到底是怎樣遇害的。」

顧盛英不再講話，抬起一只手，但是沒有落到羅忠的手背上，又慢慢收回到自己的腿上。

羅忠想了片刻，又自言自語道：「薛鴻七死了，樹倒猢猻散，我捉到他的手下，總還是可能審出來。」

顧盛英點點頭，說：「對，任何作惡，最終逃不脫公正的懲罰。」

說著話，車子開上北四川路，老遠看見海寧路，站滿了巡捕，攔截交通。

「老王，我們就這裡下去，你車子不可以開進去。」羅忠說。

王志遠把汽車開到路邊停下，問道：「要不要我在這裡等你們？」

羅忠邊下車，邊說：「不必了，老王，你請回吧。我在這裡，可以坐捕房的車子辦事情。」

顧盛英跟著羅忠下了車，走了幾步，又轉身回到車邊，隔著車窗，說：「王叔，請你打聽一個事。」

「大少爺，你講。」

「請你問問看，怎樣個辦法，能夠把葉小姐帶去美國。」

王志遠愣了一下，隨即明白過來，點頭說：「放心，大少爺，我馬上去辦。」

顧盛英說過一聲謝謝，重又轉身，急步趕上羅忠，走到巡捕戒備線前。

「探長到了。」一年輕巡捕對羅忠立正敬禮。這是匯司捕房的轄地，羅忠便是探案總管。

羅忠指指身邊的顧盛英，說：「他是這個案子的律師，跟我查看現場。」

巡捕對顧盛英看一眼，點點頭，沒說話。

羅忠一邊繼續朝前走，一邊問：「有什麼新情況？」

巡捕回答：「我不曉得，我一直在這裡站崗，沒有聽到什麼消息。」

羅忠不再講話，加快步子，往薛鴻七公館趕去。

顧盛英也撩開大步，緊緊跟隨。

他們兩個喘著氣，到海寧路，轉過馬路口，看到現場情況。顧盛英到這裡來過，給薛鴻七派傳票，所以熟悉地形。薛鴻七的車子顯然是剛從公館大門開出來，往南轉彎，準備上北四川路。對面開來的另一部車，撞上薛鴻七汽車的左側前門。兩部車子擠在一處，誰也開不動，而且相擠的一邊，兩部車子的車門都打不開。薛鴻七汽車右側車門敞開著，顯然是他的保鏢下了車，繞到左側，跑向撞車之人。與薛鴻七相撞那部車子右側前門也敞開著，可以斷定是開車人跳出了車子。

羅忠和顧盛英奔到兩部車子跟前，幾乎同時驚呼出聲：「阿四。」

用不著許多偵探經驗，事件前後經過，一目了然。阿四坐在車子裡，早在路邊等候，見到薛鴻七的車子出來，便開車迎面衝去猛撞。薛鴻七車裡司機和坐在前座上的保鏢毫無準備，當即隨慣性前衝，撞到方向盤和車窗上，都昏過去。

阿四有備而來，撞車之後，立刻從右側開門跳出，繞過自己的車頭，隔著車窗，舉槍對準坐在後座上的薛鴻七射擊。因為兩車相撞的力量，薛鴻七車子的左邊車門一時無法打開。薛鴻七雖然防備嚴密，出門坐車，總是坐在後排座位當中，左右兩邊各有一名保鏢，隨時準備替他擋子彈。通常路上遇有槍戰，兩邊保鏢阻擋一陣，爭取了時間，車子也便能夠衝出險情，保住他自己的性命。

但這一次，並非在行駛中遭遇槍戰，而是兩車相撞，一時無法逃脫。而且車內空間畢竟窄小，缺乏回旋躲避餘地，他左側窗前的保鏢被槍擊喪命之後，倒到薛鴻七膝上。雖然薛鴻七臨陣機警，使力推起已死保鏢的身體，作為抵擋，終於不如子彈快，被阿四連續射擊，打中額頭，當場斃命。

薛鴻七被打死的片刻，他右側的保鏢推開車門跳出，隔著車頂，向阿四開槍射擊。同時薛公館門口的衛士們聽到車喇叭響和槍聲，也都哇哇喊叫著，拔步朝兩車衝來，長槍短槍，一陣亂射。

不知是阿四早有計畫，還是本能驅使，或是嚇瘋了，或是殺人紅了眼，他打死薛鴻七之後，因為身體晃動僥幸躲過車頂對面薛鴻七保鏢的槍擊，便回槍射擊，又將那保鏢打死。但是他終於未能躲過公館門口衝過來衛士，亂槍之下，被擊中數彈，遍體鱗傷，到處冒血，倒地而亡。

這個時候，羅忠早先派在附近幾處監視薛鴻七行蹤的巡捕們趕到，見薛鴻七的槍手們衝鋒射擊，便也舉槍反擊，將若干匪徒擊斃，屍體散臥，橫七豎八，才算終止了這場流血慘案。隨後各處巡捕紛紛聞聲趕到，封鎖現場，報告捕房，通知羅探長火速趕來調查。

公館門外，若干巡捕仍在繼續逮捕薛鴻七的槍手們，帶手銬的，綁繩索的。有些巡捕在公館大門口跑進跑出，時不時拖出一個薛鴻七的人，交到門外捕人的巡捕手裡。另外一些巡捕則抱著大包小包各種東西，走出大門，裝進停在旁邊的警車裡，都是薛鴻七匪幫們犯罪做案的證據。本來沒有法院許可，巡捕不能進入公館，無法收集薛鴻七集團做案的證據。現在公館成了多起謀殺現場，巡捕便有足夠的理由在犯罪現場收集佐證，調查血案。

羅忠繞著兩部撞在一起的汽車，走了幾圈，嘴裡自言自語：「這個癟三，居然能夠開車來撞薛鴻七，真想不到。」

「我的問題，他哪裡弄到一部汽車？」

在薛公館門口指揮的劉巡捕，這時望見羅忠到場，趕緊跑過來，向探長報告，聽見這麼問，應聲回答：「報告羅探長，我們已經調查清楚，這部汽車昨天下午被盜。車主昨晚到捕房報案，已經證實。」

羅忠點點頭，說：「這是我的猜測。」

顧盛英有些不解，問道：「這個小癟三，居然會開車？」然後想起，曾警官原想讓阿四給他做車夫，幫忙跑腿，所以曾經教他開車，阿四犯懶，覺得開車太難，不要學，離開了曾警官，卻想不到，那幾天的訓練，現在派上這樣一個用場。

羅忠走到阿四身邊蹲下，查看阿四的臉和手，問：「他用的槍呢？」

劉巡捕朝旁邊走了兩步，指著地面上一把手槍，報告：「我們斷定就是這一把。因為其他所有槍支，都在各人身邊，只有這一把，丟在這裡。」

羅忠走到那把手槍邊，轉頭看看阿四的屍體，說：「不錯。阿四被亂槍擊中之後，身體往後傾倒，張開手臂，這槍給拋到這裡落地。」

劉巡捕蹲在羅探長對面，看著那把手槍，說：「我們現在還不曉得，阿四怎麼會有這把槍？想必也是偷來的，可是我們沒有查到有人報失手槍。」

羅忠搖搖頭，說：「怎麼會有人報失手槍？沒人敢。我們上海，槍支管制嚴格，除了捕房和軍隊，普通居民不得擁有槍支，否則犯法，被發現了要坐牢。只有薛鴻七這樣的匪幫，才敢非法持槍行凶。」

劉巡捕歪著頭，問：「那麼羅探長說，這把手槍要麼是軍隊的，要麼是巡捕的，要麼是上海灘青紅幫的。」

羅忠點點頭，答說：「反正不是上海普通居民的。」

這時候，顧盛英插話，說：「我想這把手槍是曾警官的。」

劉巡捕站起身，看著顧盛英，問：「曾警官是誰？」他太年輕，曾警官退休的時候，他大概還沒有入伍，不知道曾警官是何許人也。

羅忠也直起身，點著頭說：「估計如此。曾警官被暗殺的現場，一直沒有找到他的手槍。」

「當時請曾警官保護阿四。」顧盛英說，「阿牛他們找到那裡，殺死曾警官的時候，阿四躲在現場。後來他拾到阿牛被斬斷的手指，也拾到曾警官這把手槍。」

羅忠說：「這家伙當時已經打定主意，要用這把手槍，跟薛鴻七拼個你死我活。真沒想到，這個小癟三，竟然突然之間，會有這份膽量。」

「美國人有句話講：老鼠被逼到牆角，也會對貓展開反攻。」顧盛英說。

羅忠笑了說：「美國人講話好聽些，我們中國人講是狗急了跳牆。」

顧盛英點頭同意，又說：「阿四曉得，他早晚躲不過這一劫。那天夜裡他找我，把阿牛的手指交給我，我就看出來，他曉得自己已經沒命了。不管薛鴻七是不是進會審公堂，是不是會給判刑，反正他阿四死定了。」

「薛鴻七懸了賞，全上海的人到處在找他，他再笨，也看得出，自己走投無路。」羅忠說著，離開阿四丟的手槍，朝薛公館大門口走，繼續說，「躲得過一天兩天，躲不過十天半月。」

顧盛英接著說：「從早到晚，東躲西藏，膽顫心驚，坐立不安，雖然算是有一口氣，跟死也沒有什麼兩樣。」

羅忠點點頭，沒有再講話。

二十六　董小霞送錢辦離婚　大律師傷心返家園

又一個傍晚，同一處桌子，顧盛英跟羅忠面對面坐著。羅忠吸著他的煙斗，顧盛英抽著三五香煙，等待文嫂送來飯菜。一瓶狀元紅，四碟小菜，擺在桌子當中，兩人面前各一個酒杯，裡面有酒，卻沒有人動。

兩個人都不講話，也沒有太多可講的。前後不過幾天，顧盛英認識了葉晶瑩，爆發了真愛，得到了人生最大的快樂。然後葉晶瑩死了，顧盛英又嚐到了人生最大的苦痛。再後來潘承道被逮捕法辦，葉晶瑩的仇報了，顧盛英並沒有獲得任何安慰。跟著薛鴻七被殺死，姐姐的仇報了，羅忠也沒有覺得略微的輕鬆。

領班趙三江高舉著托盤，來到他們桌邊，一樣一樣把飯菜擺到桌上，嘴裡述說著各種菜名和特色，時間好像停滯著，沒有點滴的變化。

這時候，一個貴婦人模樣的女人走進門來。

趙三江轉臉看到，一邊加快給羅忠和顧盛英桌上擺菜，一邊高聲招呼：「請問太太，幾個人用餐？」

羅忠看到，低聲問顧盛英：「她來這裡做什麼？不是來找你的吧？」

顧盛英聽見，轉頭朝門口看看，趕緊轉回臉，縮短脖頸，挪動身子，試圖不被發現，同時低聲說：「大概來找我的。今天本來約好，可是我沒到辦公室去會她。」

董小霞穿著一件繡花的絲綢旗袍，白色皮鞋，肩膀上圍了一條白色狐尾，一只手在胸前拉著。聽見趙三江招呼的叫聲，轉過頭一看，剛巧撇見顧盛英轉回臉去，馬上眼睛一瞪，手一指，說：「我就是找他。」

說罷，董小霞昂首挺胸，格登格登踩著高跟鞋，徑直走到桌邊，叫：「顧大律師，好難見到你。」

顧盛英假裝這才抬臉，故作驚奇，連忙說：「莊太太，你好。」同時站起，對趙三江招手，叫：「快搬一把椅子來，請莊太太坐。」

「不是莊太太，是董小霞。」董小霞一邊在趙三江搬來的椅子上坐下，翹起二郎腿。

顧盛英和羅忠見她坐下了，各自也都坐下來。

董小霞從手提袋裡取出一個講究的煙盒打開，取出一支，放進唇內。

顧盛英趕緊從桌上拿起洋火擦著，伸過去替董小霞點燃香煙。

艾文秀看見董小霞派頭很大，身上金銀首飾一堆，料定是個闊主，忙走過來，彎著腰，陪笑臉，故作聲勢地問：「哎呀呀，我的顧大律師，怎麼帶來這麼一位漂亮闊氣的小姐，也不跟我講一聲呢。」

顧盛英一面討厭艾文秀的做作，一面又覺得高興，因為她一打攪，就會轉移董小霞的注意力。艾文秀很會纏人，很會討好，有她在旁邊，顧盛英會減少許多糾纏。於是順著艾文秀的話，介紹說：「這位是江西大富豪董家的千金，董小霞。」

「哎喲喲，真是我們小店碰了福星，今天能迎來大名鼎鼎江西董家的小姐光臨。」艾文秀並不曉得江西董家是什麼人，但既然顧盛英說是大富豪，那一定家財萬貫，便一邊笑說著，轉身拍兩下手，對趙三江說，「今天顧先生這一桌，算在我頭上，江西董家小姐，我們請都請不來的。」

董小霞聽到如此奉承，心裡受用，轉頭對艾文秀笑笑，說：「難怪顧大律師常到你這裡來吃飯，有你這樣漂亮的店主招呼，也算是他的造化。」

艾文秀兩手把臉一捂，故意不好意思，說：「老都老了，還講什麼漂亮。我們這樣做小本生意的，從早忙到晚，涮鍋洗碗，水裡泡，火邊烤，哪裡還能漂亮。哪裡有你董小姐的福氣，上面父母留下來千金萬銀，肩不挑，手不提，一輩子細皮嫩肉，那才叫漂亮。」

兩個女人一台戲，開口就是千言萬語，誰想插話都做不到。

顧盛英和羅忠對視一眼，暗自發笑，不約而同拿起筷子，開始動手夾盤子裡的菜肉，放進嘴裡，吃開了。

他們不動手，或許董小霞還會跟艾文秀囉嗦一陣。她一見顧盛英不把自己放在心上，自顧喝酒吃飯，便醒悟自己來此的目的，臉色一沉，怒從中起，轉臉對艾文秀說：「今天我來這裡，只是尋顧大律師講兩句話，馬上就走。改日一定專門來吃飯，給你賠禮。」

艾文秀是個機靈人，看見董小霞臉色變了，哪裡還敢繼續糾纏，馬上陪著笑臉，一邊後退腳步，一邊說：「董小姐下次來，小店再請客，再請客。」

見艾文秀走遠，董小霞才轉臉，看著顧盛英，說：「跟你約好，人不到場。我的定金銀票已經兌換，你是拿錢不辦事，對嗎？」

顧盛英放下筷子，說：「董小姐不要誤會，你曉得，昨天薛鴻七被人打死，上海灘人心惶惶。我呢，因為薛鴻七死了，會審公堂的官司需要了結，今天事情實在太多。至於董小姐的定金，我馬上叫秘書如數奉還。顧盛英再不才，也不至於做騙錢的生意。」

董小霞撇嘴笑笑，說：「你不用花言巧語，我董小霞在上海灘混了這多年，雖然沒有榮幸拜見，卻也聽見過古德曼先生的大名，自然曉得顧大公子的身價，哪裡會看中我這區區五百大洋的定金。」

聽著這些話，顧盛英混身發毛，趕緊打斷她，問道：「董小姐講得久了，是否口乾，要不要喝點茶？這裡的碧羅春很不錯。」

董小霞又撇撇嘴角，說：「曉得你顧大少爺是個紳士，不必客氣。今天我來找你，不是來算帳的，是來付帳的。」

說著，她從手提包裡取出一個上面燙著金色董字的大信封，擺到桌角上，對顧盛英說：「這裡面是我簽了字的約，聘請顧大律師辦理我跟莊衡的離婚案件。頭款定金已經付了五百大洋，這次算是簽約，我再付四千五百塊，銀票就在這裡，請顧大律師笑納。」

她這一通，倒教顧盛英一時無話應對，坐在那裡，望著那個封套發呆。

董小霞看見顧盛英的模樣表情，宛爾一笑，站起身來，說：「顧先生慢用晚餐，我來這裡的事情已經辦好，不再打擾。日後顧先生隨時有事，打電話就好。」

見董小姐站起，顧盛英和羅忠也都忙不迭困站起身，看著她。

董小霞轉過身，卻沒有起步，又轉過臉，仍舊笑著，補充道：「我給顧先生的期限是十五天，都寫在合約裡面的。十五天裡，顧先生務必把全部事情辦妥。顧先生辦妥了我的案子之後，我會當即付完餘款五千大洋。我們不算鐘點，統共一萬大洋，替我把官司辦妥，綽綽有餘。」

話說完了，不等顧盛英回答，董小霞抬腳起步，扭著身子，款款地走掉了。

顧盛英和羅忠重新坐下，四目對視，都不知該講什麼話好。

艾文秀又跑過來，壓低著喉嚨，問顧盛英：「那個董家小姐是怎麼回事，陰陽怪氣的。」

羅忠笑笑說：「有錢人家的公子小姐，都會有些怪毛病的。」

艾文秀搖搖頭，說：「也不都是，這位顧大少爺就沒有多少怪毛病，待人蠻和氣。」

「那是你不曉得，這位顧大少爺跟那位董家小姐是一路的貨色，待人居高臨下，脾氣都大得出奇。」羅忠說著，拿起筷子，重新開吃。

顧盛英嘆口氣，說：「小娘舅總是要笑我，我若有半點像董小霞，不如一頭撞死算了。」

艾文秀忙伸手去捂顧盛英的嘴，邊說：「顧大少爺，不要亂講這樣的話，會嚇死人的。」

羅忠說：「剛剛拿到一萬大洋，他哪裡甘心去死。」

艾文秀斜著眼睛，說：「羅先生是做探長的，看死人是家常便飯，我們小家小戶，可經不住這樣的驚嚇，請羅探長不要再講這樣的話。」

羅忠笑了，點點頭：「遵命，就此打住。」

艾文秀轉過身，走兩步，又轉回來，說：「顧先生今天發了大財，不會在乎一頓兩頓飯錢，今天不算我請客啦。」

顧盛英點點頭，說：「那不必多講，我如數付帳。」

艾文秀笑著走開了。

顧盛英拿起筷子，長出一口氣，說：「我需要把她的案子做好。」

「一萬大洋，不能不要。」

顧盛英搖搖頭，說：「不是，小娘舅，這筆錢是留給招弟的。」

「留給招弟？」

「我要回美國去了。」

羅忠點點頭，沒有講話。

「招弟對我盡心盡力，我走之後，跟父親講一聲，雇用她照看上海的家產，她有兩個孩子要養大。」

羅忠又點點頭，仍舊沒有講話。

「以後不會再來芳沁苑了。」

羅忠彷彿沒有聽見，繼續眯著眼睛，吸他的煙斗。

顧盛英取出一支煙點燃，吸了兩口，又說：「如果不是我，葉小姐也許現在還活著。快兩年了，她一直躲得很好。可是我把她暴露了，我害了她。」他這樣講著，彷彿繼續以前的對話，董小霞來訪這一場插曲，完全沒有發生。

羅忠靜了一陣，說：「記得那天在薛公館前面，你講過，像阿四那樣，躲得過一天兩天，躲不過十天半月。從早到晚，東躲西藏，心驚膽戰，坐立不安，跟死沒有兩樣。有尊嚴，有自由，才算得是生活，生命才有價值。我想，雖然不過只有幾天，但是葉小姐跟你要好，如膠似漆，奉獻她的愛，也享受你的愛，有尊嚴，有自由，她一定活得特別快樂。人生一世，並不一定都有機會獲得那種幸福。我估計，世界上百分之九十的人，白活一輩子，都得不到葉小姐這幾天所得到的幸福。就算葉小姐因此失去了生命，我相信她也不會感到失望和悲傷，她甚至要感謝你帶給她那樣的滿足。」

顧盛英聽著，越聽越驚奇，眉毛一層一層提高，等羅忠停住，才說：「小娘舅，從來不曉得，你居然是個心理學家，不，是個哲學家。」

羅忠沒有笑意，乾巴巴地說：「這兩天，我很難睡著覺，想了許多事情。」

「有什麼結論？」

「決定辭職。」

「我們一起回美國。」

羅忠略停了一停，說：「不曉得能不能把姐姐搬到美國去。」

「我已經打聽過了。」顧盛英在煙灰缸裡壓滅煙頭，繼續說，「兩個辦法，第一是租用輪船上的醫用冰箱，把遺體運去美國安葬。第二把遺體火化，把骨灰帶去美國安葬。所以芯姨母的遺骨，帶回美國，一點沒問題。」

羅忠抬眼看著顧盛英，沒有講話。

顧盛英點點頭，說：「對，我專門問清楚的。我要把葉小姐帶到美國去，陪伴她一生。」

羅忠垂下頭，想了想，說：「我明天去辭職，準備行裝，全家都走。」

顧盛英也垂下頭，靜了半天，才出一口氣，說：「這次走了，不曉得還會不會再回來。」

羅忠說：「我是不會再回來了。」

顧盛英點點頭，靜默一陣

羅忠又說：「記得俐姐離開上海的時候講，這是一片讓人傷心的土地。」

顧盛英嘆了口氣，說：「我曾經多麼愛她，不顧一切地回來了，但是到底還是要離開。」

「不知要到何年何月，才不必再為她傷心。」羅忠也嘆了一口氣。

語言文學類　PG1808　SHOW小說16

上海大律師

作　　者／沈　寧
責任編輯／洪仕翰
圖文排版／周好靜
封面設計／葉力安

發 行 人／宋政坤
法律顧問／毛國樑　律師
出版發行／秀威資訊科技股份有限公司
114台北市內湖區瑞光路76巷65號1樓
電話：+886-2-2796-3638　傳真：+886-2-2796-1377
http://www.showwe.com.tw
劃撥帳號／19563868　戶名：秀威資訊科技股份有限公司
讀者服務信箱：service@showwe.com.tw
展售門市／國家書店（松江門市）
104台北市中山區松江路209號1樓
電話：+886-2-2518-0207　傳真：+886-2-2518-0778
網路訂購／秀威網路書店：http://www.bodbooks.com.tw
國家網路書店：http://www.govbooks.com.tw

2017年7月　BOD一版
定價：360元

國家圖書館出版品預行編目

上海大律師 / 沈寧著. -- 一版. -- 臺北市 : 秀
威資訊科技, 2017.07
面； 公分. -- (SHOW小說 ; 16)
BOD版
ISBN 978-986-326-429-3(平裝)

857.7 106007213

讀者回函卡

感謝您購買本書，為提升服務品質，請填妥以下資料，將讀者回函卡直接寄回或傳真本公司，收到您的寶貴意見後，我們會收藏記錄及檢討，謝謝！

如您需要了解本公司最新出版書目、購書優惠或企劃活動，歡迎您上網查詢或下載相關資料：http:// www.showwe.com.tw

您購買的書名：______________________________

出生日期：________年________月________日

學歷：□高中（含）以下　□大專　□研究所（含）以上

職業：□製造業　□金融業　□資訊業　□軍警　□傳播業　□自由業

□服務業　□公務員　□教職　□學生　□家管　□其它____

購書地點：□網路書店　□實體書店　□書展　□郵購　□贈閱　□其他

您從何得知本書的消息？

□網路書店　□實體書店　□網路搜尋　□電子報　□書訊　□雜誌

□傳播媒體　□親友推薦　□網站推薦　□部落格　□其他________

您對本書的評價：（請填代號　1.非常滿意　2.滿意　3.尚可　4.再改進）

封面設計____　版面編排____　內容____　文／譯筆____　價格____

讀完書後您覺得：

□很有收穫　□有收穫　□收穫不多　□沒收穫

對我們的建議：______________________________

____

____

____

請貼
郵票

11466
台北市內湖區瑞光路 76 巷 65 號 1 樓
秀威資訊科技股份有限公司 收
BOD 數位出版事業部

（請沿線對折寄回，謝謝！）

姓　　名：__________ 年齡：______ 性別：□女　□男

郵遞區號：□□□□□

地　　址：____________________

聯絡電話：（日）__________ （夜）__________

E-mail：____________________